マスコミバスターズ

モンスター・マスコミ討伐戦記

淳本 遊
Atsumoto Asobi

Parade Books

この作品はフィクションであり、登場人物、団体名、一部の地名等は全て架空のものです。

■目次

■登場人物

折原跡美《おりはらあとみ》	マスコミ被害をテーマにしているフリーライター。
大佐田晴《おおさだはる》	ハル先輩。跡美の大学時代のサークルの先輩。
吉祥院裕喜《きっしょういんひろき》	旧姓長島。吉祥院家次男。跡美のサークルの先輩。
松井青葉	劇団女優。
羽沢麗児	タレント。往年のアイドル。
折原石三	跡美の弟。毎朝スポーツ記者。
西祥子	熊谷市に住む元ＯＬ。
石井一郎	写真週刊誌専門のフリーカメラマン。
詩織	カルチェラタンのママ。
江川賢三	吉祥院グループ広報担当、舞踏会実行委員長。
清水夫人	世田谷に住む主婦。
後藤剛太	戸々呂沢の農家の主。
清原院姫子《せいげんいんひめこ》	清原院家令嬢。
川上智子	江戸町テレビ芸能レポーター。
川波誠二	大江戸スポーツ記者。
上原國守	元自衛隊員。姫子のボディガード。
本木村長	白根田村村長。
桑田はるみ	スーパー白根田配達員。
落合徹	栄華源社「噂のネットワーク」記者。

プロローグ

「キャンパスにはやっぱり木漏れ陽だよな」

丸い顔に太い眉、吊り上り気味の大きな目。熊のような大柄な身体に、五月人形のようにきりりとした顔が乗っかった、大佐田晴が陽気に話し掛けてくる。照り付ける日差しや全くの日陰ではいけない、光と影があってこそ、青春にある我々が集う場にふさわしい、そう思わないか、と続けた。話し掛けられた折原跡美は、あいまいにそうですねと答えた。

場を陽気なものにしたいという想いからの発言なのだろう。先輩まるで詩人のようですやん、とか、普段なら跡美も関西弁で突っ込むところだが、目の前にいるもう一人の先輩の様子が気になって言葉が出て来ない。晴も悩める友人にあい対するには多少不謹慎だろうかと感じたようで、改めてきちんと向き直り、その顔を見つめた。

一九九〇年代の半ば、晩夏の土曜日の午後。やや歴史を感じさせるレンガ壁にツタのからまる校舎が立ち並ぶ大学内の中央通り。その傍らの木陰にあるベンチに折原跡美と二人の男性が腰掛けている。三人は同じ山岳サークルの先輩後輩で、四年生の男二人がいたところにたまたま通りかかった一年女子の跡美が捕まったのである。ファザコン気のある跡美は憧れの先輩に声を掛けられ、ラッキーといいそいそベンチに座ったが、重苦しい場の雰囲気にしまったと気付いた時は遅かった。もう一人の先輩、長島裕喜がぼそっとつぶやく。

「何のために人は生きているのだろうな」

どーんと一気に場は暗くなる。生きるのに疲れ果て、その目的を見失った人間が吐くような台詞であり、口調でもあった。跡美は裕喜の顔を見た。晴とは対照的に鹿のような細身の身体で、顔は面長、目鼻立ちは整っているがくっきりとしてはいない。ましてや今は、まるで木漏れ陽がそこだけ避けているかのように、顔全体が暗くなっている。それにしても今の発言はこの先輩らしくはない。裕喜は必ずしも陽気ではないが、決して弱くはない。よほどこの度のマスコミがもたらした騒動がこたえているかなと跡美は思った。晴が無理に磊落さを装い、よく口にする台詞を言う。

「おーいおいおい、元気出してくれよぉ」

跡美もこの一週間の報道で初めて知ったのだが、長島裕喜は吉祥院財閥当主吉祥院実顕氏の庶子なのだそうだ。言われてみればどこか気品のある雰囲気で、物言いや立ち振る舞いにもがさつなところがない。普段目立つような高価なものを身に付けていたり、山に高級な備品を持って来たりしたことはないが、さりとて見るからに安っぽいウェアを着ていた記憶もない。テレビのワイドショーによれば、裕喜は母の姓である長島を名乗り、幼少より吉祥院家を離れ、母子で世間に目立たず生きてきた。一方、実顕氏は銀行、商社、不動産などの一流会社を傘下に持つ吉祥院グループの総帥であり、さらに十年前政界に打って出て頭角を現わし、次期内閣改造では入閣が確実視される、保守政権党内最大派閥のニューリーダーである。ところがどこの世界にも人の出世をやっかむ輩がいるのだろう、先週裕喜親子の存在を誰かが嗅ぎ付け、ある週刊紙に記事が掲載された。それ以来スキャンダルの嵐が先ず実顕氏の足元を払い、今は裕喜親子の、特に母親良子の周りを吹き荒んでいる。

「母は自分の存在を憎んでいるんだ。自分が生きてきたことが父の政治生命を断つことになってしまいそうで、父に申し訳が立たないと考えている。加えて今度の騒ぎを起こしたのが自分じゃないかと父に疑われることを何より恐れている……」

裕喜が空を見上げた。ようやく頬に木漏れ陽が踊った。過ぎた日を懐かしむような遠い目をしている。

「母一人子一人で、世間から指をさされたこともあったけど、なんとか今日まで生きてきた。僕をこうして大学まで行かせてくれた。それだけで一生懸命ではあったけれど、でもそれだけで満ち足りていたんだ。何も父を恨むとか、本家を見返せとか、ましてや財産を寄越せなどと、僕らは少しも思っていない。そんな母が自分からマスコミに名乗り出るはずがないじゃないか」

「自ら名乗り出て、首相を辞任に追い込んだ女もいたからなぁ」

晴が言う。跡美はよく知らなくて首を傾げるが、そんなことが一九八〇年代にあったらしい。

「ストーリーは似ていても役者が違うよ」

役者が違う？　格が違うという意味？　どっちが上やろ？　と跡美は思ったが、口には出せなかった。

「昨日実顕氏が記者会見したんだろう。釈明会見というやつ？」

「釈明というか、親父はすべて認めちまったよ、あっさりと」

「男らしいわぁ」と跡美。

「おかげで昨夜から僕等が追われる番さ、一言御感想を、って」

「まさに君も時の人だ」

「家の前は報道人の人だかり。母は友人の家へ逃げ、僕は部室でシュラフかぶって寝たよ。一家離散、一、二の三だ」

跡美は驚いた。裕喜でなく晴が言ったのかと思った。つまらない駄洒落は晴先輩のおはこだ。多少は気分が晴れてきたのかしら？　そう思った瞬間だった。

木漏れ陽をつくりだしている木立。その中に隠れている校内スピーカー。そこから木漏れ陽と同じように、上から降り注ぐ声。

「理学部生物学科四年の長島裕喜君、理学部生物学科四年の長島裕喜君、至急学生センターまで、至急学生センターまで」

裕喜と晴は顔を見合わせた。お互いに不安の影を感じ取ったようだ。すぐさま二人とも学生センターがある北八号校舎の方へと走り出した。跡美も慌てて後に続く。

学生センターは学生の厚生窓口などがある。そこからの個人宛の校内放送は外部からの連絡を意味する。それも緊急の用件の。携帯電話が普及し始めていたので、あまり使われることはなかったが、電話番号を知らない相手からであれば……

前を走る二人の顔をみて、モーゼが渡ろうとする海原のように、対向する学生達が左右に別れ、道が切り開かれていく。跡美も女性としては足の速い方だが、スカートとサンダルのせいで遅れをとり、学生センターに駆け込んだ時には、少し差が付いた。

学生センターのホールにはまだ冷房が入っていた。流れ出した汗に包まれた身体にはそれは冷た過ぎた。晴ですらひとつ身震いしている。裕喜は窓口の職員から受け取った受話器をおずおずと耳にあてていた。その目が見開いた。口が言葉を探して震えている。

「す、すぐ行きます」

裕喜はようやく一言口にするなり、受話器を落とすように置くと、ホールの出口へ向って歩き出した。

「裕喜」

晴の声にも裕喜は振り返りもせずに歩いていく。晴は追いつきながらためらいがちに、もう一声掛けた。

「裕喜。何があったんだ？」

裕喜は出口のドアに手を掛けたまま立ち止まる。外を向いたまま、大きく息を吸い込んで吐き出すように言った。

「母が自殺を図った……入院した……危ないらしい」

次の瞬間はじけるように外へ飛び出した。晴もその後を追い掛ける。むっと照り付ける残暑の日差しが、ひどく場違いのような眩しさと、この先待ち受ける苛酷な運命を連想させるような熱さを投げ付けて来た。

裕喜は私鉄の駅のある正門の方へ駆けていく。どうしていいか分からないまま晴と跡美はその背中を追い掛ける。走りながら跡美は裕喜の前方に見える正門付近に、普段と違う人だかりを見つけた。

「ハル先輩！　校門の外！」

先を走る晴もその人だかりに気付き、不愉快な予想が急激に膨らむのを感じたようだ。

「高谷！　長谷川！　付いてきてくれ！」

道の両側に居並ぶ学生達の中に見知った顔を見つけると、晴は声を掛けた。跡美達と同じ山岳サークルの仲間が共に走りだす。正門まで数十メートル、裕喜はまだ気付かない。向こうの方が先に気付いたようだ。

「来た、来たぞ！　長島さん！　長島さん！」

校門の外に締め出されている取材陣だった。マイクを手にしたレポーターが四、五人、その後ろにカメラマンが同人数程度。裕喜の行く手を阻もうと輪を作って取り囲んだ。それを避けることを考える余裕もないのだろう、裕喜は輪の中心に吸い込まれた。

「どいてくれ、先を急ぐんだ、どいてくれ！」

振り払うことすら忘れて、ただ駅の方を見たまま、裕喜が叫ぶ。ひたすら前へ進もうとする。

「長島さん！　お母さんが、あのお母さんが、……」

裕喜の願いを無視して輪の四方から同じような声が飛ぶ。

「高谷！　長谷川！　裕喜を通させろ！」

晴達が裕喜とレポーター達の間に割って入る。輪の中に飛び込めず立ち尽くす跡美はこの記者達はまだ自殺の件は知らないと思っていた。知っているなら、いかにマスコミの人達といえども通してくれるだろう。晴もそう思ったようだ。

「皆さん！　彼を通してやって下さい！　今は急いでいるんです！」

　晴達と取材陣がもみあう中を裕喜は放心したように歩を進み始める。正門の外、改札口へ上がる階段の屋根の上にある駅名の看板を見つめている。そこがすべてのゴールであるかのような眼差しだ。その時だった。

「長島さん！　一言！　一言お願いします！　お母さんを失われて、今、どんな、どんなお気持ちですか？」

　時が止まった。裕喜の足が止まった。答えを聞こうとレポーター達も口を閉じた。静寂がその場を支配し、まるで照り付ける陽差しの音さえ聞こえるかのようだった。ようやく晴の口が開いた。

「ど、どういうことだ？　まだ、入院だとしか……」

　意外なという顔をして、レポーター達がお互いに顔を見合わす。

「残念ながら即死と聞いていますけど……」

「即死？　即死って？」

「と、飛び降りたんですよ。ほ、本当に、知らなかったんですか？」

　晴は裕喜を見た。白い顔が震えていた。暑い陽差しの中でそこだけが異次元に吸い込まれているかのように、冷たく凍り付いていていた。

　その氷から融け出したかのように、晴の頭に血が上ってきた。

「すると、何か？　あんた達は知っていて聞くのか？　母親が死んだ人間に対して、何が一言だ？　何が聞きたいんだ？　誰が聞きたいんだ？」

自分に向けられたマイクやカメラを睨み付けながら、晴はレポーター達に詰め寄る。

「皆さんが知りたがってるんです。皆さんが同情を寄せてくれるでしょう。一言、一言で結構です。今のお気持ちは？」

「やめろ！　やめてくれ！」晴がさえぎろうと両手を広げる。

「原因は何だと思いますか？　誰のせいだとお思いですか？」レポーターはおかまいなしに、質問を山なりに投げよこす。

「やめろ！　通してくれ！　行かせてやってくれ！」

「お答え下さい！　誰のせいだとお思いですか？　誰がお母さんを殺したとお思いですか？」

レポーターはもちろん吉祥院実顕氏を意識した質問だったに違いないが、この言葉に裕喜が反応した。

「殺した？　誰が殺した？　そうだ、母は殺されたんだ……」

晴達が振り返る。レポーター達のマイクが伸びる。裕喜のうっすら濡れた目が中空からカメラに見据えられる。

「そうだ母は殺されたんだ」

口元がゆがんだ。

「そっとしてくれたらこんなことには……お前達に、お前達に」

そう言って周りを取り囲むレポーター達を順繰りに指差す。

「お前達が母を殺したんだ！」

裕喜の指がカメラに向けられた。

「いいか覚えていろ！　俺が、必ず！　……お袋を追い込んだ……お袋の敵だ……お前等をみんな残らず……」

こみあげる悲痛な想いを呑み込むかのように間が開く。

「ぶっ潰してやる！」

劇団女優の災難

「発表します。エリーナ役、松井青葉」

彼女は少し皮肉な微笑みを浮かべながらもその時を懐かしむように話し始めた。

「そう呼ばれたの、皆の前でね。思えばあの時が最高潮だったわね。室内にいた劇団員が一斉に私の方を振りむいたわ。周りにいた友達が背中やひじをたたいてくれてね」

「それはやはり、大抜擢やったんでしょう？」

メモをとるボールペンを片手でくるりと一回転させながら、私は尋ねた。元劇団員松井青葉は軽く左右に首を振った。

「毎年そうなの、ウチの劇団は。養成所風なところがあってね、まだ主役を経験していない若手の中から選ぶの」

彼女が所属した劇団は「星の国」。個性派俳優宇奈月彰が主宰する、創立十年のまだ若い劇団である。堅実なテーマを追い掛け、それを高い演技力で具現化するので、派手な広告を打たなくても公演は毎回満員御礼となり、演劇好きな人々の世界の中では一応の評価を得ていた。

私が今取材している相手、松井青葉はその劇団に所属していた女優で、先日幕をおろした「エリーナ」で当初は主役のエリーナを務めるはずだった。入団五年目にして初めての主役。彼女がその念願の主役の座を諦めざるを得なくなった経緯をこれから聞き出そうとしている。私は大学を出た後、二年ほど出版社に勤め、今はフリーのライターをしている。あの長島先輩の事件がきっかけで、マスコミ取材による被害をテーマとして、該当するような事件を追い掛けている。あの事件から七年が経ち、二十一世紀も二年ほど過ぎた。

ここは、彼女の部屋だ。取材を申し込んだら、今は外に出るのが億劫、自分の部屋ならかまわないと半ば投げやりに引き受けてくれた。六畳ぐらいのダイニングルーム。キッチン、冷蔵庫、机に椅子二脚が部屋の半分を占め、残り半分のフローリングの上に丸い絨毯が敷いてある。扉が閉められた奥の部屋は分からないが、クリーム色の壁紙のこの部屋には、これといった装飾がない。部屋を飾るような時間がなかったのか、もともと趣味がないのか、若い女性が住んでいるにしては殺風景としか言えない部屋だ。その壁の一つにもたれるように、その住人は座っている。

松井青葉は、身長が女性としては高い方で、一七〇センチぐらいだろうが、細身ですらっとしていて、もっと高く見える。少しくせのある髪を肩よりのばし無造作に後ろで束ねている。目鼻の造りが大きく整った顔立ちなので、舞台の上では映えるだろう。でも今は、飾り気のない部屋と同じように、まるっきり化粧をしていなければ、身に付けているのもグレーのスポーツジャージの上下で、そのせいか、強く印象に残るような容姿ではない。おまけに黒縁に薄い茶色のサングラスで表情を隠している。正直劇団のポスターに載っていた写真と同じ女性とは思えない。年齢は私と同じぐらいのはずだが、今はもっと老け込んで見える。

彼女自身が言うように、劇団「星の国」での主役とは他の劇団とは違って恒久的な椅子ではないらしい。二度続けて座ることはまずなく、皆で交替してできるだけ多くの者に経験させるといった、教育的な要素があるそうだ。それが伝統と呼ばれるほど古くはないが、育成を主眼に置いた創立以来の方針である。宇奈月が繰り返し語るには、「役者で客を呼ぶのではない。劇とそれを演じる役者の演技力とを買ってもらうのだ。看板スターは要らない。皆がきらめく星になる。それが「星の国」だ」

「跡美さんっていうの？　変わったお名前ね」

彼女が私の名刺を再び取り上げて、改めて言った。手の内でもてあそんでいるが、私の手にあるボールペンのように回すことはできない。折原跡美という私の名前がぎこちなく回されている。

「飛ぶ鳥跡を汚さずって意味やと父親は言うてますけどね。母親は美大出で、アートと美をくっ付けたんやと言うてます。でも私は美的センス皆無です」

「でも、このロゴは素敵じゃない」

名刺の右肩にあるそれは、実は弟のデザインなのだ。＠ｍｅの三文字をうまくデザインしている。でもそれが跡美との語呂合わせだと気が付く人は三人に一人だ。

「アットマークｍｅと書けることに最近気ぃ付いて、ようやく自分の名前が好きになりました」

「言葉が関西弁ね。あちらの生まれなの？」

「生まれは東京です。父親の転勤に連れ回されて、言葉覚える子供時分が大阪でした。後は九州やら東北やら。だから言葉はひっちゃかめっちゃかですわ。でもベースは関西ですね。三つ子の魂とはよくいいますねぇ、東北弁の中でも抜けしません」

そう言ってお互いかすかに笑った。しかし私は自分の話をしにここへ来ているわけとちゃう。

「それでは羽沢麗児に会って写真を撮られた日ぃのことから話していただけますか」

「あれは山際の仕組んだことだわ、絶対」

「山際？」

「劇団の今回の広報担当。もともとベテランの広報さんがいたんだけど、主役発表の三日前にぎっくり腰で入院したんで、代打に指名された男」

「はぁ、それでその人が仕組んだと言われますのんは？」

「この機会に広報として点を稼ぎたかったんじゃないかな、自分の手で話題を作ってね。あの日あのレストランには山際と取材で行っていてね。公演の取材が終わったところへ、羽沢麗児がやって来て、向うから山際に声を掛けてきたのよ。おかしいでしょう、弱小劇団の駆け出し広報が往年のアイドル羽沢麗児と交友があるなんて。それに今にして思えば、外で取材を受けるというのもおかしい話だったわ、うち程度の公演で」

「そうかもしれませんね。それでご一緒に食事をされはった？」

「ええ。でもあたしは早く帰って稽古したかったからね、ほとんど口を利かなかったの。相手は変な顔をしていたわ」

「変な顔？」

「私ね、昔からスターとかアイドルとかに憧れがなくてね、芸能界にも興味なかったの。だから羽沢麗児と聞いたって、全然のぼせ上がったりもしなかったわ。おなかすいていたし、出されたものをがつがつ食べてやったの」

「向こうは周りがちやほやするのが当たり前やと思っているわけですね」

「そうそう。でもあの人、話に面白いところもあるかもしれないけど、内容がないのよね。何処がいいんだろ」

「そんなに芸能界に関心のない人が、どうして役者になろうと思いはったのですか」

彼女の話はこうだった。子供の頃から学生時代にかけて、背の高さ以外は容姿も性格も周囲に溶け込んで、目立たない存在だった。自ら進んで皆を引っ張っていくタイプではなく、どちらかというといつも静かに窓際に座っていた。勉強もスポーツも平均以上にこなしたが、トップになったり選手に選ばれたりすることは少なかった。もちろん友達とわいわい騒ぐこともあったが、それよりも自分の世界に引きこもって、本を読んでいる方が好きだった。それと映画を観ることが。そんな彼女だから演劇の世界に入ったのは、自ら切り開いた道というより、ほんの偶然に見つけた路地に寄ってみたようなものだという。

大学に入って一年目の秋、親しい友達に強引に誘われて、仕方無しに劇団「星の国」の公演に連れていかれた。友人の彼氏が劇団にいたのである。ところがその公演で、舞台劇というものに魅了された。

公演終了後に楽屋を訪ねる友人に付いて行ったが、またそこで、先程の舞台の上と同じ衣装、同じ化粧をしている人間が全く異なる雰囲気でいたことにも少なからぬ衝撃を覚えた。舞台の上で威風堂々と軍隊に命令を発していた王様が、コンビニエンスストアのおにぎりの比較に熱中していた。ごく普通の人があんな王にも時には悪魔にもなれる。

当時の彼女は自分の内向的な性格にも多少嫌気が差していたという。本来大学は学術と向き合ってそれを深く探求する場であるが、社会に巣立つ前に社交性を培わせられる修練場でもある。コンパやゼミで新しい交友の花を咲かせ続ける友人達に対して、自分は時間割以外決まった予定が埋まらない生活が続く。かといって生来自分を支配してきたこの性格をそう簡単に変えられる訳が無いと、半ば諦めかけてもいた。しかし、この夜「星の国」の人々を見て、ある考えが彼女の中に生まれたそうだ。変えられはしなくても別の人格を演じることならできるかもしれない。

それから劇団通いが始まった。わずか二か月の間に手当たり次第に十二もの公演を見て回った。そして最初の強烈な印象も無論あるだろうが、出した結論は、自分が舞台に上がるとすれば、「星の国」の公演しかないということだった。

練習生として入団し、キャンパスには必要最低限の時間だけをさき、親の反対を小さくするためにだけ、大学を卒業した。

「何のために大学まで行かせたと思っているの」と親が非難する。演劇に出会うためだったわ、そう思ったが、確かに大学まで行かせてくれたことには感謝していたので口には出さなかった。大学を卒業したって自分にあった仕事や人生の目的を見つけられずにいる人がたくさんいるじゃない。それに比べたら大変幸せよ。そして卒業と同時に家を出た。アルバイトをしながら、劇団に通い始めた。朝から夕方まで働き、夜は遅くまで劇団の稽古という日々が三年続いたが、それでも悲しいとか苦しいとか悲壮感に染まることはなかった。演じることが、自分の体中を使って何かを表現できることが、ただ楽しかった。

有名になりたいとは考えもしなかった。与えられた役を自分で消化し、自分が思うがままに表現できたらそれでよかった。それでも少しずつ、こういう役をやりたいという欲は出てきた。今回のエリーナ役はこれまでで一番やってみたいと、自分の喉から手を出した役だったそうだ。

「羽沢麗児とのことに話を戻しましょう。食事が終わって外に出た。そこに写真週刊誌のカメラマンがいた」

「その通り、でき過ぎだと思わない。私はもちろん、羽沢麗児だって、常時カメラマンが追い掛けるほどのスターじゃないでしょう、今は」

なかなか冷静で手厳しい。羽沢麗児は現在三十を少し超えたぐらいのタレントで、十代後半に男性七人のアイドルグループとしてデビューし、三年ほどしてソロで出した歌がヒットしたことに増長してユニットから脱退。最初の内は多少持て囃されたものの、ほどなく音楽活動はしりつぼみ。ドラマや映画にも出たが、たいてい主人公の敵役。バラエティは機転のきくトークができず自ら出たがらない。それよりもモデル出身の桜井みーなと結婚するしないで数年の間ワイドショーの寵児となっていたが、大麻所持で逮捕されたのがもとで破局。その後は数か月置きに異なる相手との交際ニュースで名前を売っていた。今回もその一つのようで、まずは、最初のスクープ記事「羽沢麗児の新恋人」は、完全なでっち上げのようだ。

「そして次の次の日、最初のスクープが流れました。いつどこで知りましたか?」

「劇団に来るまで知らなかったの。劇団の玄関の前に芸能記者っていうの? 人だかりができていて、そこに見事夏の虫よ」

「いや気の毒。次の日のワイドショーは視られました? よければ此処に映像がありますけど」

そう言って、私はバッグからビデオテープを取り出した。自宅に置いた三台のビデオデッキで主だったワイドショーは毎日録画している。

「視てないわ。その日から劇団に缶詰よ。外界とはシャットアウト。私はその方が良かったけどね」

「ご覧になられます？」

「そうねぇ」

気が進まないのはわかっているが、私はこの場で視て欲しかった。遠くから自分を離れて見た時の彼女の反応が見たかった。

「マスコミの報道ぶりを外から見てご意見をいただきたいんです。ビデオデッキとテレビ、お借りしてよろし？」

半ば強引に私はそこにあるビデオデッキにテープを挿入した。リモコンでテレビのスイッチを入れると画像が映し出された。劇団のあるビルの前に彼女がやって来たところから始まっている。

「松井青葉さんですね。ちょっとお願いします」

「エンジェルショットの記事について一言お願いします」

彼女は何が何だか分からなかったそうだ。足が止まってしまい、ようやくこの一団がいわゆる芸能レポーターで、自分のことを待ち構えていたのだと分かった時には、周りを取り囲まれている。

「松井さん。羽沢麗児さんとのことは本当ですか？」サンセイスポーツの西岡記者だ。

「いつからお付き合いされていたんですか？」負けじと問い掛けるのはスポーツ承知の山崎記者。

「この秋にはご結婚なされるって本当ですか？」続けて朝陽テレビの藤川レポーター。

例のようにマイクを突き付け、次々と答えを待たずに質問をぶつけている。私は声を聞いただけで、どこの誰だかだいたい分かるようになった。

「羽沢さんのどんなところがお好きなんですか？」あんな男のどこがいいと言外に匂わせる、いやらしい聞き方は、大江戸スポーツの川波記者だろう。

画面の中の松井青葉は、マイクを払い耳を押さえるようにして玄関横の壁際に逃げてから振り向き、取り敢えず敵を前方百八十度だけに絞り込んだ。

「ちょっと待って下さい」

舞台女優だけのことはあって、声は通る方だし、その声に含まれる怒りのようなものは、周りを静かにさせるには十分なものがあった。

「エンジェルショットの記事って何ですか？」

突撃取材で有名な江戸町テレビの川上智子レポーターが自分のバッグから写真週刊紙を取り出し、青葉に見せている。そこには「羽沢麗児の次の相手は若手舞台女優」との見出しで、レストランから二人が前後して出て来たところを撮った写真が載っている。

「いつからお付き合いされていたんですか？」と川上智子レポーター。

「彼のこれまでの女性遍歴は気になりませんか？」とは大江戸スポーツの川波記者。

青葉が記事を読み終わらないそばから、再び質問の輪唱を始めた。

「ちょっと私の話を聞いて下さい」

また静かになる。

「羽沢麗児さんとはあの夜あのレストランで初めてお会いしました。それも偶然です。それだけで何も関係ないんです」

「えぇ？　じゃあ、お付き合いしているわけではないと」疑うように川波記者。

「ありません」

「それでもその夜の後、あるいはあれから何かあったのでしょう？」

「ありません」

「では、これから」

「これからもありません」

「しかし、羽沢さんはどうも本気みたいですよ」食い下がる川上レポーター。

「知りません」

是が非にでもカップルに仕立てあげようというのか。

外の騒ぎを聞き付けてか、中から若い劇団員が玄関のガラスドアを開け、こちらに来ようとしている。

「では練習がありますのでそこを通して下さい」

そう言って、彼女はそちらの方へ逃げようとする。その時下卑た質問が彼女を取り巻く輪の後の方から飛んで来た。

「そんなこと言って本当は陰でできているんじゃないの？」

行きかけた彼女は、きっとその声がした方へ振り向いて、

「いい加減にして下さい。私には他に好きな人がいるんです！」

と叫んだ。それはまさに劇の一シーンのようだった。舞台の台詞のようだったと言えば、予め用意されていた台本通りで真情のない言葉のような意味になることもあるが、そうではなくて、後々まで心に残る感動を与えずにはいられない、クライマックスの決め台詞のようだった。そしてその振り向いた方にもテレビカメラがあり、そのカメラが捉えた映像が、ワイドショー劇場の全国の観客に、松井青葉を深く印象づける結果になったのだった。

一方、この一言に、羽沢麗児の恋人という先入観で固まっていた一団は一瞬呆気に取られて静まり返ったが、すぐに反応した。

「誰ですか、それは？」

「どういう方ですか？」

また矢継ぎ早に質問を浴びせようとするが、彼女は男性劇団員のつくる輪の中に逃げ込み、そのまま玄関の中へと入っていく。その後は広報担当らしい男性が替わって応対している。一人だけ安物のネクタイをしているサラリーマン風の男、これが山際だろう。公演前の大事な時期ですので、どうかそっとしておいて下さいといったことを繰り返すだけだった。

「ばっちり決まってはったですね」

テレビの画面から目を離して、私は振り向きながら明るく声を掛けたが、そう言ったことをすぐに後悔した。彼女は画面から顔をそらして、サングラスの下の目頭に指を忍ばせていた。

「嫌なことを思い出させちゃいました？　えろうすいません」

「あぁ、あの時はあんなふうに言い切っていたのだなって思ってね。なんか見ていて我ながら健気だわ。そして馬鹿みたい」

ビデオの再生は続いていた。

彼女の恋人います宣言はドラマの名場面集の一カットのように、どのテレビ局のワイドショーでも使われた。スキャンダルとしてはごくありふれた芸能人の色恋沙汰で、三日も経てば忘れ去られてしまうような内容だったのに、美人の青葉が真摯に訴えた姿が印象的だったのか、あるいはプレーボーイ羽沢麗児が見事に振られた恰好になるのがある意味うけたのか、この一カットだけが一人歩きし、無名の劇団員松井青葉は、一夜にして時の人になってしまった。

そうなると次の展開は、この台詞の信憑性の確認、すなわち松井青葉の本当の恋人が誰かということになってくる。各テレビ局は青葉の友人関係を洗い、その日の内にある男性の存在を確認した。

独身二十八歳、東大卒、エリート銀行マン。青葉が全国のワイドショーで主役となった翌日には、今度はその男性のプロフィールが紹介された。出張していたらしく本人が捕まらなかったため、それ以上の情報は報道されなかったが、次の日の午後には、出張から戻った銀行員に取材陣は群がっていた。

「止めましょか?」

私は松井青葉に確認した。

「いいわ。続けて」

画面では年齢よりは落ち着いた感じの、黒縁の眼鏡を掛けているらしい男性がモザイクを掛けられて映っている。

「一体何の騒ぎでしょう？」

本人と分からないよう高い声に変換された声が尋ねる。

「松井青葉さんとのことをお話し願いたいのですが」

江戸町テレビの芸能レポーター川上智子が聞く。

「青葉さん？　彼女がどうかしたのですか？」

「どうかしたって知らないのですか？」

「知りません。まさか何か事故に遭ったのではないでしょうね？」

まさに事故に遭ったにも等しいのだが、それはともかく、取り囲むレポーター達は呆れたと言わんばかりに顔を見合わせた。

人はあることに夢中になっているとしばしば他の人も自分と同じように興味を持っていると思い込む。何人かで共に行動をしているグループだとより顕著になるし、自分達にある種の優越感を持っている時はなおさらである。全国の家庭を代表して茶の間の話題を追い掛けていると、常日頃から誤解している彼等にしてみれば、自分等の報道したことを知らないなどということは犯罪に等しく、そういう人間自身はまるで異国人だと感じたに違いない。

それでも最初に質問した川上智子が、青葉の時と同じく「エンジェルショット」の記事を見せ、一昨日の青葉の宣言を再現し、全国の人がその姿に魅了された、と付け加えた。で、どうなんでしょう？

画面の青葉の恋人は困惑した様子だ。映像を見つめる青葉が解説する。

「彼はね、いつもできる限り情報を集め、状況を把握し、将来の予想を立ててから慎重に行動に移るタイプなの。アドリブがきかないのね」

おそらく自分だけが事態を全く呑み込めず、どうこの場を切り抜けてよいのか分からなかったに違いない。それで腹立たしくも見えるのだろう。

「お付き合いしているんですね」と聞かれて、「ええ、はい」とまでは答えた。

「どのようなお付き合いですか。いずれ結婚をも?」と月並みな質問が続く。

「親しくさせてもらっています。尊敬できる女性です」

まるで皇族の御曹司のような発言を返した。

「ご結婚はまだ考えていないのですか」と川上レポーター。

「あ、はい。まだそんな話をしたことはありません」

「結婚の予定はないんですね」とサンセイスポーツ西岡記者が念を押すかのように聞いた。まるで結婚をするしない、考えているいないが交際の深さの判断基準と思っているようだ。

何でこんな質問に答えなくてはいけないのだ、とこの男性は思ったことだろう。こういったことは当人同士の間で楽しまれるべき駆け引き、時には真剣に扱われるべきやりとりであるはずなのに、それが赤の他人から突き付けられている。

「そのことが何か重要ですか? あなた方にとって?」いささかむっとした様子で返す。

「いえ、全国の皆さんが知りたがっているのです。私達の後ろには、国民の皆さんの目と耳が待っているのです。あなた方二人を応援しているのです」

　これは川上レポーターの決まり文句だ。でもそんなことを知らないであろう銀行員は、温厚そうな顔を次第に朱に染めていったに違いない。何となくモザイクに赤みがかった気がする。

「応援していただかなくても結構！　仕事がありますので失礼！」

　半ば叫んでビルの中へと逃げ込んだ。

「彼はねぇ、山野さんていうのだけれども、真面目な銀行員なの。この日は三日間の缶詰研修を終えて支店に戻ったところを捕まったたって言っていたわ。私が世間の話題になったことなんて全く知らずにね」

「彼とは連絡がとれなかったんですか？」

「私は部屋に帰れず軟禁状態でしょう。彼は携帯も持たない主義でね。だから私の携帯の番号も覚えていないの。仕事場には電話くれるなと言っていたし。家に二度掛けたんだけど、こわいお母様に、もう近寄らないで頂戴って言われちゃった」

「え？　いまどき？」

「まあ、あれは新聞沙汰になった次の日だったからね。取材の人がたくさん押し掛けてきて、インターフォン越しにコメントを取ろうとしたらしいの。買い物へも出られなかったらしいわ」

　ちょうど私が持って来たビデオは、その場面を映していた。

「彼の家はねぇ、やはり銀行員だったお父様がね、十年ほど前に亡くなって、母ひとり子ひとりのお堅い家庭なわけ。ひっそりと暮らしてきたところが、この騒ぎ。ヒステリーにもなるわよね」

「確かに取材側にとっては、いつもこの調子なんでしょうけど」

「全く冗談じゃないわよ」

「続いてこれですね」

ビデオは数日後のワイドショー、「モーニングズバット」を再生している。

「青葉さんの恋人に別の恋人の存在？」

写真週刊誌がこう取り上げたと紹介している。

「プレイボーイタレント羽沢麗児を袖にした劇団女優松井青葉さん、その意中の人とこの番組でも紹介しました男性が、本日発売の写真週刊紙によれば、都内のあるマンションから早朝、若い女性に見送られて出て来るところをショットされました」

写真はマンションのエントランスらしきガラス扉が開いて、中から一組の男女が出て来るところだった。二人の目の部分にはテープが貼られているが、女性は男性の片腕を名残惜しそうに抱きかかえている。

「この週刊紙が出る前の日にようやく彼と会う予定だったの。劇団を抜け出して、尾行をまくような真似をして、国立まで行ってね。ところが彼は来なかった。店に電話がかかって来て、もう会わないようにしようって」

「何故です？」

「理由は言わなかった。でも次の日にこれでしょう？　無関係ではないと思うわ」

「この報道の真偽はどう思います？」

「写真に撮られているのだから、この女性と一緒に居たことは事実でしょう。でも私と二股掛けていたとは思えない。そんなことができるような人ではないの、絶対。逆に何かの弾みでこうなっちゃって、そのために私との関係を清算しようとしたのではないかと思うの」

「このことが原因で主役を降りたんですか」

「半分はそうね。この女性のことがショックだったわけじゃないのよ。この報道で彼、銀行での評価ががた落ちになったらしいわ。それはもとはと言えば私のせいじゃない？　そんなこと考えていたら、お芝居どころじゃなくなっちゃった。もともと私の芝居が少しはましに映ったのは、彼とのことで生き生きとしていたからなの。ある日宇奈月さんに呼ばれて、役を降りるよう言われたわ」

「青葉さんの周りに起こったことはだいたい分かりました。そこであなたはどう思われますか？その時の報道のこと、あるいはマスコミというもの？」

そうね、と遠くの方をぼんやり見ていた様子だったが、いきなり右手の人差し指を私に向かって突き立てた。

「あなたも私の心が分からないと言うの？　ならば、その剣でこの胸を切り裂いて頂戴」

そう言いながら一旦左脇へ引っ込んだ右手が私の目の前に突き出された時、そこに剣が握られているように見えた。あっけに取られている私に、元に戻った女優は、くくくっ、と笑って、芝居の台詞よ、と言った。

「その続きはね、私の心を見ようとしない者は、私にかまわず何処でも行くがいい、地獄の野原でも行って、のたれ死ぬがいい」

女優松井青葉の右手の剣は私の胸の中央をつき差した。

「一言で言えばそういうことね。マスコミなんて地獄へ落ちろ。全部無くなってしまえ。必要なものも少しはあるだろうけど、九割は無くても困らない情報だわ。他人の色恋沙汰なんてどうでもいいじゃない。一割の情報のために新聞や雑誌やテレビなどメディアがいくつもできて、余った残り九割を埋めるために、どうでもいいニュースを必死で捜し求めている。私にはそう思えるわ」

「なるほど」

「必要な一割、不要な九割」。いつか何かの記事のサブタイトルに使えるかもしれない。

気が付けばビデオはもう終わって画面には雨が流れていた。ビデオをまずオフにしたら、テレビに切り替わって、たまたま昼のワイドショーが始まったところだった。

「相変わらずやっていますね」

テレビもオフにしようとしたところで、画面に映し出された顔がスイッチを押す手を止めた。工事現場をバックに、ヘルメットを被った大柄な現場監督が画面に大写しになっている。

それは大佐田晴先輩だった。大学時代に所属していた山のサークルの三つ上、奴隷と呼ばれた一年生の時に神と呼ばれた存在の四年生だ。建築学科を出て準大手の建設会社に就職した。画面ではおそらく現場に入ろうとするレポーター達を制止しようとしているのだろう、険しい顔をして両手を広げている。画像は一旦引いて奥の建築現場そのものを映し出した。こら勝手に撮るな、と言う先輩の声がしてカメラの前に手が見え隠れし画像がぶれた。

「工事関係者はこのように私達の取材を妨害しております」

とレポーターの声が聞こえたが、何が妨害だ、先ず許可を得て来いと言っているだけだ、と先輩の声が聞こえる。画面は工事中の建物などを映していたが、あーっという声がした後に、その声の主の方へ戻った。色白で肉体労働には最も向いていないタイプのレポーターが、地面に敷いてある鉄板の上に尻餅をついている。右手で持っていたマイクを放し、倒れた時にひねったのだろうか、左手を押えて顔をしかめている。画像はここで切れてスタジオに戻った。

同時に私は我に返って、今日の取材相手に言い訳をする。

「あ、すいません。今の現場監督が知合いやったものですから、つい」

そう、と彼女はぼんやりと言葉を返した。もっと続きが視たかったがテレビを消し、さらに一時間ほど取材をした後、松井青葉の部屋を辞した。

現場監督の拒絶

「えらい風やわぁ」

春一番に背中を押され、私は弟と二人で借りている賃貸マンションに戻った。マンションといっても築三十年は経っていそうな三階建てで、壁面にはあみだくじができそうなほど縦横無尽にひびが走っている。都心からは私鉄で三十分ほどかかるが、駅から近いのでまぁ便利な方だ。その私鉄沿いに建っているので、電車騒音がうるさいが、一応防音サッシになっているのだろう、窓を閉めると気にならない。かえって隣家の物音も聞こえないので、テレビをたくさんチェックする私にとっては好都合だ。

古いことと電車に近いことで比較的家賃はリーズナブルだ。それを私が三分の一、弟が三分の一、残り三分の一を一月間の宿泊数に比例して分担する取り決めだ。そうは言っても、幸い仕事でも（悲しいかな）プライベートでも外泊などすることはない私に対し、弟は仕事の関係（とは本人の弁）で帰って来ないことが多いので、毎月六割以上は私が負担している。

弟は石三つと書いて「せきぞう」と読む。長男だけど三がつく。こちらは「飛ぶ鳥跡を汚さず」から取った私の名前に気を良くした両親が、「石の上にも三年」から付けた名前だ。残念ながら両親が期待したほど、根気強い性格ではなく、本人も姉ほどには自分の名前を気に入ってはいない。むしろその名前に反発するかのように、自分のエネルギーを注ぎ込むフィールドを次々と替えた。小学校では少年野球、中学ではサッカーと卓球、高校ではバレー、バスケ、ハンドボール、大学ではテニスにスノボ、マリンスポーツといった具合だ。スポーツ万能と言えれば格好いいが、確かレギュラーの座を勝ち得たものはなかったように記憶している。大学を卒業して父と姉と同じジャーナリストの道を歩もうと志し、その多彩なスポーツ経験を活かそうと、首都圏で五本の指に入る毎朝スポーツに入社したまではよかったが、スポーツ担当は筋金入りの体育会系出身者に占められていて、入社以来文芸部に配属されて二年目になる。取材、取材と言って、めったに部屋に帰って来ない。これが夫婦だったら、すれ違いを理由に離婚されてしまうところだろう。

私の父も若い頃はほとんど家に帰らなかった。父は毎朝新聞社会部の記者で、私が物心つく頃は「いらっしゃい」「また来てね」と声を掛ける、よそのおじさんに等しい存在だった。しかし私が親の仕事を理解できるような小学生の高学年になる頃に、父は第一面を飾るような派手な事件の担当を若手に譲ってしまうと、地味な事件について時間を掛けた粘り強い取材を担当するようになった。何時誰が何処で誰をどんな動機で殺したという事実の報道だけでは飽き足らず、何が犯人をそこまで追い込んだか、類似犯の再発を防止するには何をしたらよいか、そこまで追い掛けて行こうとした。その過程で知り得た事実について、報道すべきでないと判断したものは、どんなにセンセーショナルな内容でも、どんなに自分が苦労して取材したとしても、文字にしなかったものだから、そのためしばしば他社に先を越され、そのため時々上司と衝突した。東京、関西、福岡、仙台と転勤が多かったのはそのせいだと思う。今は最後の転任地である杜の都に腰を降ろし、ミニコミ紙の編集に携わっている。内容が少々説教臭くなったという評判もあるが、まずは穏やかな第二の人生を送っている。父の取材に取り組む姿が私をジャーナリズムの道に歩ませ、父の取材姿勢に対する冒流でもあるような、長島先輩のお母さんを追い込んだマスコミ取材のあり方が、私にマスコミ被害を追求するというライフワークを選ばせたと言っていい。

一口にフリーライターといっても、様々な人種がいて様々な仕事の仕方がある。共通なのはフリー、つまり雑誌社や出版社に雇用されていないというところぐらいだ。よく知られているのが、一つのテーマに沿った事実や事象、人物などを丹念に追い掛けるノンフィクションライターや、大きな事件などが起きている現地に飛んで行って取材するルポライターだ。世間一般に名前が売れている人達はたいていこの部類に属するが、逆は必ずしも真ならずで、ノンフィクションライターやルポライターになったからといって、有名になり食べて行けるわけではない。

次にある分野の専門家となって、その専門知識を切り売りしている人達がいる。スポーツライターとかパソコンライターとかいう人達だ。いろいろな取材を続けているうちに、特定分野の知識が蓄積されて興味を持ち、この専門ライターになった人もいるが、もとからある分野への造詣が深く、それについての記事を書いているうちにライターになった御仁も多い。それはほとんど趣味の世界であるから、多種多様、何でもアリである。その分野がにわかに脚光を浴びることがあれば引っ張りだこになるが、流行が去るとたちまち仕事が霧散する。何時の時代も世間の関心が高い分野、例えばスポーツとかグルメとかであれば安定的な仕事量はあるが、比例してライターの数も多くなり激戦となる。

反対に分野に拘らないライターの中では、自ら記事の企画を立案して売り込み、それを承諾させて取材を行ない、記事を書く人達が居て、人手不足発想不足の編集部に重宝がられている。私が陰ながら言い出しっぺライターと名付けているこの人達は、企画が勝負な訳であるから、簡単そうに思えてヒットを飛ばし続けるのは容易なことではない。私が知っているこのタイプのベテランライターは、ペンと付箋の束を肌身離さず、日常のあらゆることから記事になりそうなテーマを発想していく訓練を欠かすことがない。

経験や素質が不足していて、ノンフィクションライター、ルポライター、専門ライター、言い出しっぺライターになれない人はどうするか。編集部の言われるままに取材を行ない、文章を書いて渡すという仕事をするしかない。こちらは使い走りをもじって、パシライターと私は呼ぶ。それでもいい仕事をすれば、編集部の方から声が掛かるが、そこまでいかないうちは、自分の方から編集部に赴いて、仕事を取りに行かなくてはならない。それゆえに御用聞きライターと自嘲して呼ぶこともある。私も含めて多くのフリーライターが、多かれ少なかれ、パシライターか御用聞きライターをやって、生計を立てている。

この他にも文章を書かないフリーライターもいる。取材をしたり情報を集めたりと、データ収集作業に特化している人達だ。ある分野を専門とし、それに関することなら豊富な情報を提供してくれるという専門ライターの一種と言える人もいれば、情報の入手方法に精通していたり、幅広いコネクションをめぐらしていたりして、どのような情報でも、短期間のうちに収集してくれる人もいる。だが、文章は書かない。自分には文才がないと見切りを付けているのか、文章を書くよりも情報を収集することが稼げると割り切っているのか、その辺は一貫している。例えば全国の餃子専門店を食べ歩き、その店の五つ星評価を行ない、具・皮・焼き方・たれの比較から、系統分類まで試みている人がいる。焼き上がった餃子の写真の下に店の名前や場所、味の寸評を加えたものを見開き二ページに八×五段並べたような一覧作りならお手の物である。しかし、「湯の国街道焼き餃子の旅」みたいなルポとなると、その街道沿いの店のデータを提示するだけだ。そのデータに基づいて店を食べ歩き、口に含んだ瞬間広がる芳醇な食感に中国四千年の歴史が滲み出て来ますぅ〜みたいなテキトーな文章を書くのは、パシライターだ。前者のデータ提供専門の、文章を書かないライターは、むしろ研究者というか探求者というか、それに近いと思う。ただ内容がアカデミックではないので、研究成果が学会誌には発表されず、週刊誌に掲載されるという違いだけだ。

私の場合と言えば、二つの週刊誌で囲み記事一つと一頁の連載を確保しながら、時々仕事を回してくれる編集部が三つほど、仕事がないか時折顔を出してみる編集部が五つぐらいといったところだ。内容は街角紹介ものや地域情報ものが多いが、請われるままに色々な取材を行なっている。えり好みできるような経済状況でないこともあるが、まだまだ修行の一つだとも思っている。それらおまんま仕事の合間に、時にはメインテーマであるマスコミ取材による被害関係の記事を書き、それを知合いの編集部に売り込んだりもする。題して「取材の裏側で」といった感じだ。その瞬間だけはノンフィクションライターのつもりだ。

さて、我らがマンションは三階建てなのでエレベータなどない。半分屋外の階段を三階まで登り、階段から一番奥が私達兄弟の部屋だ。玄関の扉を開けるとそこはすぐにダイニングキッチンであり、左手にトイレ、洗面所、風呂場が並ぶ。奥に二間が並んでいて、右側が私の部屋だ。着替えもせずにビデオレコーダのリモコンを操作した。ビデオは三台あって、毎日の主要なニュース番組やワイドショーを漏らさず録画するように設定されている。最新式のハードディスク付きのＤＶＤレコーダに買い替えればいいのだろうが、その資金もないので、左側の壁はビデオテープが山のように積み上げられている。対面する右側には、週刊誌、月刊誌の類いが、これまた乱雑に積み重ねられている。私を夜中にしばしば苦しめる夢はと言えば、寝ている間に地震が起きて、これらのビデオテープや雑誌が私の上に降りかかって来るというものだ。しかも何故かビデオテープが勝手にカセットから飛び出して来て、ギリシャ神話のメデューサの髪のように私の手足に巻き付いてしまい、逃げ出そうとしても身動きがとれなくなる。びっしょり汗をかいたところで目が覚める。

ビデオを流しながら着替えて夕食を作った。豚肉の生姜焼きにブロッコリー、ビーンズ。ライス、みそ汁付き。料理は嫌いではないので、ビデオ視ながらとはいえ比較的まめに調理する。いる時は弟の分も作ってあげるのに、おねえの料理は給食のように実務的で、もてなす心に欠けているなどと酷評をくれる。何であんたをもてなさあかんのん？

「黒岩代議士の疑惑の工事現場、取材拒否でレポーター転倒！」

ビデオで確認したところ、ハル先輩の現場にやって来た取材班の用件は民憲党の大物、黒岩代議士の汚職に絡む取材だった。港区で現在建設中の仮称次世代総合文化センターには、国土交通省管轄の独立行政法人である建設技能者育成センターが入居することになっており、工事を請け負っている早芝建設から黒岩代議士へなされた政治献金が、この施設の建設工事受注をめぐった収賄容疑にあたるのではないかとの疑惑が持たれていた。また、この特殊法人の長には、今春退官予定の、国土交通省のある局長が内定しているとの噂だが、その局長は黒岩代議士とは中学時代からの友人であり、黒岩代議士と国交省との太いパイプ役であると見られている人物らしい。取材を敢行しようとしたのはさくらテレビで、この新築中のビルの一角を占めるセンター長室が不自然なほどに広く豪華であるとの情報を独自に入手し、それを映像に収めようとしたそうだ。

ワイドショーでは工事現場で転んだ岩村というレポーターが、左手にこれ見よがしの包帯を巻き付けて取材を拒否されたことを訴えていたが、どのようにして転んだのかはっきり言わなかった。

「これはね、マスコミに対する挑戦だよ」

別のチャンネルでこの話題を大きく取り上げていたのはテレビジャパンのお昼のワイドショー「お気楽情報缶」だ。さくらテレビの映像をそのまま使っていた。司会を勤める宮野権太が浅黒い顔に目をギョロつかせて言い放つ。

宮野権太はさくらテレビの局アナ出身だから被害者に共感するところも大きいのかもしれない。十年以上前にフリーになり、今や朝の報道番組「モーニングズバット」とお昼のワイドショーの他に、レギュラー番組を五本持つ、超売れっ子司会者だ。毎日日中はどこかのチャンネルで顔を出し、夜は銀座を飲み歩いていると噂され、寝ることを忘れているのではないかと言われている。この月曜から金曜までのお昼の「お気楽情報缶」では、健康食材を扱ったコーナーが主婦層にヒットしたのと、ニュースやゴシップに関する、宮野権太の断定的な物言いが評判批判相半ばとなって、視聴率を稼いでいる。

「傷害じゃないの？　さくらテレビさんは訴えたのかね。このままほっといたらいかんよ」

当然視聴者からハル先輩が勤めている早芝建設に抗議の電話が殺到したようで、同社はその日の夜記者会見を開き暴行の事実を否定し、非は事前の取材申込もなく、ヘルメットなど必要な安全用具も付けることなく入場しようとした取材側にあるとした。次の日には、さくらテレビ以外のマスコミ各社から、取材者に対する暴力があったのではないかと同業を援護射撃する報道や論調が吹き出し、一気に大問題に燃え上がるかと思えたが、両当事者はコメントを差し控え、三日も経てば不思議と沈静化した。後日私なりの取材を進めてみると、さくらテレビの寮の改修工事を先輩の会社に発注することで和解に至ったらしい。ということは、非は取材側にあり、公の場で争えば、さくらテレビが負けるということか。

私は先輩の話が聞きたくなった。工事事務所の連絡先を調べ、電話をかけてみると、もう転勤になったと言う。友人だと名のっても次の異動先を教えてくれない。本社に上がったというだけで、どの部署か分からないと言う。早芝建設本社の代表電話へかけてもまだ所属は決まっておらず、本人も出社していないということだった。マスコミ対策かもしれない。あるいは懲罰的な人事で自宅待機にでもなっているとかか。

会社が駄目ならサークルのコネ、先輩と同期の人達を中心に何人か当たった。数人当たって高谷という先輩が手掛りをくれた。

「アトか？　久しぶりやなぁ」

アトとはサークル当時の私の呼び名である。

「どうしたん？　急にハルが恋しくなったんか？」

「いやぁ、急に有名になりはったからサインもろうかと思いまして」

「そんなのなんぼの価値もあらへんで。ゴキブリ一つよう叩けもせーへん」

高谷先輩も関西出身なので、お互い関西弁がヒートアップする。

「皆さん大佐田先輩の連絡先知らなへんのですけど、高谷さん、ご存知ないですか？」

「あいつ携帯変えたみたいやな、ワシも連絡つかんのよ」

「そうですか、どこにお住まいかも知らへんですよね」

「川口かあっちの方やったかな、ちゃんと聞いとらへん」

「最近会われたのですか？」

「ふた月ぐらい前かな、あいつが東京戻って来たんでな、何人か集まったんよ。そういやその時、あいつの行き付けとかいう店に行ったなぁ。湯島のスナックや。そこ行けば捕まるかもしれん」


私は早速出掛けることにした。思い立ったら即行動だ。ぱっぱっぱっと物事を片付けて行くのが好きな性分だ。実際の質量はともかく腰は軽い方だ。過日それを言おうとして、自ら「お尻が軽い」と言って、ひんしゅくをかったこともあるが。これで良い結果さえ伴えば、極めて有能なキャリアウーマンだが、残念ながらそこまでは至らない。

さて夜のお店を訪ねるなら、Tシャツにジーパンという訳にもいくまい。数少ないスーツスカートを着て、慣れないハイヒールを履こう。女子大生と間違えられないよう化粧をしたが、この時間から働く女性に敵愾心を抱かせないよう薄めにした。髪はいつも通りポニーテールだ。ハル先輩が覚えているか分からないが、高校時代からずっと普段はポニーテールなのだ。

出しなに狭い玄関先の姿見で全身をチェックする。私は身長一六五。中肉中背だが、山登りをしていたせいか、下半身ががっしりしている。脂肪と蛋白質がそちらに配置されたせいか、胸元はさびしい。二重瞼のぱっちり系で、鼻も低からず、口がやや大き過ぎるものの、それなりに愛嬌のある顔だと思っているが、地黒なため、美人のテリトリーには入れないと少女時代から諦めている。関西人の基準からすると自分ではそんなにお喋り好きだとは思っていないが、さりとて物静かなお嬢さんでもない。関東の男性からは喋らなきゃいいのにな、とよく言われてしまう。

高谷先輩に教えてもらった店は、湯島天神下の交差点の近くだった。この交差点から東にもう一ブロック歩くと上野広小路である。江戸の昔この広小路沿いに見世物小屋が立ち並んだそうで、この辺りは戦災を逃れた老舗の店も残るものの、夜はキャバクラやラブホテルのネオンも目立つ繁華街が広がっており、そんな中の雑居ビルの五階に店はあった。

夜の七時過ぎに行ってみるとカウンター席が六つぐらいに、ボックス席が十人も座れば満杯となるぐらいのありふれたスナックだった。ちょっとなよっとした感じの四十前後のマスターがたった一人の客の相手をしている。

早芝建設の大佐田さんが来ることがあるかと聞くと、人のよさそうなマスターの顔が訝しげに曇った。

「学生時代の後輩なんですが、テレビを視て懐かしくなって」

「懐かしく?」

「それに、マスコミに叩かれちゃって気の毒だなぁーと」

「そうよね、何の後輩って言ったっけ？」

「山です。山登り」

「あぁ、山ね。大ちゃん山登っていたって言っていたわね」と小指を口に当てて考える仕草。

「でも気の毒というだけで、ここ探して会いに来たの？　すごいわねぇ、あなた大ちゃんにほの字なの？」

「え、ほの字？」

相手はにこやかな顔をしているが目が笑っていない。ん？　その後ろにあるのはもしかして嫉妬やの？

「どうなの、そうでなきゃ説明つかないじゃない？」

確かにそうだ。単なる先輩だというだけなら、わざわざ女一人が夜の繁華街まで探しまわるのはおかしいかもしれない。

「え、ええ、憧れの先輩でした」

とっさに口に出したが、それはあながち嘘でもなかった。入学した年の春から夏までの五か月ほどの間だったが、尾瀬キャンプと夏合宿で同じパーティーになり、四年生だった大佐田先輩はアドバイザーとして我々一年生に、村の長老のようにいろいろなことを教えてくれた。山の歩き方、花の名前、パーティーを組む意味、その中の一年生の仕事。一瞬にして駆け巡る想い出が私の瞳に憧れ色を滲ませてくれたのかもしれない。マスターはようやく信用してくれたようだ。

「どこかでご飯を食べて九時頃にでもいらっしゃい。あの事件以来毎日のように来ているから、多分会えるでしょ。他に行くところも無いみたいね、あの一人もん」

「いつも一人ですか？」

「何だかね、会社の中では浮いちゃったみたいよ。ねぇ、仕事を一生懸命やっただけなのに」

マスターの言葉に従って一旦上野まで出て夕食をとったが、まだ時間があったので不忍池のほとりをぶらついた。今夜も比較的暖かい。憧れの先輩に何年かぶりに再会か。マスターに言われてみると変に意識してしまい、何だかどきどきやわ。えー、思い出してくれはるやろか。少しは大人のオンナに見てくれはるやろか。いやぁ、今一人で淋しいんだなんて言われたらどないしよ。あかんあかん、何考えてんね、今夜は仕事やで。でも仕事が終わればその後……。くわーぁーと突然水鳥が鳴き叫んで肝を冷やした。危ない危ない、妄想がジョギングを始めている。

マスターに言われたとおりに九時半過ぎに戻ってきてみると、はたしてハル先輩はいた。見覚えのある熊のような背中がカウンターの端に座って水割りを飲んでいた。扉を開けた時のカランという音に、いらっしゃいと反射的に声をあげたマスターが私に気付いて、先輩に何かささやく。先輩がゆっくりと振り向いた。

私は慌てて近づくと顔もよく見ないでぺこりと頭を下げた。

「ご無沙汰してます。先輩が四年の時の一年、折原跡美です、尾瀬と合宿でご一緒させていただきました。覚えていらっしゃいます？」

いぶかしげな視線が二、三秒私の顔と全身とをさまよっていたが、急にピンと来たような表情が現れた。

「アトか？　見違えちまったぞ」

　その言葉を許可と受け取って私は隣のストゥールに腰掛けた。ハル先輩はさすがに学生臭さが抜け、より大人の顔になっていたが、きりりとした目の周りとふっくらとしたあごの線は、やはり五月人形のようだった。

「えーと、六年いや七年ぶりぐらいか。すっかり大人の女になっちまったな」

「嫌やわぁ、おじさんみたいな発言。でもよう私のこと覚えてくれはりました。ありがとうございます」

「忘れるかよ、双六小屋便所事件のヒロインを」

　う、私の汚点を。双六小屋便所事件。双六小屋とは北アルプスの槍ヶ岳西鎌尾根の起点となる双六池のほとりにある山小屋だ。それは先輩と一緒の夏合宿の時、会計係だった私がパーティーの団体資金が入った財布を山小屋の便所に落としてしまった事件だ。その便所はくみ取り式であり、その時、テントのポールを使って拾いあげてくれたのがこの先輩だった。その後洗った財布を乾かすためにポールの先に括り付けて、私はそれを大名行列の鉾のように掲げながら、西鎌尾根を縦走させられた。

「あの時ほど他人のうんこと向かいあったことはねえよ」

「私もあれからたいがいのことは耐えられるようになりました」

「あれは俺の、日頃のうんこへの愛情に対して、神様がくれた褒美だって言う奴がいたけどよ、俺はその話が好きなのであって、そのものが好きな訳じゃねえんだよな」

瞬時に思い出した。この人は何故かうんこに関する話が大好きで、話し出したら止まらなくなるのだった。例えばその昔私達新入生を捕まえて、「人は二つのタイプに分けられる、吸引型と押出し型だ、つまり出してから食べるタイプと食べてから出すタイプだ、君はどっちだ」とかマジ顔で聞いてきた。さらに言うには、「もっとも最近第三のタイプがあることが判明した、同時型というんだ、つまり食べながら……」といった具合だ。誰が付けたか知らないが、大便の代弁者という異名もある。こんなところでまたご高説を拝聴するのもかなわんわ、と思ったら、マスターが助けてくれた。

「ちょっと大ちゃん、仮にもここは食べ物出すところなの。やめてと言ってるでしょ、いつも」

「ははは、すまんすまん。で、どうした？　双六小屋事件の話をしにここへ来たのではあるまい」

突然本題に入ってきた。単刀直入ストレートな性格は昔と変わっていない。シンプル・イズ・ベスト、まわりくどい言い訳やお世辞はいらない、正面から質問しよう。私はバッグから取材ノートを取り出しカウンターの上に置いた。

「実は私、今フリーのライターなんです。あっちこっちの雑誌で、体験記や旅行記を載せてもらってます。ヤマケイにも載ったことがあるんですよ、半ページやったけど」ヤマケイとは「山と渓谷」という名の、山に登る人間にとってはバイブルのような月刊誌だ。

「そりゃすごい」

「でもライフワークとして追っ掛けているのは、マスコミ取材の罪悪なんです。あるいはマスコミの被害に遭うた人達」

私はちらりとマスターを見る。マスターはこっちを睨み付けている。

「それで俺を探していたわけだ」

「はい。でもこのテーマに取り組もうと思ったんは、そもそも裕喜先輩の事件がきっかけなんですよ」

「あぁ、あれね」

「あの時後から話を聞くたびにひどいことやと思いました。今回の先輩の事件も強引な取材が引き起こしたせいとちゃいます？」

「まぁね」

「大学卒業して雑誌社に勤めましたけど二年で辞めました。それからフリーになって、食い扶持稼ぐ仕事の合間に、マスコミの被害に遭われた人達の話を取材してまわっています。そして報道されなかった真実を追求しとるんです」

「真実ね」

先輩の言葉がぶっきらぼうになっていくのを感じた。グラスを持ったまま前を向いてしまった。横顔がグラスの中の氷のように冷たい。冷たくなるのを溶かそうと、私の言葉は次第に熱く早口になっていく。

「マスコミによる被害があった場合、加害者であるマスコミは、自分の都合の悪いことは報道しやしません。そうした公にならない被害、隠されている彼らの罪悪、これらを突き止めたいんです」

「ふーん」

「誤った報道で犯人扱いされた人がいます。松本サリン事件のあの人のように。あの場合はマスコミも罪を隠しきれんやったですけれどね。他にもプライバシーを侵害されてそれまでの生活を失った人、強引な取材攻勢のために迷惑した人、センセーショナルな報道で職を失った人、たくさんいるわけです」

「それで？　そういう話を集めてどうするのよ？」

先輩が私の話をさえぎった。

「え？　どうするって、マスコミの取材姿勢を糾弾するんですよ」

「どうやって？　テレビに出るの？」

「えっ？　いや、多分本か何かに載せるんでしょうね。そこまでよく考えてませんけど」

「やっぱりマスコミを使うわけ？」

「えっ？」

私はどきりとした。何が言いたいんやろう、この人は？

「毒をもって毒を制す、とでも言うのかい？　まぁ、いいや、質問を変えようか？　なぜ君はそんな取材を続けるの？」

「だからマスコミが許せなくって」

「それは動機だね。じゃあ取材が終わって本に載ったとしようか。そして結構反響があるとしよう。想像してごらん。何がうれしい？　マスコミを糾弾できたこと以外にさ。注目を浴びること？　本が売れて印税が入ること？　一人前のジャーナリストになれること？」

「あまり考えたことないですけど、マスコミのひどいところを糾弾できればいいんです。あんたら間違ってるんとちゃう、そう言うてやりたい。それで少しでも反省して、少しでも良くなればもっといいけど」

「本当？　ではさ、他の誰かが同じような取材をして、同じような記事を書いてくれたら、それでマスコミがやっつけられたら、それはそれで満足するのだろうか？」

忘れていた。この人は、アバウトなように見えて、結構理論派やったんや。

「うーん、そうですね、どちらかというと悔しがるでしょうね。それも半端やないくらい」

「そうだろうね、そうでなくては、取材なんかできやしない。こんなところへも一人で来れやしない。それはそれでジャーナリストとして必要な資質だと思うよ。突き詰めると君は自分が他の人に教えたいんだ。自分が知っていること、自分が調べて知ったこと、それらを教えたいんだ。いや教えたいことをもっと増やしたいために、取材しているといえるかもしれない」

「そうかもしれまへん。それやといけませんか？」

ハル先輩がにやりと笑った。

「開き直ったな。君はそれでいい。知りたいことを教えて下さいと言う。でもそれは君の正義であって、俺には関係ない。取材される側には関係ない。こちらには知られたくないことだってあるし、話したくないこともある。話せないこともある。それでも教えて下さいと言う。何故ならそれを知ってみんなに教えたいから、そうだろう？　知ってますか、マスコミって本当はこんなにひどいんですって。言うなればゴシップ好きなオバサンと同じだ」

「何でもペラペラ喋りはるオバサンとはちゃいます。けれどそれって、いけませんか？」

「そこのところは同じなんだ、奴らと。マスコミの連中とね、君が糾弾しようとしている奴らとさ」

「目的がちゃいます、手段がちゃいます、方向がちゃいます。マスコミを糾弾したろと言うてるのですよ、私は。つまりマスコミの敵側に立とうとしとるんですよ」

「俺には同じに見える。狼の皮か、羊の皮か、被っているものの違いだけだ。何故そっとしてくれない？ ほっといてくれない？ 自分のことがメディアに乗せられたくない人間だっているんだ。あのマスコミは悪いメディア、私は良いメディアと言いたいんだろうが、俺には一緒に見える。味方のふりをするな」

カウンター席を沈黙が包んだ。重苦しい時間が流れた。いくつもの言葉が私の頭の中を飛び回ったが、外に出る勢いのある言葉はなかった。私は席を立って、ハル先輩の背中を見た。穂高岳の岩肌のように大きく硬い。登られるのを拒むがごとく、目の前にそそり立っている。視線をテーブルに落とし、力を振り絞って告げた。

「分かりました。私帰ります。でも一つだけ分かっといて下さい。私がここに来たんは、単にジャーナリスト的好奇心だけではありません。大佐田先輩が困っているかもしれへんから。そして私なら、何かのお役に立てるかもしれへんから、そう思ったんです。それは自惚れやったし、先輩には要らぬお節介でしたね。もしそれでも何かお話しいただけるんなら、それでお役に立てるんやったら、これに連絡下さい。では失礼します。おやすみなさい」

私は@ｍｅのロゴ入りの名刺を机の上に置いて店を出た。外は小雨が降り出していた。傘を持っていなかった。丁度いい。地下鉄の入口まで小走りに走った。頬が濡れていても、誰も気に留めないに違いない。正義の味方を気取って颯爽と登場したつもりが、空飛ぶマントを外されて真っ逆さまに落ちていくスーパーガールのような気持ちだった。

このテーマを手掛けて以来、マスコミの被害を受けたという人達を数十人取材してきたが、先輩のように言われたのは、初めてだった。他の人達は最初こそ警戒していたが、最後は私に同意を示して良い雰囲気のうちに、ペンを置きノートを閉じることができたと思っている。それとも先輩は昔馴染みだからこそ本心をぶつけてきたが、あの人達も、初対面の人への礼儀として愛想良く応じてくれただけで、内心は先輩と同じやったのだろうか。

ノートを閉じる？　地下鉄に乗ってそんなことを考えていたら、ノートを持っていないことに気付いた。あの店に忘れて来てしまった。どうしよう、引き返すか。しかしきっとまだ先輩がいる。顔を合わせ辛い。明日早い時間に取りに行くことにしよう。私は一旦地下鉄を降り、恐る恐るあの店に電話して、マスターに預かってくれるよう頼んだ。

「いいわ、こちらから送ってあげるから、もう店には来ないで頂戴」

やはりマスターにも嫌われてしまった。

マンションに戻って玄関の扉を開けると、こんなふうに顔を合わせたくない夜に限って弟が帰っていて、缶ビールを飲み干したところで目が合った。弟は一八〇センチを超える細長い身体をダイニングのテーブルとチェアの間に、器用に折り畳んで腰掛けていた。童顔で頬が赤いせいか、二十歳そこそこで通るほど幼く見える。ヘアースタイルはいつもスポーツ刈りをやめて間もないような、ボサッとした感じで、整髪料とは縁がない。ビールを飲み込み過ぎてげほっとむせている間に、私は洗面所に駆け込んだ。

「どしたん、おねえ。ひどい顔やで。ふられたん？」背中から声が掛かる。

「ふられるも何も付き合っとらんわ、まだ」水がお湯になるのを待ちながら、言葉強く返す。

「ちゃうちゃう、雨の話や。雨に降られたんかって訊いたんや」

あちゃ、余計なことを言ってしまった。でもこのやりとりで察したのか、心優しい石三はそれ以上言葉を掛けて来なかった。しかしそれでは、今夜の姉は男に振られて泣いて帰って来たことになってしまう。洗った顔を拭いて振り返る。

「あんた、そこで追求やめたら芸能記者としてやっていけへんで」よせばいいのに。

「何言うてん。いつも取材する相手のことも考えたりって言うのんは、おねえの方やんか」

「だからあんたに気ぃ遣うてもらうほど落ち込んでおらへんわ」

「そなら聞きますけど折原跡美さん、今夜は何があったんですか？」

「企業秘密や」

「企業秘密？　情報公開に遅れてる企業ですねぇ。で、その男性とはどこでお知合いに？」

こいつは生意気にいきなり鎌かけよって。

「男性？　あー男性ね。昔の仲間よ、山の仲間。たまに会ってやったら不愉快なこと言われただけ。まぁ、いい人だと思ってたから、ちょっとショックかな、それだけや。そやけどあんた、人にもの訊くの、うもうなったなぁ」

「そうか？　そりゃ、毎日取材に明け暮れてるからな」

「うんうん、じゃぁ、着替えるわ」

そう言って私は自分の部屋に逃げ込んだ。あかんで、石三、おだてられたぐらいで追求やめるなんて、まだまだやね。


それから一か月近くの間、私はめっちゃへこんでいた。生活費を稼ぐための仕事は、何とかこなしていたが、マスコミ被害関係の仕事は手を付けなかった。

マスコミの取材による被害を追い掛けている私だが、普段はそのマスコミの取材側にいるわけで、ハル先輩に指摘されなくても、この自己存在の矛盾さに悩むこともあった。人は何のために生きるのか、とは遠い夏の日、キャンパスの木陰で裕喜先輩が漏らした言葉だが、マスコミを糾弾するためにマスコミにいるのか、マスコミで食べていくためにマスコミを糾弾しようとしているのか、時として分からなくなる。仕事が減って実入りが少ない月には、ほんの四百文字程度のささやかな囲み記事でも、何もかもほったらかしにして取材している私がいる。だから、特ダネを求めスクープを狙う記者やレポーターの気持ちが痛いほど分かると言えば分かる。

だが気持ちが分かっても、その気持ちから繰り出される行為が許されるかとなれば別の話で、私はそこを問題にしているつもりだ。人を恋する気持ちは理解できるが、相手が嫌がるほど付け回すストーカー行為は許されないのと同じだ。もっと取材対象者やその周囲の人達に迷惑が掛からないやり方があるだろう。そこを追求しているわけだから、自分自身が同じ過ちを犯さぬよう、普段から心掛けている。

しかしハル先輩はそうした取材の仕方ではなく、取材すること自体が問題だと言った。傷のさわり方でなく、さわること自体いかんだろうということだ。私ならその傷を癒せるというのは、思い上がりだったか。

ハル先輩の件で落ち込んだそんな私を救ってくれたのは、やはりマスコミ被害の取材を通じて知り合った、西祥子という女性からのメールだった。彼女はマスコミによって、去年埼玉県熊谷市で起きた農薬入り神酒による殺人未遂事件の犯人に仕立てられ、真犯人が逮捕されるまでの間に、恋人も仕事先も失ったのだった。私は人間不信になった彼女の元に何度も足を運んでようやく取材に漕ぎ着け、彼女がどのように被害に遭ったか、マスコミの猛省を促す記事をある雑誌に寄せた。それを読んだ彼女は信頼してくれたようで、以来時折メールもくれる。事件後実家に戻り、家業を手伝っていると聞いていたが、今回もらったメールでは「ようやく新しいことを始めることができました」と文字が踊る。

「仕事も始めました。なんと秘書みたいな内容です。かっこいいでしょ。あなたの取材を受けたおかげかもしれません。心の整理がつきました」

「仕事も？　ということは、仕事の他にも何か素敵な計画があるんですね、何かしら？」

そう返信すると、

「内緒。いつかあなたにもお話しできるといいけど」

と返ってきた。彼女は自分の新しい道を見つけたようだ。それは私の取材がきっかけだったとメールして来てくれた。まんざら私のしていることも悪くあらへん。そうや、確かにハル先輩のような考え方もある。でも西さんのように思ってくれはる人も居てる。私のしていることもまるっきり間違っているわけではないんや。そう思うことにしよう。ハル先輩のような考え方もあると肝に銘じておけば良い。

これで私はなんとか自信を取り戻し、ライフワークを再開することにした。手初めにハル先輩の一つ前の、劇団女優の一件を追い掛けてみることにした。彼女の話で気になった点をいくつか、ウラを取りたかった。先ずは最初のレストランでのスクープ写真は仕組まれた待ち伏せだったのか。

スナックママのプライド

「こんちわぁ、松中さん、えらいご無沙汰してます」

私はこれまでに写真週刊誌「エンジェルショット」の記事を書いたことや取材の手伝いをしたことはなかったが、編集室には知合いがいた。「エンジェルショット」を発行している陽談社の旅行専門紙の編集部から転属になった女性である。私のような女性のフリーライターの中には、男性の編集者に取り入り可愛がられようとして、同姓の反発を招いている人も多いが、私は男女隔てなく付き合いさせてもらうよう心掛けており、幸い女性の編集者ともうまくやっていると思っている。アポも取らずに何気無く寄ったように装い、「エンジェルショット」編集室に行ってみた。幸い彼女は席に居た。

「おや折原さん、珍しい。どうしたの、今日は？」

「いやぁ、ちょっと上に行った帰りで。松中さん、どないしてるかなと思うて」

「また、うまいこと言って。でもここには、あなた向きの仕事少ないわよ」

「いや、仕事もらおうなんて。そらあればいいですけど。どないです？　忙しいですか？」

「週刊誌はどこも一緒よ。でもここは、見た瞬間がすべてだからね。きついわ」

それから、私はしばらく世間話を続けた。「エンジェルショット」の各ページには、写真を撮ったカメラマンの名前が載っている。私は、話をスタッフについて持って行き、お目当ての石井一郎というカメラマンがフリーであることを突き止めた。その話の最中で当の本人が編集室にやって来たので、松中さんが呼び寄せてくれた。

「こちら前の編集部に出入りしていたフリーの折原さん。何かあなたのようなカメラマンに関心があるようよ」

「こんにちわ。いやぁどないしたらあんなスクープ写真ばかり撮れるんかなぁて思いまして。やっぱ、相当粘り強く付け回さなあきませんか？」

カメラマン石井は、年は三十前後。フリーカメラマンという言葉が人に与えるたくましさはなく、ぽっちゃり青白のオタク系な感じだ。陽談社の傍にある喫茶店に場を移して話を聞くことにしたが、私の甘い言葉に気を良くしたのか、ペラペラとしゃべってくれた。

「粘り強く付け回す？　古い古い。今は情報の時代だよ。ネットの掲示板とか見るとさ、一杯転がっているよ。何処で誰を見掛けた。どこそこの店に誰がよく来るってネタがね」

「はー、そうなんですか。そしたら、あの羽沢麗児がどこかの劇団女優とレストラン出た時のショット。あんなんもそうですか？」

「あぁ、あれ？　あれはねぇ……」

「やっぱり、今どこそこの店で羽沢が誰かと飯食べてるなんて、リアルタイムで書き込まれるんですか？」

「いやいや、あれはねぇ。ここだけの話にしておいてくれる？　人にしゃべっちゃ駄目よ。あれはねぇ、タレコミなの、本人からの」

「本人？　本人て、羽沢麗児」

ビンゴ！

「そ。あいつ、もうそういうことしなきゃ顔が出ないでしょ。時折電話がかかって来てね、まるで百万ドルのスクープを売り付けるかのように、もったいぶって教えてくれるわけ。まぁ、一応見開き二ページ分売れないこともないので、言われた通り出掛けて行ってシャッター押して来るけどね。それもあと一、二回じゃないかな。値段がつくのも」

「あの時も、そのあと相手の劇団女優の方にスポットが行っちゃって、羽沢麗児は忘れられた存在になっちゃいましたよね」

「そうそ。大分思惑が外れたみたいだね」

「そう言えばその劇団女優の恋人とかいう男性も出て来て、それがまた別の女性といるところをシヨットされちゃいましたね。あれも確かエンジェルショット……」

「そ、僕が撮った」

「え？　あ、そうやったんですか。それはどうやって」

私はもちろん知っていたが、しらばっくれて聞いた。ところがちょっとわざとらしかったか、途端に相手は警戒し始めた。

「うーん、何か怪しい。何を調べてるの、オタク？」

「え？　いやぁだから、どないしてスクープ現場に駆け付けられるんか、その秘訣を教えてもらおうかと」

「やめた。オタクの言うこと信じるのなら、それはそれでライバル増やすだけだし、信じないとしたら、つまりあの劇団女優の事件を調べていることになって、その辺ばらされるのも困るし」

あ、見掛けに寄らず論理的で鋭いやん、この人。私は開き直る。

「堪忍して下さい。騙すような質問の仕方をしていました。確かに私、あの劇団女優の件、調べています。最初のスクープがやらせじゃなかったのか？　そうしたら、あの恋人の男性の彼女も何かの間違いじゃなかったのか」

「つまり僕の二枚の写真が嘘っぱちだと暴きに来たんだ」

「写真に写っている限り、二人がそこにいたのは事実でしょう。羽沢麗児と松井青葉、彼女の恋人と謎の女性。ただその事実に至る経緯が知りたいんです。ご存じかどうか、石井さんの写真がもとで、あの二人は別れました。そのショックが尾を引いて、松井青葉は主役の座を降りました。真相を調べて公表するわけではありません。ただ渦中に投げ込まれて犠牲になった二人に、本当のことを伝えたくて」

「伝えてどうするの？　もとの鞘に納まってもらうとか？　無理無理。そんなことぐらいで別れたぐらいなら、一緒にならなかった方が良かったんだよ」

次第に私も我慢できなくなって来た。

「そんなことぐらい？　どんなことぐらいの騒動やったか知っとるんですか！　彼女が降りざるを得なかった主役を彼女がどれほどやりたかったんか、知っとるんですか！」

「はん、知らないねぇ。そんなこといちいち気にしていたらバチバチシャッター切れないよ。こんな商売続けられないよ。オタクだって本当に分って言ってるの、その二人の気持ち？　分ったふりして可哀想な二人のお涙頂戴記事を書こうとしてるのじゃないのかい？」

私は気を静めようと一息間を置いた。ペンやメモを取り出してはないが一応忘れ物がないか身の回りを確認した。鞄に手を突っ込み手探りで財布から千円札を二枚抜き取った。もうこの男と話してもしょうがない、これ以上何も話してもくれないだろう。ただ、もうひとことだけ言ったる。はい、深呼吸。

「私かてホンマのところは分りはしません、二人が味わった思いなど。でも一つだけ分ってますわ、そんなことぐらいのしょうもない稿料のために、あんたが二人の人生を狂わせてしもうたことを。お時間とらせましたね。オタクにオタクって呼ばれとうないわ！」

テーブルの上のレシートに千円札を二枚投げ付けて、私は席を立った。何だ失敬な、とかオタクカメラマンは叫んでいたが、追い掛けては来なかった。

自分の捨て台詞にいくらか気分をすかっとさせて、店を出た一ブロックは元気良く歩いていたが、すぐに千円札二枚が惜しくなった。関西で育った金銭感覚が、かっこ付けのためにお金を捨てたことを後悔させる。現実問題としても、この出費は痛い。よっぽど引き返して一枚返してもらおうかと思ったが、かろうじて踏み止まった。

それはともあれ、一回目のショットはスキャンダルを意図的に作り上げようとしたことが判明した。おそらく二回目もそうなのではないか。そうなると青葉さんの彼氏と一緒に写っている女性が誰かということになるが、オタクカメラマンに写真を撮らせたのが一回目と同じ羽沢麗児だとすれば、羽沢の周辺の女性だと思われる。この女性を捜し出すには、どこで出会ったのか英一さんに聞くのが一番早い。しかし彼は事件後転勤にさせられたらしく、銀行に電話で聞いても外部の人間には転勤先を教えてくれなかった。ここで再び山のサークルのコネだ。一年後輩に同じ銀行に就職した美佐緒という女の娘がいた。早速連絡を取って、事情を説明して転勤先を調べてもらった。

「アト先輩、怖いねぇ、銀行って。あの人宮崎行っちゃいましたよ、宮崎」

宮崎！　さすがに年中金欠のフリーライターが追い掛けて取材するにはちょっと遠い。交通費を計算していた私に美佐緒が耳寄りな情報をくれた。

「アト先輩、私の支店にいる男の先輩がね、その飛ばされた山野さんと同期で、あのショットされた前の晩、一緒に飲んだんだって。そして二件目で行った店にいたのが、おそらく写真の女性だろうって噂してた。何でもその女性が、世間で評判の山野さんに是非会いたい、知合いなら連れて来てって、もう一人の同期の人に頼んでいたらしいよ」

「ナイスバッティング！　ちょっとそのお店何処にあるか、聞いてもらえんかな」

美佐緒は山の上ではよくバテて、お荷物になりがちな後輩だったが、今は手を合わせて拝みたいほど役に立ってくれた。

その彼女から聞き出したお店を先ず昼間に訪ねて場所を確認した。六本木と赤坂の中間ぐらいに位置するスナックだった。幸い辺りにはそういうお店がそれほど多い場所ではなかったので、美佐緒の先輩が覚えていただいたいの場所と、カルチェラタンという店の名前だけで見つけることができた。これが銀座のど真ん中だったとしたら、うる覚えの店の名だけで探すのは苦労したことだろう。

ハル先輩を訪ねた時は、相手は店の客であり、なおかつ知合いでもあったからよかったが、今回は初対面の、しかも店の人間を訪ねるわけだから、こちらの聞きたいことだけを聞いて、はいさよならというわけにもいくまい。私も客にならないと話を引き出せるものではないだろう。しかし若い女が一人で行くような店でもないので、仕方なく石三を誘ったら、取材先で知り合ったというテレビ関連の会社の男性を連れて来た。名前を五十嵐といい、丸顔、丸眼鏡、小太り、いかにも人の良さそうな感じの三十七歳、二児の父親である。これでは宮崎まで行くのと変わらない経費が飛ぶに違いないと覚悟を決めたが、この五十嵐さんが酒代を出してくれると言う。内心の安堵感を包み隠しながら、そんな訳には参りませんと遠慮の真似事をしてみたが、若い女性（私のことだ）と連れだって、若い女性のいる店（それはどうだか知らない）に行くチャンスもないので、是非同行させて欲しい、取材費という名の交際費が余っているから、お代の方は心配いらないと言う。私は石三を傍らに引き寄せ、小声で聞いた。

「会社の若い連中でも引っ張って、なんぼでも行けるやろ。何で行かへんの？」

「いやぁ、何か同じ会社の若い人は付き合ってくれへんらしいわ。気の優しい人やから一人ではよう行けへんらしいし」

その答えに一抹の不安を感じながら、五十嵐さんを上司に仕立て、ＯＬ部下Ａと新米部下Ｂはカルチェラタンに入った。客が三十人ぐらいは入る広さがあり、五人掛けのカウンターとフロアにはソファ、ピアノも一台置いてある。五十嵐さんがお望みの若い女性も幸い六、七人はいそうだったが、肝心の写真の女性がいない。遅い出勤なのだと言い聞かせて、しばらく待つことにした。

こういう場所では若い女性客の立場が微妙になるが、同じ年代の女性として友達になればいいのだ。水商売の女といっても昔と違って、昼間は大学に通ったり、普通の会社でOLをしたりしている女の娘がたくさん働いている。この日私の隣に座ったアコちゃんも、福島の高校を卒業して東京の女子大に通う十九歳だった。履いている靴に始まり、着ているものや美容院、スイーツなどのお店の情報交換で一時間ぐらい話が盛り上がった頃、五十嵐さんに異変が起こった。目がすわり、だらしなくよだれを垂らしながら、隣に座った女性を引き寄せキスをしようとしている。あ〜やっぱり酒癖の悪いおっちゃんなんやと思った瞬間、五十嵐さんは逃げようと席を立った女性を追い掛けようとして立ち上がりかけ、何かにつまずいて床にぶっ倒れてしまった。

「大丈夫ですか！」と近寄る石三を払いのけて、

「何をするんだ！」と立ち上がったが、目の焦点が定まらない。

「おれの企画、没にしやがって、覚えてろお前」

訳の分からんことを口走りながら、目茶苦茶に両手を振り回し始めた。キャーとか黄色い声をあげて逃げ惑う店の女性達。

「石三、身体押さえて」

そう言いながら私は、石三と二人で、五十嵐さんの両側に抱き付いた。振りほどこうともがく五十嵐さん。その時白いタオルが飛んで来て、五十嵐さんの顔の中央にぺたりと張り付いた。土中から蘇ったキョンシーの動きを封印する護符のようで、五十嵐さんの動きも一瞬止まった。そして白い手がすーっと延びて来たかと思うと、白いタオルをかぶせたまま五十嵐さんの顔をごしごし拭き始めた。

「お客さん、少しお酒が過ぎたご様子ねぇ」

顔を一通り拭き尽くされた五十嵐さんは、タオルが除けられてぷわぁと息を吸い込んだ後、自分をいたぶった相手に反撃しようと奮い立つかに見えたが、相手の顔を見て、またたびを与えられたライオンのように、急におとなしくなった。女王のような威厳あるオーラを発して、一人の美女がそこに君臨していた。それが「エンジェルショット」に載っていた女性である。

タクシーを呼んでもらい、それが来るまでの間、五十嵐さんはカウンター席につっぷして眠りに入った。隣には石三が、介護か監視か自分でも役目が分からぬまま、付き添っている。私は席に戻り、目的の女性と対決だ。

「たいへんな上司ね。酔うといつもこうなの?」

「あー、いえ、一緒に飲むの初めてで知りませんね。ご迷惑お掛けました」

「あら、言葉が関西ね。私は詩織。よろしく」

詩織さんは年齢三十代前半。動く度にふわりと音がしそうなウェーブのかかった髪が肩と魅惑的な大きな瞳にかかる。シックなブルーのスーツドレスを着こなし、「エンジェルショット」の白黒の頁の記事に載るよりは、カラーのグラビア頁を飾ってもおかしくないほど、美人でスタイルもいい。私にはどう頑張っても身に付けられない雰囲気を纏っている。でも負けられへん。

「跡美っていいます。よろしく。あれ? 詩織さん、どこかで見たことあるなー。テレビとか出ました?」

まるでこっちが店の女性のような台詞を吐いている。

「何言ってんの。ここはショーパブじゃないし、あたしには、これといった芸もないし。断っておくけど、あたし、生まれた時から女よ」

「あー、じゃあ何だろ、雑誌かな。誰かと一緒に写真とか写ってません？」

「写真？」

何だか疑うような響きが声ににじんだので、慌てて説明する。

「あ、私ね。言葉とか数字とか公式とかは覚えられへんのやけど、目でぱっ、ぱって見たもの、結構覚えとるんですよ、カメラで撮るみたいにね。それが逆にね、見た覚えがあるのに何処でだか思い出せへんと、めっちゃ気になって」

「ママはね、ちょっと前のことだけどね、写真週刊誌に載ったのよ、エンジェルショット」

話を聞いていたアコちゃんが横から口を挟む。

「これ、アコちゃん」

「えっ、ホンマですか。何されたんです？」

「時の人とラブラブツーショット」

アコちゃんが両手の指でハートを作った。

「ええっ、誰ですか？　時の人？　シュマップ？」

「普通の銀行員よ。たまたまちょっと騒がれて、それでちょっと酔い潰れただけ」詩織さんが面白くなさ気に言う。

「銀行員？　銀行員、銀行員。何かありましたねぇ、ちょっと前、劇団女優の彼氏とかいう？」

「そう、そう、それそれ」アコちゃんがまた横からはしゃぐ。

「えーと最後には、別の彼女が現われたんでしたっけ？　あ？　あの彼女が、詩織さん？」

「だから彼女なんかじゃないわよ、あの日初めて会ったんだから。酔い潰れて仕方ないから、あたしのマンションに泊めただけ」

　詩織さんが弁解する。

「でもそれって、あの銀行員の後を付けてたんやろうか、カメラマンは」

　詩織さんの顔付きが厳しくなって、私を見つめる。

「だって、ハプニングなわけでしょう、酔い潰れたのは。次の日の朝、詩織さんのマンションの前に偶然カメラマンがいるの、おかしいんとちゃいます？」

「羽沢さん、追っ掛けてたんじゃない？」またアコちゃんが口をはさむ。

「羽沢？　羽沢麗児？」私は意外な名前を聞いたような口振りで尋ねる。

「アコちゃん、ちょっと向こう行って」

　詩織さんの低い声にアコちゃんは私にだけ小さく舌を出して見せて席を立って行った。詩織さんは水割りを一口すると私に向き直った。

「あなたかしら、あの騒動の真相とやらを嗅ぎ回っているフリーライターって？」

「ばれちゃいました？　もう知っとるんですね？　ということは、詩織さんと石井さんはお知合いということですね」

「知らないわ。別の人が私に教えてくれたの」

「羽沢麗児さん？　友達の友達って奴？」

「さぁね」

「何も言わないようにクギ刺されたんですか？　教えて下さい、マスコミには流しませんから」

「別に話してもいいわよ。何が知りたいの？　あんな酔っ払い連れて来てまで」

「あの人はちょっと誤算でした。いや、私が知りたいんは、あの写真週刊誌の記事がウソかホンマか。つまり山野さんと詩織さんはそういう関係なのかどうか。ウソやったら何でそんなウソ作りはったのか」

「私と山野さんの関係？　男と女の間のことは言えないわねぇ」

「山野さんをこの店に連れて来るよう詩織さんが強く望んだって話も聞きましたけど」

「そう、そんなことも知ってるの。いいわ、仕掛けたのは私としておきましょうか」

「それは羽沢さんの指示だったんですか？」

「麗児の指示？　何で？」

「羽沢さんを袖にした松井青葉への復讐」

「ははは、麗児は関係ないの。あたしの問題」

「詩織さんの？」

「単純な話よ。いい、私と麗児がいる」

　そう言いながら彼女は水割りの入ったグラスと空のグラスをテーブルの上に置いた。

「それから劇団女優とあの銀行員さん」

新たに空のグラスを二つ並べて正方形を作ると、最初の水割りの入ったグラスを取り上げ、左右に振る。

「これがあたしとすると、私は麗児に尽くしてたとする」

中に入っている水割りを氷もろとも羽沢麗児のグラスに注いだ。

「麗児はあの劇団女優を恋人にしたつもりでいた。ところが彼女には本当の恋人がいた」

言いながら詩織さんは、羽沢のグラスから松井青葉のグラスへ、青葉のグラスから山野のグラスへと、次々と注ぎ替える。

「だとしたら、私はこのグラスを飲まない手はないわ」

言葉通り、山野さんに見立てたグラスに移った水割りを一気に飲み干した。つまりはプライドの問題か。自分の男である羽沢麗児、彼を振った女の恋人を寝取ることで、四角関係の最上位に立ちたかったということだ。

「いいわよ、マスコミにどう流したって。私の手口がどうであれ、あの銀行員の気持ちが本当はあの劇団女優に向いているであれ、彼があたしのマンションに泊まったのは事実。真実はそこで何もなかったとしても、世間は何かあったと見たわ。私のことを純愛カップルのお堅い男もよろめいた女と認めたわ。それで十分よ」

「世間がどう見るか。それが大事な訳だから、わざわざショットのカメラマンを呼んで撮らせたんですね」

それがいけないとでも言いた気に、詩織さんは挑むような顔で正面から私を見た。

「他の人がどう見るかより、自分が、自分と自分の大切な人達がどう思うかの方が大切なんとちゃいます?」

「他人の目にどう映るかが大切なの、あたしの世界では」

分かり切った答えだった。車が来ましたと誰かが告げて、私達はその店を後にした。

翌日、調べた結果を報告しようと松井青葉に電話をしたが通じなかった。その番号は使われていないということだった。携帯を買い替えたのかもしれないと思い、アパートまで行ってみた。表札はもとのままで引っ越した様子はなかったが、ポストに郵便物が溜まっていた。私の取材で分かった事実を簡単にまとめたレポートを連絡先と一緒に突っ込んで帰って来たが、何日経っても音沙汰はなかった。仕方がない。もともと稼ぎにならなかったり、無駄になったりする取材も結構多いものだ。

狂騒曲序奏

「吉祥院家取材拒否」（五月十日　火曜日　毎朝スポーツ朝刊）

毎朝だけでなく、この日のスポーツ各紙の見出しには前後の言葉は違ったが、取材拒否の四文字が踊った。このところマスコミを賑わしている吉祥院家の舞踏会の記事だ。

一介のフリーライターである私のもとには案内が来るはずもなく、前もって知る由もなかったが、昨日吉祥院家の記者会見とやらが開かれたらしい。そこで吉祥院家が主催するパーティーへの取材拒否が言い渡されたようだ。今回の騒動の経緯をまとめた記事によれば、ことの始まりは半月ほど前の四月二十日頃に遡る。

吉祥院裕喜、つまり私の大学時代の先輩である長島裕喜先輩がグループ取締役に就任することになり、その披露パーティーを六月七日に開催することが、吉祥院グループからマスコミ各社の経済部宛にファックスで送られたらしい。その時は誰もたいして関心を持たなかった。裕喜先輩は次男だったし、就任するとされた要職はどれもさほど重要なものとは思われなかった。裕喜先輩がかつて父実顕氏の政界活動を断念させることになった、自殺事件の遺児であることに気付く人も少なかっただろう。ある経済新聞の片隅に十行ほどの記事が載っただけで、私もその記事は見逃していた。

ところがある出版社の月刊誌のインタビュー取材において、六月七日の取材予定がキャンセルされ、それが注目を集める発端となった。キャンセルしてきたのは、今をときめく大河女優竹島桃子で、その理由が吉祥院グループの披露パーティーへの出席だったのだ。何故竹島桃子が私企業のパーティーに？　イメージキャラクターをやるのか？　そう取り沙汰されているうちに、次々と各界の著名人が招待されていることが判明し始めた。お嫁さんにしたいタレントナンバーワンの女優夏珠子。テニス界のプリンセス井手久美子。人気実力若手ナンバーワンの女子プロゴルファー宮迫亜紀。横綱小次郎丸関。昨年惜まれて引退したホームランバッター竹山。まるで超大作ハリウッド映画のプレミアム試写会といったメンバーだった。いったいこの就任披露パーティーは何なのだ？

スポーツ各紙の芸能欄やワイドショーが次第に熱を帯び、ここ数日は、新たな招待客が判明する度に見出しやテロップが、大きくなっていった。同時にパーティーの開催趣旨が取り沙汰されるようになる。次男でしかも庶子なのに何故か。長男を差し置いて吉祥院グループの後継者となるのではないか。あるいは、最初は一笑に付されつつ、語られるうちに次第に真実味をおびていった説だったが、裕喜先輩の花嫁候補を選び出すためのパーティーではないか。

当然当日の会場への取材申し込みが殺到した。それに対し吉祥院グループが開いた会見というのが昨日のことで、今日紙面を賑わしている通り、当日取材お断りを言い渡したらしい。

私は弟の石三に電話してみた。

「もしもし？　あたし。今電話えぇ？」

「おねえ？　まぁ、ええけど」

「あんた、昨日吉祥院家の会見とやらに行ったん？」

「あぁ、行ったよ。一番後ろの壁の張り紙と一緒やったけど」

「よかったらちょっと聞かせてよ、その様子？　どんな人が出て来たん？」

「それがさ、グループ企業の広報担当やなくて、今回のパーティー専属の実行委員長という人が出て来てな、五十前後のおっさんや」

手元のスポーツ紙には会見場の様子を伝える写真が載っていて、その実行委員長が小さく写っている。四角い顔で髪の生え際が頭の頂上付近まで後退している様子であることまでは分かる。

それからしばらくの間、私は弟の話を聞いた。それをもとに会見の様子を再現するとこうである。

会見場は吉祥商事の本社が入るオフィスビル内の会議室で、八十人ほどの取材陣がひしめいていた。前の入口からその実行委員長が入って行くと、ざわついていた会場が一旦静かになり、カメラのストロボが二、三光って、シャッター音が響いた。実行委員長はワイヤレスマイクを手にとって、あらかじめ何度も練習して来た台詞のように、何も見ないで切り出した。

「六月七日に当方で予定しております吉祥院裕喜取締役就任披露パーティーにつきまして、非常に多くの報道関係の方々から当日の取材申し込みをいただきました。当方ではこのような申し込みが寄せられるとは予想しておりませんでしたので、これまで明確なご回答を差し上げることができませんでした。本日は正式にその回答を申し上げたく、このような席を設けさせていただきました」

声にはならないが、え？　という意外に思う空気が流れたという。そのような趣旨で会見することが通知されてあったが、多くの取材陣は、この席はパーティーの開催趣旨か取材方法に関する説明会だと勝手に思い込んでいた。申し込みに対する回答？　何のことだ？　前に増してストロボが光り、シャッター音が響いた。実行委員長は息を吸い込んだ後、一気に吐き出すように話し始める。

「今回のパーティーは、吉祥院家次男裕喜氏がグループ企業の取締役に就任することを、グループ関係者に披露するためのものであり、いわばグループ内の内輪の行事でありますから、誠に恐れ入りますが、テレビ中継はもちろんのこと、当日会場への報道関係の方の入場は、一切お断り申し上げます」

場内が一瞬静まり返った。取材陣の誰もが何を言われたのか判断つかないような、呆気に取られた顔を並べた。それを眺めた実行委員長は言い知れない快感が込み上げたような顔付きをしたという。それを証拠に弾んだ声で繰り返す。

「もう一度だけ申し上げます。今回のパーティーは、当グループの私的な、つまりプライベートな行事でありますので、報道関係の方の入場を、一切、お断り、申し、上げます。以上です」

実行委員長は言い切って軽く会釈し、マイクを置いて席を立とうとした。

「ちょ、ちょっと待って下さい。取材拒否ということですか?」

「報道を拒否される理由は何ですか?」

「私的な集まりに何故竹島桃子や夏珠子なんですか?」

何人かの記者が立ち上がって、口々に叫んだ。彼らを取り乱させたことに満足したのか、実行委員長は鷹揚に両手を掲げ、静粛になるのを何も言わずに待った。時折手にしたハンカチを押し当てるようにして、額や首周りの汗を拭いている。立ち上がった記者が所在無げに座り直し場が静まると、再びマイクを手に取った。

「ご質問がある場合はお一人ずつお願いしたいと思います」

言葉こそ丁寧だったが、聞き分けのない子供に言って聞かせる先生のような態度だ。

「先程聞き取れたご質問にお答えするならばですね、取材を拒否する理由も何も、先に申し上げました通り、プライベートな集まりですから、取材を受けなければならない理由が、当方にはそもそも存在しないと思っております。ここは一つご理解願いたいですね」

「質問よろしいですか？」

一列目に座っていた、芸能系の報道関係者の中でも一目置かれているさくらテレビの古田記者が手を上げながら言った。

「どうぞ」

「プライベートな集まりと言われる割には、各界の有名人を招待されている理由は何でしょうか？」

「そうだ、何で桃子や珠子なんだ？」

後ろの方から、先程と同じ記者が同じ質問をした。大江戸スポーツの川波記者らしい。実行委員長も古田記者も冷たい視線を送った。

「ご招待の理由をそれぞれ説明する必要はないと思っていますが、あえて申し上げますと、これまで裕喜氏もしくは実顕氏とお付き合いのあった方々、あるいはこれを機会にお付き合いを望みたい方々、そのような方々を中心に人選をされたと伺っております」

「これを機会にお付き合いを望みたい、それはどういう意味でしょう」古田記者が尋ねる。

「文字通りの意味です」何を質問するのか分からないといった仕草で答えた。

「すなわち交際相手、つまりはお嫁さん候補を探すということでしょうか？」

二列目にいた江戸町テレビの川上レポーターが質問した。

「文字通りと申し上げたはずです。どうして都合のいい方に飛躍してとられるのでしょう、皆さんは？　今回の招待は男性の方女性の方お二人一組でお呼びしております。女性の方ばかりをお招きしているわけではありません」

「では多くの有名人と交際を望む理由はなんでしょう？」とスポーツ承知の山崎記者。

「個人的な理由と思われます。お話しする必要はないと思います」

そこへ、さっきから野次のような質問を飛ばす最後列の川波記者が叫ぶ。

「あなたはさっきから、取材を受ける必要はないとか、説明する必要はないとか言ってるけど、我々は知る必要があるんだ。国民は知る権利があるんだ」

「知る権利？」

実行委員長はおかしさがこらえ切れなくなったように、少しうつむいてハンカチで口元を押さえた。それがはた目にはいかにも質問を馬鹿にしたように見えた。

「な、何がおかしい！」

質問した川波記者が立ち上がって叫ぶ。

「いや、失礼しました。でも知る権利って何ですか？」

「知る権利は知る権利だ。国民は公人のすることを、その、等しく知る権利がだな……えっと」

「等しく教育を受ける権利、などは私も知っていますが、知る権利というのは憲法の第何条にあるのでしょうか？」

「ぐっ」

川波記者は答えに詰まる。第一列にいた古田記者が助け舟を出す。

「知る権利というのは、表現の自由と表裏一体をなすものです。情報公開を求める権利といってもいいでしょう」

「国民が知るべきである事実を知る権利はなるほどあるでしょう。しかし知らなくてもいいことを知る権利はない」

「知るべきか知る必要がないか、知らなくては判断できないでしょう」銀縁眼鏡を押し上げて古田記者が反論する。

「それを判断するのは皆さんなのですか？　知ったことは何もかも報道してしまう皆さんですか？それで飯を食べている皆さんですか？　皆さんが自らの報道行為を正当化するために、権利を拡大解釈して振りかざすようなことはやめて下さい。権利を主張するなら義務がある。正確な報道をする義務、プライバシーを守る義務、これらの義務をきちんと守ってから権利を主張して下さい」

実行委員長は言葉を切った。言葉に感じられる熱に押されて誰も反論できずにいる。取材陣はこのような反撃が来ることを予期していなかったのだろう。

「皆さんが報道された結果がどれほど重いか考えたことがありますか？　噂話を面白おかしく報道して、現実になってしまったことだってあるでしょう？　目出度い話ならまだいい。報道されたことがもとで離婚してしまうことも自殺してしまうこともあったのではないですか？　危ないと騒ぎ立てられて倒産した会社だってあるのですよ、そこをどれだけ考えたことがあるのです？」

あらかじめ台詞を用意していたというよりは、常日頃から溜まっている鬱憤を晴らし慣れているかのような舌鋒だったという。そうだとすると、先程馬鹿にしているかのように笑いをこらえていたのは、自分の言いたいことが言えるような展開になってくれたことを喜んでいたのかもしれない。「知る権利」は彼にとって、まさに待ちに待った言葉だったのだ。石三はそう感じたそうだ。実行委員長は一旦口を閉じ一息入れて、トーンを落として続ける。

「何でも知りたがって報道してしまう皆さんに、そうした自覚が足りない以上、我々としては知られないようにするだけです。取材をお断りするしかないのです」

「そもそもお披露目のパーティーなのに報道されて困ることがあるのですか？」山崎記者が尋ねる。

「困ることはありません。でも最初に申し上げましたように、報道される必要性を感じません。お披露目すべき相手の方々は我々が判断して招待し来てもらうわけです。それ以外の方にはお披露目する必要がありません。だから報道されなくても困りません。反対に、報道される内容よりも、報道されること、その行為によって、困るような事態になってしまう可能性がありますからねぇ」

「どういう意味でしょう？」

「騒がれ過ぎるとろくなことがないのです。予測できないことが引き起こされる恐れが多分にある。敢えて申し上げますが、今回の主役となるのは吉祥院裕喜ですよ。彼の母親の事件を思い出して下さい」

実行委員長は一同の顔を見回す。ハンカチが四角い顔を一回りする。

「ご納得いただけましたでしょうか。では本日の会見はこの辺で終わらせていただきます」

実行委員長は立ち上がった。

「待て！　これだけ世間の注目を集めるようなことをして、取材拒否で通ると思っているのか！」

再び最後列の川波記者が叫ぶ。

「世間の注目を集める？　皆さんが勝手にかき集めたのでしょう？　私どもは最初に皆さんのところへパーティーを開くとファックスでお知らせしただけです。その時はほとんど反応を示さなかったのに、有名人が招待されていると知るや後から後から出席者を嗅ぎ出して、勝手に盛り上がっているのは皆さんの方ですよ。お忘れなく」

すぐに言葉を返せる記者はいなかった。改めて言われてみると確かにその通りだった。そんな中、このまま何も報道する事実がないと、デスクにどやされると思った石三は、手を挙げておずおずと尋ねたそうだ。

「せめて出席者のリストをいただけませんか？」

「お断りいたします」

にべもなかった。入り口に向かって歩き出し、ガードマンが間に立つ。

「我々を敵に回すんだな！」

川波記者が叫んだ。実行委員長は振り返ると肩をすくめて
「最初から味方だと思っていませんよ」と言い捨てて扉の外に出た。

以上が弟が語った会見の様子だった。改めて手元のスポーツ各紙を見ると、一様にその実行委員長の拒絶振りが載せられていたが、拒絶の理由を詳しく説明している部分はほとんどなかった。多

数の芸能人が集まる華やかさをひとり占めするためだと論説している記事もあった。何の先入観も持たない人が素直に読んだならば、吉祥院グループの傲慢さに憤るに違いない。後追い報道によると、実際百本を超える抗議の電話がグループ内各企業の代表電話に寄せられたらしい。

そして、今回のパーティーは裕喜先輩の花嫁候補選びではないかという見方がなおさら強まった。

今回のパーティーを機会にお付き合いを望みたいという実行委員長のコメントが強調されたのだ。だからあんなに取材拒否をするのではないか。この見方は少し現実性に欠けていたが、人々の関心を引くには十分過ぎたので、いつしかそれを誰も疑わなくなり、就任披露パーティーは次のような名前で呼ばれるようになった。シンデレラ舞踏会と。

私は学生時代の先輩である長島先輩イコール吉祥院裕喜がその渦中にあったので、マスコミが騒ぎ始めた直後から関心を寄せていた。そしてこの取材拒否会見の記事を見て、シンデレラ舞踏会そのものにも興味を抱いたが、取材を拒否するための会見が返ってマスコミの関心を煽ってしまった結果に皮肉なものを感じた。今後舞踏会当日に向けて、ますますエスカレートしていくであろうマスコミの嵐がどう吹き荒れていくのか、マスコミの取材被害を追い掛けている立場としては、できればその台風の上陸地点となる舞踏会に出席できないものかと思った。

しかしながら取材拒否を宣言した吉祥院側は、招待者も厳選しているらしい。おまけに招待者は必ず男女のペアでなくてはならないそうだ。いくら大学時代の後輩といっても、数か月一緒だっただけだし、特例を認めてはもらえまい。

そんな中、カモがネギしょってやって来た。いやこれは失言だ。カモというのは大佐田晴先輩だ。ある日電車を降りてバックからマナーモードにしていた携帯電話を取り出したら留守電メッセージが入っていた。着信履歴にあるのは見慣れない番号。誰やと思ってメッセージを聞く。

「もしもしアトか？　大佐田だ。この前は済まなかった。ちょっときついことを言い過ぎた。お詫びに今話題沸騰の舞踏会へ行くか？　裕喜の奴のだ。連絡くれ」

私は我が耳を疑って三度再生した。駅のホームの真ん中で立ち止まってしまい、会社帰りのサラリーマンが迷惑そうに避けて通ったようだが、すいませんの一言も返せなかった。

先輩が謝ってくれている。さらに気に掛けてくれて、舞踏会へ連れてってくれると言う。私は震える指で携帯の着信履歴から電話した。

「はい、大佐田です」

「あ、あの折原です。電話いただきまして」

「おう、アトか。そういうことだ。行くか？」

途中が全く省略されている。

「は、はい、是非！　でもえぇんですか？　私何かがお相手で？」

「全く裕喜もさ、人を呼んどいて、条件付けるんだからな。そっちこそ、俺が相手じゃ不満だろう」

「と、とんでもないです」

「まぁ、俺のことは入場券だと思ってくれればいい。あまり固く考えないで、玉の輿に乗る相手を物色してればいいよ」

それって本音なん。それとも照れ隠し？　私は照れ隠しで言う。

「私は行けるだけで十分です。先輩こそ花嫁候補を探したらええですやん。そうや、私がお望みの女性と友達になって、橋渡ししますからに」

「そうか、じゃぁ夏珠子を頼む」

「ちょ、ちょいと、それはちょいと身の程知らずというもんやぁ、先輩。山の初心者がいきなりチョモランマ目指すようなもんですよって」

こう言えば期待通りの突っ込みを返すやろか。それは私等が属した山のサークルで使い古された常套句だった。

「馬鹿言え、一万尺のアルプスも初めの一歩からだ」

やはり。お互い懐かしい雰囲気の笑い声に包まれた。

「じゃぁな、近づいたらまた電話する」

そう言って電話は切れた。私はもっと話したかった。もっと尋ねたかった。先輩の事件はその後どうなりはったのですか？　仕事はその後変わったのですか？　他に誘う方はいらしまへんのですか？　私は何番目の候補者やったんですか？

しかし家に帰って冷静に考えてみると、大きな現実問題に気が付いた。舞踏会といった場に着て行くような服が無い。フォーマルなワンピースは何着か持っていたが、取材に行くには適していてもパーティーには固過ぎるだろう。持っていそうな友達もいない。一人だけええとこのお嬢さんを知っているが、小柄な彼女の服は小さ過ぎて着られまい。あれこれ考えて、そんな服を着る機会はもう二度と巡って来ないだろうし、結局レンタルすることにした。

そして、税金対策として服のレンタル費用を必要経費扱いとするためだけでなく、私はこれを取材と捉えることにした。カメラ持ち込み禁止、カメラ付携帯も駄目ということらしいので、そちらはきっぱり諦め、会場の進行状況や様子を録音するためのテープレコーダと記事のメモ替わりに使うボイスレコーダを持って行くことにしよう。

当日に向けてマスコミはますますヒートアップしていった。新たな招待者の情報や、出席者の衣装、当日出される料理の予測、吉祥院家にまつわる小史やゴシップ、ヨーロッパの舞踏会の歴史、正式な作法などなど。

「どういう基準で招待客を選んでいるのかねぇ、分からないね」

宮野権太は自分が司会を務める「モーニングズバット」の中で、折に触れ自分が舞踏会に呼ばれないことへの不満を口にした。

「私を呼びなさいよ、盛り上げてあげるよ」

どうも舞踏会に関心があって行ってみたいというより、テレビ界の大物である自分が招待されないのが腹立たしい様子だ。ある日の放送では恩を売るかのようにこうも言った。

「ボランティアで行ってみてあげようかね、箔を付けてあげよう」

いやややおじさん、それは勘違いしてるんとちゃう?

私はこうした前奏曲も丹念にチェックし、ワイドショーは録画し新聞記事はスクラップした。新聞記事のスクラップは、私にとって父との間の懐かしい思い出を呼び起こす。私の父親は社会部だったが、自分の分野の記事だけでなく、興味を引くものは小まめにスクラップをとっていた。現在のようにインターネットが無かった時代では、貴重なデータベースであった。私が小学校の高学年に上がる頃からは、父親がマーキングした通りに切り抜き、ジャンル別のスクラップブックに貼っていく作業は、私の小遣いに対して課せられた仕事だった。そしてそれが、私を今の仕事に足を突っ込むことになったきっかけだったかもしれない。

舞い上がる舞踏会

「いざ舞踏会」（六月七日　火曜日　毎朝スポーツ朝刊）

舞踏会当日は、梅雨入りを前にして良く晴れ上がった。私は朝から美容院へ行き、普段は後ろで束ねるだけの髪をきれいに纏め上げ、昼から貸衣装屋へ回って、完璧にドレスアップした。鏡の前でぐるりと回り、一応淑女の仲間入りができるかと思った。

多少は先輩も見直してくれるんとちゃう？　でもこんな格好で上手に踊れるんかいな。

そう思ったところで凍り付いた。踊る？　取材の準備もして来た。格好もこうして繕った。だけど大事なことをひとつ忘れていた。ちゃんとしたダンスなんて、一つもできないやん。その昔パラパラの取材に行き強引にやらされたことがあったが、パラパラでなくてバラバラですねとお決まりの評価をもらってしまった。リズム感というものが乏しいらしいし、身体の二か所以上の部位に異なる動作を同時にさせることがうまくできないのだ。まぁいい。招待客全員が踊らなきゃいけない訳ではあるまい。

私達は午後四時にホテル・ザ・吉祥のロビーで待ち合わせた。そこから会場までは歩いて行ける距離だった。先輩もフォーマルな格好にはてこずっているに違いないと、そう思っていたら見事に裏切られた。ハル先輩は、そばに来るまでその人だと分からぬほど、ぴしりとした格好をして目の前に現れた。大きな身体なのにフォーマルスーツにだぶついているところがない。そうやった、この人はこういう人やった。普段は大まかでのんきそうに構えていて、決める時は決める。ちょっと厭味なぐらいに格好良く。私は半分悔しく半分頼もしく感じた。

「おぉ、アト、すっかりレディだな。馬子にも衣装って奴だな」

先輩の視線が私の上から下へと往復する。

「先輩こそラーメンにコショウ」

「ぼた山に雪化粧か?」

また私達のサークルの決まり文句を応酬し笑い合った。私が言ったのは、大学祭の模擬店でラーメン屋を出店した時、何か物足りなかったラーメンがコショウを入れたらそれらしくなったという話。先輩の返答は、筑豊地方の出身者がぼた山でも雪が積もればアルプスのように見えると力説した話。そうした出来事が繰り返し語られて、仲間内のことわざになったものがいくつもあった。

会場はグループの迎賓館である吉祥閣と呼ばれる施設だった。大正時代に建てられた洋風建築を正面玄関に残して、後方に近代的なホールを増築したものである。正門は道路から少し奥に引っ込んでいたが、その吹きだまりのような場所と道路の対面側の歩道に取材陣が溢れかえっていた。その状況を見て、私達を包んでいた懐かしい雰囲気は消し飛んでしまった。私は車で乗り付けるなど考えもしなかったが、歩いてその中を抜けて行くには少し覚悟が必要だった。

はたして正門を入ろうとすると、何人かのレポーターがマイクを向けて来た。

「すいません、ちょっとお話いいですか」

先を行く先輩は無言で通り過ぎようとする。その大きな背中に捕まりたいと中途半端に手を前に延ばしながら私は後に続こうとするが、着慣れないドレスが邪魔して追い付けない。両側から槍衾のようにマイクが突き出て来て行く手をはばまれた。

「失礼ですがグループとはどういう関係で？」

「今日の催しをどう考えられていますか？」

「今日は誰に会うのを楽しみにしていますか？」

矢継ぎ早の質問が飛んで来る。私はこういう目にあった人達を取材して来たが、自分が同じ体験をするのは初めてだった。なるほどこんな気持ちにさせられるのだと感心しているところへ、先輩が気付いて振り返った。救済しようと足を踏み出そうとするのを視線で抑えた私は、最後の質問をした私よりも若そうなレポーターに対して、矢継ぎ早に射返した。

「失礼ですがどこのマスコミの方でいらっしゃいます？　今のご質問のご趣旨はどういうことでしょう？　そして私の答えをどうなさるおつもり？」

えっと若輩レポーター君は口ごもる。

「ね、そんなふうに立て続けに質問されちゃ答えられないでしょ。次からはお気を付けあそばせ」

微笑みの上にウインクを重ねて、私はその場を切り抜け、見開いた眼から笑顔を吹き出した先輩の、広げた両手に追い付いた。

「お見事ですよ、お嬢様。わたくしも今度からあの手を使わせていただきます」

「よして下さいよ、先輩。同業者としてもののたずね方を注意しただけです」

「あの同業者と一緒に仕事をすることはないのか？　その時気まずくならない？」

「多分ないです。あっても今一生に一度の格好をしているから、同じ女と気付きよらへんでしょ」

「そうだな、言葉も見事にお嬢様してたからな。役者におなりあそばせ」

「すぐぼろがでますよって」

そこでクラクションが鳴り、後ろから一台の車が建物の玄関へ向かう私達の横を通り抜け、玄関前の車寄せで停まった。中に若い男女がいるのが見える。

「ほら、本物の役者さんですよ」

正門の外の取材陣も望遠レンズでとらえようとしている。最初に出て来たのは俳優の堀内武史だった。おぉという軽いざわめきが上がる。だとすると次に車から出て来るのはと周囲の期待が高まる中、ピンクのイブニングドレスを着こなした新妻の竹島桃子が降りて来て、周囲に太陽光線のような微笑みを放った。

スターの放つオーラに立ちすくんでいた先輩と私の横をすり抜けるようにして、更にもう一台の車が玄関前に停まった。

「先輩、先輩、チョモランマ！」

車から降りて来たのは、お嫁さんにしたい女性ナンバーワンの夏珠子とその兄である歌舞伎役者愛知川留五郎だった。私が振り向いて見るとハル先輩は竹島桃子以上に見とれている様子。その姿を見たら自分の左胸の外側が硬くなった感じがして、私は、これは妬ましさかと思った。

二組のビックカップルが入場した時のどよめきが静まる渦に吸い込まれるように、私達は建物に入ろうとした。その時さらに一台の黒い車が横付けされた。降りて来たのは宮野権太と夫人らしき女性だった。夫人の方も夫に負けず劣らず横柄な態度で、周囲を見回し歩く様子は、胸をそらせ、鶏冠と尾羽をいからせた雄鶏と雌鳥が連れだって歩いて行く姿を連想させた。

「へぇ、宮野権太も結局招待されたんですかね」

私の問い掛けにハル先輩は知らないと言う代わりに肩をすくめてみせた。

ところが宮野夫妻に続いて我々が玄関に入ろうとした時、権太の大きな声が中から飛び出して来た。

「わざわざ出向いて来てやったのによ、帰れと言うのかよ。いいのかぁ、俺はそんじょそこらにいるレポーターとは格が違うんだよぉ?」

何やん、やっぱりごり押しなん? 確かに厚かましい人種が多いレポーターの中にあっても、招待もされないのに、行けば入れてくれるだろうと信じて夫婦で来るほど厚かましい人は、そんじょそこらにいない、この人ぐらいだろう。それでも彼の横暴は撥ね付けられたらしく、玄関ホールの奥から、夫婦して顔を真っ赤にして戻って来た。

「知らないよぉ、どんなことが起きても」

捨てぜりふを残し出て行く二人を、中へ入ろうとする人達が左右に別れて見送る。どんな屈強な門番があの二人を締め出したのだろうと振り返ったが、招待券を確認する制服姿の女性と衛兵のように直立するガードマンしか見当たらなかった。

さて古い洋館の部分は赤い絨毯を敷き詰めた玄関ホールとなっていて、アールヌーボー調のシャンデリアが中央に輝いている。その下を通り抜け、新しい建物の中にある会場へ入ると、そこはホテルや結婚式場の披露宴会場のように天井が高く広々とした長方形の部屋で、既に二百人ぐらいの招待客が散開していた。片側の長辺の中央に結婚式よりは高く作られたひな壇がある。その向かって左側には楽団用と思われる椅子が並べられていて、残る三辺には和洋中の食事をサービスするテーブルが縁日の参道の屋台のように並んでいる。

「おう、ハル、久しぶり」

会場をキョロキョロしていた先輩と私は声を掛けられ振り返った。ハル先輩や裕喜先輩と同期の高谷先輩だった。一年ほど前に結婚し、新婚の奥さんを連れている。

「なんや、ハルがどんな美女を連れているかと思うたらアトやないか。しかしこれまた、ラーメンにコショウ、ぼた山に……」

「高谷、もういい、俺が言った」

「そうか。でもお前ら、いつの間にそんなことに。そう言えばこの間、アトがハルの居所聞いて来てたな」

一人で納得している高谷先輩にハル先輩が弁明する。

「いや、今日だけの一日契約さ」

「そうなんです、私がこの中に入りたいって無理にお願いして」

「そうやって息を揃えて否定するところがますます怪しいやん。まぁ、冗談から駒ってこともあるしな」

これは言い間違えではない。ひょうたんではなく、その言い方が正しいと信じて使い続けたある先輩に敬意を表して、私達のサークルでは日常的に使われていた。

他にもハル先輩や高谷先輩の世代の仲間が加わって、しばらく昔話に話が咲いていた。三学年下の私は、話の輪からはちょっと離れて、会場の様子を観察しては、気付いたことを右手の中に隠したボイスレコーダにメモしていた。ホールの内装、人々の様子、テーブルの上の花など。

「やっぱり取材するんだな」

振り向くと傍にハル先輩が来ていた。半分諦めたような口調だった。

「やっぱり仕事ですから」

私はかわいた笑顔を返した。

そこへ、ひときわ目を引くカップルが私の前を通り過ぎて行った。男は薄い紫のスーツに紫のタイ、女の方も濃い紫のイブニングドレスを着ている。かつてのアイドル羽沢麗児とカルチェラタンのママ詩織さんだった。羽沢はテレビで視るより背は小さく、失いかけているオーラを、異彩を放つスーツで誤魔化しているようにさえ見えた。かたや詩織さんの方は、妖艶なムードを漂わせ、芸能人にも負けないような雰囲気を放っていた。羽沢麗児は私のことを知る由も無く、話し掛けることのできる芸能人を探しているようだったが、詩織さんは私と目が合うと、すぐに誰だか分かったのか、軽やかに微笑みを返してくれた。ほんの数分一緒に話をしただけなのに私のことを覚えてくれていたとすれば、さすが客商売のプロと言わなければならない。でも何で羽沢麗児が招待されたんやろう?

それから三十分ほど経って、ようやくセレモニーが始まった。会場には、千人近い人々が集まっている。最初に壇上に立ったのは、グループの総帥、吉祥院実顕氏である。民自党の主流派に属し、将来の宰相候補と言われながら、七年前の裕喜先輩のお母さんの自殺事件で潔く政界からは身を引いてしまった。財界の要職に就くこともなく、こうして表舞台に出て来るのも久し振りであった。一時は病気説も流れたが、マイクの前に立った姿は剛健そのものだ。黒々とした髪をオールバックにし、鷹のような鋭い眼つき、日焼けした肌、形のいい口髭、北欧のバイキングの部族の長のような圧倒的な存在感。落ち着いたバリトンの声が響く。

「皆様、本日はお忙しい中このようにたくさんの方々のご臨席を賜りまして誠にありがとうございます。この度わたくしの二番目の息子裕喜がグループ企業の要職に就くに当たりまして、お披露目と、なお一層のご指導ご鞭撻をお願いするために、このような席を設けさせていただきました。料理、演奏、ダンスなど、心ばかりの催しを企画致しましたので、本日はこころゆくまでお楽しみ下さい」

それだけ言うと一礼してさっさと引き上げた。これが元国会議員かと思えるぐらいあっさりとした挨拶だった。続いて裕喜先輩の異母兄である長男和人氏が壇上に立ち、弟の人物紹介を始めた。この次期総帥候補は背が低く小太りで、実顕氏と比較するとはるかに見劣りがした。今回のパーティー開催で、次期総帥は裕喜先輩に替わるのではないかと噂が流れたのも無理はない感じだ。当然確執がささやかれている仲であろうが、それを打ち消すかのように、かわいい弟を自慢げに紹介する寛大な兄を演じていた。しかしよく聞けば、頼まれ仲人が結婚式で行う新郎新婦の紹介よりも実がこもっていなかった。

「弟は大学時代山岳部に属し、重い荷物を担ぎながらアルプスの秀峰を次々と制覇し……」

私は思わずハル先輩を見た。先輩は苦笑しながら、高谷先輩の方を見て、眉に唾を塗る仕草をしていた。実際細身の裕喜先輩は重荷を嫌い、ピークハントよりも、高山植物を愛で鳥のさえずりを聞くといった山歩きそのものを楽しむタイプだった。

その人物紹介も終わり、いよいよその本人がマイクの前に立った。久しぶりに見る裕喜先輩は、さすがに学生臭さが消えていたが、自分の人生を一歩下がって見ているような、老成した雰囲気は残っていた。

「ただ今紹介に預かりました吉祥院裕喜です。何分このような若輩者ですからたいしたことはできませんが、できる限りの努力を致しますので、今後とも皆様のご指導ご鞭撻をよろしくお願い致します。本日はお集まりいただき誠にありがとうございました」

それで終わりだった。何とも簡潔だ。別に長い方がいいとも思わないが、これが今日の主役の挨拶とは思えなかった。感想や決意が言葉に表われていなかったし、喜びや緊張が態度に見えていなかった。本来はここが今日の会の目的であるはずなのに、心に届く言葉も聞けず、主役がどんな人柄であるかを感じることもできず、事務的というか形式的というか、こんなもので済ませて良いものかと私は思った。

「いやにあっさりしてますね」と厭味に聞こえないよう気を付けながらハル先輩に言った。

「まぁ、裕喜はやりたくなかったのだろうな、こんなパーティー」

なるほど。確かにこんな派手なことは、裕喜先輩のスタイルではない。では誰の発案だったのか。先程の挨拶からすると、父の実顕氏とも兄の和人氏とも思えない。

続いて吉祥商事の社長が主賓の挨拶を述べ、七福銀行の頭取が乾杯の発声をしたが、これらもしごく簡単だった。スピーチ短いのんはこのグループの伝統なん?

後は歓談タイムとなった。一方で楽団によるジャズ演奏やコーラス、オペラ歌手による独唱、人気上昇中の一服堂による腹話術、ミスターマジックによるイリュージョンなどなど、会場を飽きさせない催しが相次いだ。進行役は時折テレビに顔を出すフリーの司会者で、会場の招待者へのインタビューを交え、軽快に進めて行った。そんなステージから離れた所では、裕喜先輩が実顕氏とともに、人々の間を泳ぎ回っている。一方で年配の男性同士が名刺を交換しながら次第に交じり合っている。有名人は有名人同士で相手を見つけて談笑しており、それを少し離れて眺めている人垣ができていたりする。

私はまたボイスレコーダに気が付いたことをメモしていたが、時々若い男性が声を掛けて来て邪魔をした。皆一流企業の社員だった。私は人見知りするタイプではなかったが、一般的なＯＬ経験が少なく、社会人になってから、いわゆる合コンにも行ったことが無かった。つまりこういう場所で知り合う初対面の男性とどういう会話をすればよいのか慣れておらず、ついつい取材口調になってしまう。お勤めは? ご出身は? ご趣味は? その趣味がご自身の人生にどんな影響を与えていますか? 男性達は会話の陰に気楽にできない緊張感を感じ、早々に退散して行くのであった。

「アト、結構モテモテやん」

高谷先輩が冷やかして来た。

「結構は余計です。先輩こそいつものように若い女の娘達にアプローチしたらええんと……」

高谷先輩の引きつった笑顔を見、今日は少し離れたところに奥さんがいることに気付いて、私は言葉を止めた。

「全く。芸能人が来るなんてマスコミが騒がへんかったら、嫁さん、一緒に来るなんて言わへんかったのに」

右手の甲で口元を隠しささやくような声で言う。

「あ、奥さんやなくても一緒に来るような女性がいるんだ」

「そら、なんぼでも」

「おっしゃいましたねー。ほな奥さんに報告して来ます」

「あほな、そなしたら血の海や。舞踏会が武道会になってしまう」

高谷先輩は笑いながらまた奥さんの方へ戻って行った。では独身のハル先輩はどうしているかと会場を見渡せば、同じように会場の様子を漠然と眺めながら、一人立っていた。

「何見てるんですか、先輩?」

「あぁ」

「チョモランマがどこにあるか探していたんですか?」

先輩は笑いながら首を左右に振った。

「裕喜の奴がどうしているかと思ってね」

「そうですね」

考えてみれば、今この会場に居る人間は皆、吉祥院裕喜なる人間のために集まっていたはずなのに、その本人のことを気に掛けている人間は、目の前にいるハル先輩だけかもしれない。

会の開始から二時間あまり経って、大半の人は食欲を満たし、会話のネタも乏しくなって来た頃、いつしかステージは楽器を持った楽団員で埋め尽くされていた。同時にホール中央に居た人々が移動させられ、テニスコートぐらいのスペースが空けられた。照明がダウンライトだけになり、ステージの楽団は、ダンスナンバーを演奏し始めた。おもむろに数組の男女が空いたスペースに出て来て、音楽に合わせて優雅に踊り始めた。

「わ。ダンパってこういう感じに始まるんですか、先輩」

「さぁ。でも彼らはサクラじゃないのかな」

「サクラ?」

そう言われて見返すと、確かに男性も女性もとても上手で、恥かし気も無く、くるくる回っている。互いに適度な間隔を保ちぶつかり合う心配も無い。ダンス愛好家の団体から呼ばれた人達なのかもしれない。この呼び水に誘われるように今度は一般の人達が一組また一組と、取り囲む人垣の中から空いたスペースへと溶け出して来た。

そしてダンスが二曲目に入った時、おぉというざわめきが上がった。夏珠子が兄の愛知川留五郎に伴われて出て来たのである。そして、留五郎自らが踊るのかと思えば、もう一人出て来た男性をにこやかに迎えて、妹を引き渡した。その男性は今夜の忘れられていた主役、吉祥院裕喜先輩その人だった。

もしマスコミのカメラマンがいたならば、一斉にストロボが光っていただろう。夏珠子は偉ぶる様子もなく、楽しげに踊っている。この独身若手ナンバーワン女優を相手にして、裕喜先輩は気後れもせず、張り切りもせず、私の見るところ、平然とダンスをしている。普通の男性なら緊張してステップを踏み間違えたことだろう。

「たいしたものやわぁ、裕喜先輩。いきなりチョモランマですやん」と私が感心して言うと、

「まったくな、金持ちという奴等は最初に一番おいしそうなご馳走から手を付けるからな。俺達貧乏人は一番最後に楽しみに取っておこうとするけどな」

ハル先輩は先程していた心配をよそにして、うらやましそうに言う。女性をご馳走に例えるとはセクハラ発言やん。

二曲目が終わると次の相手は竹島桃子だった。裕喜先輩は夫である堀内武志の方へ会釈して、中央へいざなう。女優としては後輩になる夏珠子の後で気を悪くしているんじゃないかと案じたが、身長の高い竹島桃子はにこやかに、非常に優雅なダンスを披露した。次の曲では、平成の歌姫山崎まゆが出て来る。自分の歌にあったアップテンポの振り付けと比べればぎこちなさはあったが、山崎まゆもそつなく踊っている。

途切れなく相手が交替して行くところを見ると、予め順番が決まっていて、その順番で女性陣を送り出す係でもいるのだろう。次の相手はテニスプレーヤーの井手久美子だった。当代一流の美女達と踊る大財閥の王子様、そんな演出をしようと今夜この舞踏会という大舞台を企画したのならば、十分目的は達せられたと言えるだろう。

その後ギタリストの及川潤、顔を見知ってはいるが名前の出て来ない日本舞踊の家元と次第に知

名度が低くなって来て、八人目からはグループ企業の令嬢らしき一般の女性になった。その頃になると、次のお相手は誰かという周囲の関心も薄れ、愛知川留五郎が山崎まゆと、堀内武志が井手久美子と、といった有名人男女が誰と踊っているかの方に興味が移った。羽沢麗児と詩織さんも流れるように身体を入れ替えている。サクラと思われた火付け役の男女もいなくなって、普通の人達が中に入って踊っている。私はその中に高谷夫妻も交じっているのを見て、急にうらやましくなった。

「ハル先輩、しましょうダンス!」

「え? 何、俺と?」

「えぇ、今日一日は私のパートナーですやん」

「しかしお前、取材はいいのかよ」

「何事もやってみなけりゃ良い記事は書けしまへん。さ、早よぉ」

私は絶対避けようと思っていた池に自ら飛び込むことになった、泳ぎ方を知らんくせに。着慣れないドレスに手足をひかれたまま、見よう見真似で始めてみたが、やはりぎこちない。

「お前、人のこと引きずり込んでおいて、本当に初めてなの? 仕方がないなぁ」

そう言いながら先輩は、左、右と巧みに私をリードした。おかげで少しはまともに見られるようなダンスになった。やはりこの人は決める時には決める。普段は大きな身体を持て余しているようでいて、いざという時は非常に細やかな神経を駆使して、何でもやってのけて見せる。本当に頼れる人だ。

そして先輩の足を踏むまいと必死になりながら、裕喜先輩も舞踏会もそれらの取材のことも皆私ないの頭から消え去って、とても幸せな気分に浸っていた。私とこれまで付き合った男友達もいないではなかったが、彼らは皆同じ年ぐらいで、どちらかというと母性本能をくすぐられ、あれこれ世話を焼き、それがうるさがれて離れていくのが常だった。こうして甘えられるような感じを抱いたのは初めてだ。できることなら、このままずっとダンスナンバーが続いてくれたなら。

しかしハル先輩の方はそこまで私とのダンスに陶酔していたわけではなかったようだ。ようやく私のダンスがさまになりつつなった頃、

「あれ？」とつぶやいた。

「どないしたんですか？」

幸せな夢を見ていた熟睡から起こされた時のような、不機嫌さが私の声に混じった。

「いや、裕喜の奴、さっきからずっとあの女性と踊ってる」

私も先輩の視線の方向をたどった。裕喜先輩は淡いブルーのイブニングドレスを着た髪の毛の長い女性と踊っていた。いわゆる有名人ではない。

「たまたまとちゃいますか？　あ、ごめんなさい」

私はステップを間違え、先輩の足を踏んでしまった。裕喜、裕喜って、この人の頭の中は吉祥院先輩しかおらへんの？

曲が終わりに近づいた。

「アト、もういいだろ。だいぶうまくなったよ。ちょっと休もう」

「はい」

私は不承不承うなずいた。もう疲れたん？　裕喜先輩はずっと踊り放しなのに。

「ほら、見ててみ」

曲の合間にしばしの静寂が訪れる。この間に私達のように外の輪に戻る人と中に入る人が入れ替わる。先輩につられて私も注視していると、たしかに裕喜先輩はその女性と楽しげに話していて、繋いだ手を離そうとしない。次の女性を段取りする係なのだろう、人垣の中で執事を思わせる初老の男性が、しきりに手を振って裕喜先輩に合図を送っていたが、まるっきり気が付かない様子だ。ほどなく次の曲が始まった。裕喜先輩は同じ女性と踊り始めた。

その女性は背がやや高めだが目立つほどではない。静かに、臆することなく、優雅にダンスを楽しんでいる感じだった。清楚という言葉がぴったりだ。

「誰だか知ってる？」ハル先輩が私に尋ねる。

「いえ。暗いし、顔がよく見えへんので分かりませんけど、一般の人とちゃいますか？」

「そうか」

私達の周囲にも気付き始めた人がいたようだ。裕喜先輩の相手についてささやきあう声がした。

そんな外野の好奇の視線をよそに、二人はダンスに熱中しているようだった。何曲も踊っているからそうなるのか、もともと二人の呼吸が合ってそうなるのか、私には分からなかったが、素人の目から見てもぴったりと息の合った見事なダンスを演じていた。とても今日始めて出会ったようには思えないほど。そして、その昔大学のサークルではいつもどこか冷めているような感じだった、大人びた裕喜先輩が、今は子供のように無邪気に楽しんでいるように見えた。始めは裕喜先輩の相手が誰かという関心で向けられていた周囲の視線も、しだいに二人のダンスに魅せられているようだった。

はたして曲が終わり、二人が軽く繋いだ手を掲げて礼をした時、パチパチと拍手が起きたほどだった。それに気付いて二人は初めて我に返った感じで、女性は一礼して外の輪に戻り、裕喜先輩は次の女性を迎えるように手招きをした。ただ離れ行く二人の視線は絡み合っていた。

「今夜のシンデレラはあの娘で決まりだな」

ハル先輩がつぶやいた。マスコミが騒いだように、今夜の舞踏会の目的が裕喜先輩のお嫁さん探しなら、第一候補はもちろん彼女だろう。

ダンスタイムはそれから三曲ほどで終わりとなった。後のダンスでは裕喜先輩は打って変わって気の抜けた様子で、一連の動きをそつなく繰り返しているだけだった。

相手の女性の方はどうしただろうと私は会場内を探したが、もう見つけることはできなかった。

こうしてシンデレラ舞踏会は幕を閉じたのだ。

私は記事を書けるだけの取材はできたし、ハル先輩とダンスを楽しむこともできたし、言うことなしの一日だったはずだが、舞踏会に誘われた次の日から気に掛けていた疑問が急に目の前に浮上して来て、言葉が少なくなるのが自分でも分かった。つまりこの舞踏会が終わった後、先輩はどうするのだろう。この日一日だけで終わるのか、この日が始まりなのか。

ところがそんな私の心配をよそに、ハル先輩は会場の外に出るなり、

「アト、俺これから人に会う約束があるんだ。一人で帰れるよな。今日は楽しかったよ。じゃあな、

高谷も。またな」

そう言い捨ててさっさと人の流れとは違う方向へ行ってしまった。残された私も高谷先輩も半ば呆気に取られた感じだった。

「何やあいつ、そっけないなぁ。君ら、本当に今日だけの仲やったん？」

高谷先輩が私に尋ねる。

「知りまへん」

思わず強い口調で私は答えた。

借りた衣装を返さねばならず、そして舞踏会の記事を書かねばならず、私は引き留めてくれる高谷夫妻とそこで別れて、自分のマンションに帰って来た。

「そりゃ、一人で帰れますけど、子供とちゃうんやし」

鏡に向かって化粧を落としながら私はつぶやいた。

気を取り直して、パソコンに向かい、ボイスレコーダを再生しながら記事を起こしていった。あらかた言葉が出揃って、これからどう料理をしようかと全体を読み直している時、電話が掛かって来た。弟の石三だった。新聞社からだ。

「おねえ、今日行ってたんやろ、舞踏会？　記事書けた？」

「真っ最中よ、何で？」

分かっていて聞く。

「デスクが買うて言うてる」

「あら、あんたのとこも?」

最後の「も」は、はったりである。ただ今日舞踏会の中に入れた報道関係者は多くはないはずだ。その気になれば記事を買ってくれるところはいくつか心当たりはあった。

「この前の倍出すって言うとるで」

この前というのは、一日中川越の町を歩き回って、七福神を中心に寺社を紹介したコラム記事だった。

「わざわざ衣装を借りて行ったのよね」

「分かった、三倍、出す」

「あんた知っとおる? シンデレラが現われたこと?」

「シ、シンデレラ? 花嫁候補ってこと?」

「もっと物語通りやな。王子様が他の女性にわき目もふらず踊り続け、そしてそのシンデレラは、踊り終えた後誰とも知れず消えて行ったん」

電話の向こうで何かを相談する間、間があいた。

「わ、分かった。五倍、五倍でどう?」

「仕方あらへん、かわいい弟の頼みだから負けといたるわ。あと一時間したら、メールする。それでいい?」

「おおきに、サンキュー、メルシー、ダンケシェーン。また焼き肉おごってや」

そう言い残して電話は切れた。

情報という形の無い商品の値段が、こうして二倍から五倍に跳ね上がって売れて行った。誰しも根拠が無い価格には納得が行かないものを感じてしまうが、一見原価構成がはっきりしている工場製品だって、売り手と買い手のせめぎあいの上に両足を乗せているものだ。私は最近そう納得することにしている。しかし、こんなふうにオークションのような値のつり上がり方をするから、取材者は特ダネを求めて強引な取材をしてしまうのだろう。

それから私は記事を書き上げるのに約束通り一時間を掛けて、石三にメールした。焼き肉食べたければ六倍やね、と一言添えて。

「シンデレラ現わる」（六月八日　水曜日　毎朝スポーツ朝刊）

翌日のスポーツ各紙の中でこのような見出しが踊ったのは、石三の勤める毎朝スポーツだけだった。毎朝スポーツでは、内部の写真がないから吉祥閣の外観の写真を一面に載せ、顔の見えない男女が踊っている写真をそれに重ねた。記事では、裕喜先輩が一人の女性と長く踊ったことだけを取り上げた。第二面には竹島桃子や夏珠子ら有名参加者が車から降り立つ写真の周りに、会場の様子や式の進行、料理やお酒、シンデレラ以外の女性とのダンスの様子などの記事が囲んだ。ほとんど内容は私の記事がもとだったが、扱い方が違った。弟にはああ言ったものの、私のレポートではシンデレラの件をそれほど強調したつもりはない。残念ながら私はまだ、情報という材料をレストランに渡すだけの仕入屋に過ぎないようだ。売れるようにそれを調理するシェフは毎朝のデスクだ。

しかしそれでも他の新聞はシンデレラ情報を掴んでいなかったようなので、これはちょっとしたスクープだった。スクープ合戦を批判するスタンスの私がスクープを取ってしまったことに複雑な気持ちだったが、値段を十倍にしとけばよかったとか思ったりして、少し快感を覚えてもいた。

他のスポーツ紙には、「権太入場拒否」「宮野門前払い」などの見出しが見られる。憮然とした顔で取材を受けている彼の写真がでかでかと載っているところを見ると、あの後、門前のマスコミに憤懣をぶちまけたのだろう。ところが記事の内容は必ずしも宮野権太に同情的ではなく、招待券もなく押し掛けたことが強調されていた。これでは、彼にとって恥の上塗りだ。しかしこの日もそしてそれ以降もずっと、舞踏会主催者側を糾弾し同情を集めようとした彼の思惑も、シンデレラ現れるという話題の前には吹き飛ばされてしまった。これは宮野権太の自己顕示欲にとっては許されない事態ではないかと想像したが、そこは司会者としてのプロ意識が勝ったのか、朝の「モーニングズバット」でも「お気楽情報缶」でも、何食わぬ顔をして、シンデレラのニュースを紹介していた。

そう、この日の朝のテレビのワイドショーは、どの局も毎朝スポーツの一面の記事を取り上げて、シンデレラ一色だった。シンデレラ舞踏会と呼ばれていたものに、それらしき女性が現われたのだから無理も無い。しかも並み居る有名女性陣を袖にし、踊り終えると姿を消して、何処の誰か分からないというのも物語そのままで、話題性は十分だった。

当然次の関心は「シンデレラは誰か」ということに移り、吉祥院家やグループ企業には、朝から問合せの電話が引っ切りなしに掛かったらしい。夜久しぶりにマンションに帰って来た弟から教えてもらったが、吉祥院側は、その日の午後三時に、前回舞踏会への取材拒否を言い渡したのと同じ場所に、マスコミ各社を参集したそうだ。

「また同じ実行委員長なんや。人数が倍ほどになっとったから最初は固くなっていたようやったけど」

テレビカメラによる撮影は拒否。私は再び石三に会見の詳しい様子を聞く。

部屋は詰め掛けた取材陣のひといきでむっとしていたらしい。実行委員長は正面中央に用意された席に着くと、ハンカチで額の汗をぬぐい、口を開いた。

「お忙しい中度々お集まりいただき、御苦労様です。昨日の舞踏会に関して多数のお問合せが寄せられましたので、まとめてご回答致したくこの席を設けさせていただきました」

前回と同じ一列目に座っていたさくらテレビの古田記者が質問した。

「昨日の舞踏会最後のダンスにおいて、裕喜さんは特定の女性と何曲も踊っていたということですが、それは事実ですね」

「そのように聞いております」

「その方はどなたですか？」

「残念ながら把握しておりません」

「把握していない？　吉祥院家が招待された方でしょう？」

「招待状を出した方は無論承知しておりますが、その方がどなたを連れて来られるか、あるいは本人の替わりに別の方が来られたか、そこまでは把握していないということです」

「その女性を裕喜氏はどのように言っておられますか？」江戸町テレビの川上レポーター。

「とても気が合って楽しかったと申しておりました」

「では、どなたか把握していないのであれば、探さなければいけませんね」

「探す？　どうやってでしょう？　昨日のご婦人はガラスの靴を忘れなかったし……」

ユーモアと理解されるのに数秒掛かってから、乾いた笑いが起こった。

「今回の舞踏会の参加者名簿を公開してもらえませんか？」

サンセイスポーツの若い西岡記者が尋ねた。

「公開？　シンデレラ探しのためですか？」

「そうです」

もちろんそうだ、と言わんばかりの顔をしている。

「お断りします。出席していただいた方の個人情報ですから」

「しかし、それを当たっていけば、シンデレラにたどり着けるかもしれない」

「たどり着いてどうするのです、皆さんは？　見つかったという記事を書きたいのでしょうが、それが何かの意味があるんですか？」

「意味って、それはむしろ、吉祥院家のお嫁さん探し……」

「お断りしておきますが、昨日のパーティーは裕喜のお披露目が目的、ダンスは会を盛り上げるための余興に過ぎません。お嫁さん候補探しなどという目的は、皆さんが後からこじつけたもの。当方にはもともと、その意図はありません。昨日の女性をお嫁さんにする予定もありませんし、したがって探す必要もありません」

「シンデレラを探す意志なし。見つかっても関係なし。そう受け取っていいですか？」

念を押す感じで古田記者が尋ねた。

「はい、その通りです」

「それが吉祥院家の見解だと？」

「私は吉祥院家を代弁しております」

ハンカチが額を左右に一往復した後、実行委員長は自信たっぷりに言い切った。

「裕喜氏もそうだと考えていいですか？」

西岡記者の切り込みにちょっと躊躇の間が生じる。

「裕喜氏も吉祥院家の一員です」

「それは裕喜氏の考えは吉祥院家のそれと同一であるという意味でしょうか」

「私は直接本人から考えを聞いておりませんが、吉祥院家の一員であればそれに従うものだろうと考え、そのように申しました」

「では、本人の意志は別の場合もあるわけですよね」再び古田記者。

「もし本人の意志があれば、それは反映されているはずだと思います」

古田記者の質問が意図するところは、裕喜先輩はシンデレラとの再会を望んでいるが吉祥院家がそれを阻止している、そういう構図を引き出すことだった。少なくともこの実行委員長が裕喜先輩から直接の意向を受けていないことははっきりし、それで皆満足したようだった。

「繰り返しになりますが、昨日の出席者名簿を拝見できないでしょうか」こだわる西岡記者。

「繰り返しになりますが、それはできません。これが犯罪の捜査であれば話は別ですが」

「我々に公開しないで、独自に探されるのではないのですか？」

「昨夜の女性を探せという意向は聞いておりません。しかし探すとなれば、やはり独自というか、秘密裏に探したいと思うでしょうね」

実行委員長は挑戦的な微笑みをうっすら浮かべて言った。リストは渡さない。もし探す気になってもそれぐらいこちらで探してみせる。探せるものなら探してみろ。そう言おうとしているかにとれないこともない。会場はざわついた。

「以上でよろしいでしょうか。吉祥院家では昨夜の女性の身元を把握していない、また探す積もりも無い。そういうことです」

実行委員長は一礼して、席を立ち、部屋の出口に向かった。

「我々はシンデレラ探しをやりますよ！　いいですね」

後ろの方から声が上がった。実行委員長は振り返ると「ご自由に」とだけ言った。

こうして王家の家来の替わりに、マスコミによるシンデレラ探しが始まったのである。

シンデレラは何処に

「私がシンデレラ？」（六月十日　金曜日　大江戸スポーツ朝刊）
「シンデレラ偽者！」（六月十一日　土曜日　さくらテレビ）
「シンデレラ何故見つからない？」（六月十二日　日曜日　毎朝スポーツ朝刊）

舞踏会から一週間が過ぎようとしていたが、マスコミ関係者の意に反しシンデレラはなかなか見つからなかった。いくつか有力情報が寄せられ、その度にマスコミは盛り上がったが、結局シンデレラに結び付くものはなかった。私がシンデレラだと、自ら名乗り出た女性もいたが、舞踏会に出席した人の目撃証言と容姿がはなはだ食い違い、追求されると嘘であることが露見した。

そんなある日、私は取材で埼玉の方へ行っていた。普段はたいてい公共交通機関を利用しているが、この日のように取材地域が点々としている時など、時々友達の車を借りて運転する。赤いトヨタのパッソ。満タン返しで一日三千円。レンタカーより断然安く、地方なら電車・バスとどっこいどっこいだ。東京都の周囲の県はどこも同じであるが、埼玉という県も、鉄道網は東京から放射状に伸びており、県内で横に動こうとする時ははなはだ不便なのである。

その時は移動中で、カーラジオでメトロ東京放送のお昼過ぎの番組を聞いていた。視聴者からのお得な情報を受け付けるという「あなたの耳寄りな話」というコーナーがあって、世田谷区の女子高校生という若い声が、近くにあるケーキ屋さんが、安くておいしく、カロリーも控えめだという話を寄せていた。

「おまけにね、もじゃもじゃのシープドックが居て、お客さん一人一人に挨拶するのぉ。可愛いんだから」

「そうなんだ。ところで、春香さんは高校生って言ってたけど、今日学校は？」

「あったよ、午前中。先生が教育研修とかで早仕舞」

「そうか、学校サボって電話しているわけではないんだ」

「そうだよ、私は真面目な女子高生。髪だって黒いままだし、ルーズすら履いていない」

「はい、それでは真面目な女子高生春香さんの耳寄り情報はおいくら！」

パーソナリティーが決まり文句を言うと、評価を下す電子音が鳴る。

みみ〜。

「はい、残念、いちみみ〜なので、記念品のボールペンを送らせていただきます！」

みみ〜が五回鳴ると最高五千円が贈られる。

「ちょっと待って、もう一つ重大な情報があるんだけどな」

「だめだめ、一人一個が決まりだよ」

「切っていいの？　シンデレラについてだよ」

「シンデレラ？　例の舞踏会の？」

「そう。私、何処の誰だか知っているもん。本人が言ってた。舞踏会行って吉祥院何とかさんと長くダンスしていたって」

シンデレラ、舞踏会という単語を聞いて、私はボリュームを上げた。

「大人をかついじゃ駄目だよ、春香ちゃん」

「嘘じゃないよ、近所の清水さんところのお手伝いさんなの」

「お手伝いさん？　本当のシンデレラと一緒だね。やっぱりいじめられているの？」パーソナリティーは本気にしていない。

「ううん、清水さんはね、優しいんだって。隣がラムダの道場で苦労してるから、人間ができているんだって」

そこへ、何だかどたどたと物音がして、しばらくの間ラジオは沈黙した。そして、

「春香さん、ありがとう。じゃぁ、また何か耳寄りな話があったら電話してね～。バイバイ～。ではここでCMです」と切り替わった。

ちょっと不自然だ。私は車を一旦道路脇に停めて考えてみる。今の女子高生の話は有力なシンデレラ情報なのかもしれない。メトロ東京もそう判断して、他のマスコミに聞かれまいと放送を打ち切ったのだろう。あの物音は、別の人間がスタジオに駆け込んで来た音か？

あの女子高生は、シンデレラはどこそかのお手伝いさんをしているとか言っていた。ラムダの道場？　世田谷って言っていたっけ。ん？　清水さん？　私が以前取材したことのある清水さんのことだろうか。ラムダ道場の取材に集まった報道人に大変な迷惑を被ったお宅だ。もしそうなら、再び取材陣の攻撃にさらされることになる。しかも今度はお隣りでなく自分の家に直撃だ。お気の毒にと思って、私は再び車を動かし始めた。

夕方マンションに帰ってビデオをチェックしたが、新たなシンデレラ情報はなかった。時間的に間に合わなかったのだろうか。あるいはガセネタだったか。石三に電話してみる。

「あぁ、あたし。今良い？」

「今張り込み中、でもええで」

「張り込み？　ラムダ世田谷道場前？」

「え？　何で知ってん？　まだテレビでも流れていないって聞いてんけど」

「たまたまメトロラジオ聞いとったからね。おそらくそこへ集まるだろうと思ってん」

やはり取材陣は清水さん宅の前に集結しているのだ。これをメディアスクラムという。

「さすがやね。で、何？　ここの様子？」

「そう。先ずシンデレラのいたお家って、ラムダの斜め向かいの清水さん？」

「え？　知っとるの？」

「一度取材にうかがったことがあるだけや、今年の始め」

「えぇ！　取材に応じてくれたん？」

「もちろん！　私は礼を尽くしてお願いしたからね。何？　取材に応じてくれへんわけ？」

「けんもほろろ、とりつく島もなしって感じや」

「まぁ、ラムダの件で怒っていたからね、マスコミに対し」

「おねえの時も、さんざん嫌味を言われたんやない？」

「怒っていたけど、そんなに意地悪な人やなかったけどな、私の時は。かと言っておしゃべり好きなおばさんでもない、良識ある上流階級の女性かしら。でもお嬢さんでもないね。どちらかというと下町育ち」

「そこまで分かるんや」

「一時間はお話を聞いたからね、ラムダ道場取材陣の横暴ぶり」

「だったらここ来て話を聞き出してもらえない？　シンデレラのこと」

　そう言って弟はその日の午後の出来事を次のように語ってくれた。


　弟の毎朝スポーツもメトロラジオを聞いていて、すぐ取材班が派遣された。世田谷のラムダ道場の隣の清水というお宅というのが手掛かりだったが、それで十分だ。現地に到着したのは放送の四十五分後で、メトロ東京放送の取材部門のクルーとほぼ同時だった。

　宗教法人ラムダ真教の道場では門前を掃除していた一人の信者が放送局や新聞社のロゴが入ったバンが二台停まるのを見て、何もしゃべらないぞと箒の柄を握り締めたそうだが、バンから降りて来た取材陣は、道場の両側の家に散開して行った。

「こっち、川籐、村山」

「こっち、星野、田渕。ないなぁ、やっぱりガセかぁ？」

「あったぁ、ここだ。清水」

　ラムダ道場の斜向かいにある一軒家だった。確かにお手伝いさんを雇ってもおかしくはないぐらいの大きな家だった。ただ豪邸というほど贅沢な感じはない。散開していた取材陣が一斉に集まって来る。そこへさらに二台のバンが到着し、中から新たな記者達が降りて来た。まるっきり無視された形のラムダ道場の信者はきょとんとして成り行きを見ている。メトロ東京放送の取材陣は出し抜けなかった悔しさを噛み締めながら、せめて主導権は放すまいとした。

「ウチのラジオに来た情報だから、ウチからやらせてよ」

他の局や新聞社の人間はスクープを阻止できたことで満足したようで、無言のまま先を譲った。メトロ東京放送の三浦記者がマイクをオンにして、表札の下にあるインターフォンを押した。その様子を左側からカメラが捕らえている。家の中でピンポンと鳴り響く音が聞こえた。応答がない。十秒ほど待って再び押す。

「はい？」

年配と思われる女性の声がした。シンデレラではあるまい。

「こんにちは。メトロ東京放送の三浦と申します。あの少々お伺いしたいことがありまして」

「マスコミ関係の方ですか？　間に合ってます。お引き取り下さい」

「間に合ってますって、奥さん、もう誰か取材に来たんですか？」

やや焦りが混じる。

「何ざんしょ、マスコミ関係の方に話すことなんざありません。どうせお向かいさんのことでしょ？」

「お向かいさん？」

言われて門前に集まっていた記者達は振り返った。ラムダの道場の中で信者が二人に増えてこっちを睨み付けている。全く無視されて怒っているような感じだ。

「違います、違います。お宅のお手伝いさんのことで」

「姫子さん？」

「姫子さんというんですね」質問している三浦記者の周りでどよめきが起こった。

「今姫子さんはいらっしゃいますか？」

「いません。居たらわたくしがインターフォンに出やしません」

「どちらへいかれたので？」

「言えません」

「何時お戻りで」

「知りません」

「教えて下さい。その姫子さんは、七日の舞踏会へ行かれたのでしょうか？」

「はて、どうでしょう？」

その声には半分からかい口調が混じっている。

「奥さん、教えて下さいよ、何か知っているんじゃないですか？」

こちらの声には半分いらだちが混じっている。

「さぁ」

「さぁって、姫子さんが今話題のシンデレラかもしれないんですよ」

「だったらどうなんですか？」

「そうなんですね、姫子さんがシンデレラなんですね？」

「そうだなんて言っていません。だとしたらどうなんですかと聞いているんです」

「どうなんですかって、ビッグニュースになるに決まっているじゃないですか。大スクープ……」

そこまで言ったところで辺りを見回すと、既に二十人以上の報道関係者が集まっていた。

「だったんですよ」

「ビッグニュース？　そう言って皆さんまたお集まりになるのね」

「もう集まってますよ。ですから教えて下さい。姫子さんはシンデレラなんですか？」

「そんなに知りたい？」

「はい」

三浦記者だけでなく数人が声を出した。

「何処にいるか知りたい？」

「はい」

今度は全員の声が揃った。

「教えてあげない」

あ〜とかえ〜とかいうブーイングが上がった。

「ちょ、ちょっと清水さん、我々をおちょくっているのですか。我々を何だと思っているのですか。

我々は…」

「国民の代表でしょ」

「え？」

「我々は国民の代表、我々は大衆の目、耳、口。国民皆さんが聞きたがっていることを替わりに聞くのだって」

「そ、そうです」

「スポーツ紙の販売部数は、一日二百万部、一億国民の二パーセント、週刊誌はその半分も売れない。ワイドショーの視聴率だってせいぜい十パーセント。それでも国民の代表と言えて？」

「し、清水さん」

「まぁ、いいわそんなこと。ともかくその耳はこの間、私のお願いすることを少しも聞いてくれなかったわね」

「この間、ですか？」

「玄関の前に座らないで下さい、道路にタバコを捨てないで下さい、夜間にライトを付けっ放しにしないで下さい。どれ一つ守ってくれませんでした。あれだけ言ったのに何も聞いてくれなかったのに、今度は話を聞かせてくれって？　おととい来やがれっ、てところね」

　記者達はラムダの騒動のことだとささやきあった。清水家の前に道場をかまえるラムダ真教は、仏教の流れを汲むと自称する新興宗教で、最盛期の信者数が千人程度。全国に三つの道場を構え、中でもここ世田谷道場が中心であった。そうは言っても、元は剣道場であったものを改造した粗末な建物で、宗教建築にありがちな華美な装飾は見られない。強引な信者勧誘と脱退しようとした信者の監禁が問題となり、それを指示したとされる教祖高原祥子は、この道場から警察に逮捕され、現在も公判の最中である。その逮捕劇に至る二週間の間、マスコミはこの道場の周りに集結し、不当監禁とされる信者の存在や教祖の動向などを探ると称して、連日のように、道場の中のことなら信者があくびをする様子まで報道した。

「そういうこと。ですから何か知っているとしても何も教えてあげない。お分かりいただけたかしら？　お尻まくってさっさとお帰りなさい、さよなら」


清水夫人は多少上流階級の人には似つかわしくない言葉使いで締めくくり、会話を打ち切ったそうである。メトロ東京放送の三浦記者が慌ててインターフォンのボタンを押したが、先ほどは中で鳴り響いたチャイムが途中で切れた。どうやらスイッチも切ってしまったらしい。取材陣は、その内買い物に出るとか、他の人が外から帰って来るとかするだろうから、それまで待とうかという話になった。先程までの競争相手は、今や運命協同体となる、いつものことだが。

ところが私が石三に電話をかけた時刻まで、何の出入りもなかったらしい。電話をかけても留守電に替わる。これは長期戦になるかもしれんと、つい先程から各社門前に一人程度を残して、残りの人間は会社への連絡や持久戦の準備、周辺住民への聞き込みへと散って行ったそうである。きっと道路の反対側にビデオカメラの三脚や椅子兼用の踏み台などがセットされ、各社の待機場所が陣取りされていることだろう。姫子さんとやらの正体を教えてあげれば取材陣はあっさり引き上げるだろうに、あれほど迷惑を受けた張り込み取材をまた自ら招いてしまう事態になろうとは。それでも、唯々諾々と取材を受ける気にはならなかったということは、清水夫人はよっぽどマスコミが許せないのだろう。

「シンデレラ発見！　名は姫子？」（六月十四日　火曜日　大江戸スポーツ朝刊）
「シンデレラは姫子」（六月十四日　火曜日　毎朝スポーツ朝刊）
「シンデレラは姫子さん、なんとお手伝い⁉」（六月十四日　火曜日　さくらテレビ）

翌日のスポーツ各紙とテレビ各局のワイドショーは、そのような文字が踊った。扱う社によって、「？」が付いていたりいなかったりするが、内容は世田谷区のある家に勤めるお手伝いさんがシンデレラらしいというところで、事実関係の確認は止まっていた。清水夫人の応対については、スポーツ紙はどこも敢えて書いていなかった。ワイドショーでは例によって現地にレポーターを派遣しているため、スタジオとのやり取りの中で、それ以上の事実関係が明らかにならないことについて、触れざるをえないところがあった。しかしレポーターはインターフォンごしに取材を申し込んでいるが応対が無いんですと、その理由については分かりませんとしか答えるしかなかった。

そのかわりにレポーターは、周辺住民からの、姫子なるお手伝いさんの目撃情報をレポートしていた。見掛けるようになったのはここ一か月程度で、親しく知る人はいなかった。年齢二十台半ば、背はやや高めで落ち着いた感じ。路上で会えば笑顔を返してくれるが、立ち止まっておしゃべりをした人はいない。清水家の親戚の娘さんだと誰もが思っていた。

「いやね、今時住み込みのお手伝いさんなんて、少ないでしょ。それに清水さんのところ、ご夫婦ともまだお若いし、子供さんも大きいし。だからお手伝いさんとは、ねぇ、聞いてびっくりしちゃった。それにそのお嬢さんも何というかお手伝いさんらしくないんですよ。何かこうきりっとしてるというか、品があるというか」

同じ町内に住むという、清水夫人よりは年配そうな奥さんが話していた。いかにも今回のシンデレラ騒動において、自分に一つの役割が回って来たことがうれしくてたまらない様子だ。近所から殺人犯人が出た場合と違って、顔を隠したり、しかめて見せたりする必要も無い。

カメラ付携帯電話で盗み取られた舞踏会におけるシンデレラの写真を入手している記者もいたが、そのぼんやりとした画像を見せても、これが姫子さんだと特定できる人はいなかった。そのようでもあるし、違うようでもあるらしい。

一方マスコミ各社は姫子という名前が公開されることによって、昔から本人をよく知る周囲の人からの情報を期待したようだ。実際自分の知る姫子さんではないかという情報が数十件寄せられたが、確認をとると舞踏会に行った人はいなかったらしい。


新たな情報が得られないまま、清水夫人への直接取材がますます重要度を増した三日目の早朝のことである。突然清水家の勝手口が開いて、中年の小柄な女性が大きなゴミ袋を両手に持って出て来た。その日石三は夜明かし当番だったそうで、弟が一番に女性の姿を見つけて車から飛び出し、ゴミ袋を置いて勝手口に入ろうとする手前でかろうじて捕まえたらしい。

「すいません、お話をお聞かせ下さい」

女性はじろっと石三を一瞥し無視し掛けたが、弟の丸い瞳と赤い頬に幼さを感じたのか、ひとこと言ってやりたくなったようだ。

「先ずなんて言うべき、あなた？」

弟はそう言われて面食らった。ちょうどそこへ他の二社の張り込み番の記者も駆けよって来た。スポーツ承知の岩熊記者とメトロ東京の金城記者、二人とも石三と同じように若手の新米だった。

「清水さんですか？　すいません、お話をお聞かせ下さい」と岩熊記者。

女性は勝手口を背にして三人を順繰りに見渡した。

「あんたがた、皆同じなのね。呆れちゃう。朝一番に人と会ったら、掛ける言葉があるでしょう？」

三人は顔を見合わせる。石三が気付いて、

「はい、おはようございます」と言う。他の二人もそれに倣う。

「おはようございます。まったくすべてがそんな調子で、人に先ず掛けるべき言葉も分からないのね。自分が取材することばかり考えないで、取材される相手や周りの人のことを考えなさいな」

「はぁ、以後気を付けます。それで、その姫子さんの件なんですが」

「その件については今は話すつもりはありません。あなた方マスコミの方々から、先ずしかるべき一言をいただいたら、考えましょう」

「しかるべきひとこと？　何ですか、それ？」

「さっきと同じことです。ご自分で考えなさい」

そう言うや否や、清水夫人は勝手口を押し開けてその中に引っ込んでしまったとのことである。

「何だ、ひとことって？」

若い三人はまた顔を見合わせた。いくら三人頭を寄せ合っても文殊の知恵は出て来なかったので、取り敢えずそれぞれ自分の会社に連絡することにした。ただ石三だけは、清水夫人の言うひとことの謎が解けずこのまま報告してもデスクに怒鳴られるだけだと思い、会社に報告する前に姉の私に電話して来た。その答えは会社の上司よりも同じ女性である私の方が持っているような気がしたからと言う。

「もしもし」

朝六時。まだ寝ているところを起こされた私は思いっ切り不機嫌な声を出した。それでもめげず、石三は先程清水夫人に言われた言葉を説明した。

「どう思う？　おねえ、清水夫人に取材したことあるんやろ？　そのひとことって、何やと思う、先生？」

「それは、もちろん謝罪やわ。あの時もさんざん聞かされたからね、ラムダ道場取材陣の横暴ぶり。吸い殻のポイ捨て、空きボトルの放置、夜間の照明、話し声。あそこのお祖母さんね、外に散歩に出られなくなっちゃって、足が弱わるわ、ストレスになるわで入院したんよ」

「そんなにひどかったの」

そう言いながら石三は、先程道路に投げ捨てた吸い殻を拾ったそうだ。

「そう。だから清水さんのひとこととは、当然謝罪の言葉やね。謝罪無くして取材は無いわ」

私は半分駄洒落混じりに言ってやったが、私の言葉を考えていた弟からは何の突っ込みも返されず、おおきにと言って電話は切れた。

一分後石三は同じ言葉を自分の考えとして上司に告げたらしい。他の二社の記者も石三の報告を聞いて再度会社に連絡した。彼らはやはり最初の報告の際、ひとことことは何だと聞かれて答えられず、怒鳴られていたのである。

その朝のワイドショーでは、早朝の会見については触れられず、新たな内容がないままだったが、その裏でテレビ各局とスポーツ各紙の取材班は、清水家から少し離れた幹線道路沿いにある喫茶店に集結し、ひとことに対する対応を話し合ったそうである。清水夫人が求めているのは、謝罪だということで見解は一致したが、さてどうしたものか。ラムダの時には俺は参加していないからな」と、最初に

「俺は嫌だぜ、あんなおばさんに謝るの。ラムダの時には俺は参加していないからな」と、最初にインターフォン越しにあしらわれたメトロ東京の三浦記者。

「相手はマスコミ全体を敵にしているんだ。そんな個人的な意見が通るものか」と、関東テレビの東出レポーター。

「ラムダの時だって今回だって、俺たちゃ仕事だよ。それもパブリックのな。確かに迷惑掛けたかもしれないが、俺達が報道したものを見ているなら、ある程度我慢してもらいてぇな」と、朝陽テレビの藤川レポーター。

最初のうちは謝罪に対する反対論が勢いよかったが、かといってそれでは打開策は見いだせない。反対意見が下火になった頃、石三はのそっと立ち上がるなり発言した。

「あそこのお祖母さん、先の取材がもとで入院したそうですよ。それを考えると謝罪の言葉を求めるのは当然な態度かと思われます」

若さゆえに許されるような真っすぐさと無遠慮さではあったが、不思議と反発はされなかった。

それ以降謝罪をどういう形でするかに議論は移った。やはり文書を本社から出してもらった方がいいという意見が通った。各社連名の形にして、ポストに入れても取りに出て来ないだろうからファクシミリで。

取材における代表権を与える替わりに、謝罪文書の作成と調整、送付を、最初に清水夫人の情報をキャッチしたメトロ東京放送が行った。社外に出す文書になるため、法律的な問題がないか、補償問題を約束するようなことにならないか、法務部門のチェックが入り、送付したのはその日の午後三時になった。

そのような動きがあったことは後から聞いた。私はそれを知らずにその頃現地へ足を運び、あまりの取材陣の多さにびっくりした。何か反応があることを期待して、取材開始以来最大の人数が集まっていたらしい。ところが午後五時近くになって、謝罪文書を送ったメトロ東京放送のファクシミリに清水夫人から返信が届いたそうである。取材に応じる条件として、家の前の取材陣の撤退を要求してきた。応じれば明朝九時に合同会見に応じると言う。メトロ東京放送から各社へ、各社から現地へ連絡が飛び、午後六時には一社残らず撤退し、住宅街は三日ぶりに元の静寂を取り戻した。

それを確認したかのように、午後六時四十分、再度清水夫人からメトロ東京放送にファクシミリが入り、それには明朝九時から共同取材に応じる、場所は清水家の門前、テレビ各社は生中継を行うこと、とあったという。大スターや重要人物ではあるまいし、何が生放送の共同会見だ、と憤るテレビ関係者もいたが、どこかの局が生中継を行えばそこに視聴率を取られるので、ＮＨＫ以外の民放各局は、すべて生中継を行うこととなった。

朝一番の謝罪会見

「ついに分かるかシンデレラ！　本日生中継」（六月十七日　毎朝スポーツ朝刊）

清水家に取材陣が押し掛けて四日目の六月十七日の朝、早朝より再び各社の車が到着した。私もまた現地に駆け付けた。この日は警察が取り締まりに来ており、清水家周辺での路上駐車ができず、生中継を行う予定だったテレビ局各社の車は、機材を降ろし立ち去らなければならなかった。そこに目を付け、一日一万円の臨時駐車場を開いた近隣住人もいた。

午前八時、清水家のインターフォンが復活する。それを通じて新たな要求が出された。インタビューは清水夫人が門の内側に立ち、質問者が門の外の路上に横並びになった形で行うこと、最初に清水夫人から今回の経緯についてひとこと発言があること、途中で生中継を中断することがないこと、以上である。

この頃までには報道各社も清水夫人がただの主婦でないことは、十二分に分かっていた。謝罪を取るために籠城も辞さない強い意志、ファクシミリを通じて行われた駆け引き。したがってこの朝も、その真意を測りかねたが、また何かやってくれるのかという期待すら取材陣の中には生まれて、要求はすべて受け入れることとなったようだ。

九時十五分前に玄関の扉が開いて、清水夫人が出てきた。小柄な身体を薄黄色のブラウスと緑のスカートに包み、薄く化粧をしていた。やや茶色に染めた髪をきちんとセットしていたが、全国放送を意識して派手に装ったという感じではなく、半年ほど前取材した時とあまり変わりはない。玄関の扉を開け放したままにして、そちらの方を振り返りながら門の手前まで出て来る。見ると玄関の中すぐに、大型のテレビが置いてあり、門の前から見えるか確認しているようである。

「おはようございます」

昨日若手の記者達が叱られたことを聞いていた取材陣は、声を揃えて挨拶した。

「おはようございます」

できの悪い生徒がちゃんと言い付けを守った時の小学校教師のような笑みを浮かべて、清水夫人はうなずいた。

立つ位置の確認やカメラリハーサルなどが行われた。これらはメトロ東京放送のスタッフが事務的、技術的に進めた。レポーター達はうっかり余計なことを言って機嫌を損ねられるのを恐れて、一歩離れたところから見守っていた。

九時ちょうど。五本のマイクがくくり付けられたマイクスタンドの前に清水夫人は立った。ゆっくりとカメラを見回す頬が緊張している。取材陣を代表して、メトロ東京放送の下柳レポーターが進行役を勤める。

「全国のお茶の間の皆さん、おはようございます。先日来、日本中の注目を集めております、吉祥院家の舞踏会に現れた女性、我々はシンデレラと呼ばせてもらっていますが、その女性の正体、あるいは行方について有力な情報をお持ちであると見られるお宅に今朝はお邪魔しております。本日は奥様のご希望により、民放各社の共同取材という形で、生中継でお届けいたします。我々からの質問の前に先ずおひとことといただけるということなので、お願いいたします。どうぞ」

カメラが下柳レポーターから清水夫人に切り替わった。夫人はカメラをしっかりと見据えて話し出した。

「テレビをご覧になっている全国の皆様、おはようございます。一部のメディアではすでに報道されていることですが、私のところに今回の件で記者の方がお出でになったのは三日前のことでした。しかし今日までの間、私は取材を拒み続けました。その理由について一言説明させて下さい」

理由を説明して今度は自分がお詫びする訳か、礼節を重んじるおばさんだ。レポーター達はそう勝手に思い込んだのか小さくうなずいている。

「これもまた報道されておりご存じの方も多いかと思いますが、私の家の前にはラムダ真教の道場がありましてね、昨年の逮捕騒動の時には、マスコミの方々が連日連夜押し掛け、それはもう大変な有り様でした。多くの人、カメラなどの機材、朝早くから深夜まで、話し声や物音が途絶えることがありません。タバコの吸い殻や空き缶の放置にも目に余るものがありました。だいいち家の前には常時多くの人が居る訳ですから、外出するのも億劫になります。家の中にいたって、気が休まることがありませんでした。当時何度となく取材人数を減らしてもらえないか、吸い殻や空き缶をきちんと始末してもらえないか、お願い致しました。しかし関係の無い一市民の言うことなど少しも聞き入れてもらえません。あげくに、教祖が逮捕され道場にニュースバリューがなくなるやいなや、煙のようにいなくなりました。それがご迷惑をお掛けしましたとかいった、何のお詫びも挨拶も無しでございますよ。あまり言いたくはありませんが、我が家の年寄りはあの時のストレスが原因で体調を崩し、入院してしまいましてね。そんな目に会いましたので、今回の件で取材に来られた時、はいそうですかと素直に応じる気になれなかったとしても、一般のご家庭の皆様にはご理解いただけるのではないでしょうか」

「分かるぞぉ！」

私の周りにいる、取材陣を遠巻きにしていたやじ馬の一群の中から声が飛んだ。ラムダ騒動で似たような目にあったこの辺の住民かもしれない。

「ありがとうございます。それで私は先ずは謝罪があるべきだと考えました。それで昨日の夕方送られて来たのが、このファックス一枚です」

清水夫人は謝罪が書かれた紙を掲げて見せた。居並ぶレポーター達の顔に不安そうな陰がかかる。

「ここに書かれている内容は良しとしましょう。そこで、本日こうしてカメラの前に立つことを了解しました。しかし謝罪の真意は計りかねます。これを信じて受け入れてよいものか？　ファックス一枚送って来ただけで、謝罪が済んだとしてよいものか？　私は一介の主婦ですからよくは分かりませんが、ビジネスの世界でもそれでは済まないでしょう？　担当者がすっ飛んで来るでしょう？　ケーキにトッピングされたブルーベリーにカビが生えていたって苦情申し上げたら、偉い人が二人も来ましたよ、渋谷のデパートは」

レポーター達は次第に伏し目がちになり、互いを盗み見ている。

「そこで私は、これから取材をしようというレポーターの方々に、ここで、全国の皆さんの前で、この文章を読み上げてもらいたいと思います」

「な、何を！」

レポーター達は絶句した。周りにいる野次馬達からも驚きの声が漏れる中、私の背中はぞくぞくっと粟立った。何してくれるねん、清水さん。後で家に帰ってビデオを確認したら、中継を見ているスタジオでもどよめきが起こっていた。それとは好対称な冷静な声が続く。

「簡単なことです。皆さんが送って来た文章が本当の気持ちなら、何等抵抗なく読めるでしょう?」

「それでは、後刻各社の代表の者が改めてということで」下柳レポーターがおずおずと言う。

「いいえ、私部下の不始末を上司が責任取るような日本企業の体質が嫌いですの。偉い人が来て謝って欲しいわけではありません。前回迷惑行為を引き起こしたのは前線にいるあなた方のような取材の方々なのですから、あなた方に謝罪いただきたいと思います」

そう言って清水夫人はレポーター達を一通り指さした。

「会社を代表してとか、マスコミを代表してとか、大層なことはいいの。いつも取材やレポートに駆け回っている人達を代表してひとこと下さいな。いつも人にもの聞く時には国民を代表してとおっしゃるんでしょ。それに比べたらたやすいことじゃないですか。あの時この場にいなかったかもしれないけど、同じお仲間でしょ。あら、あなたとそちらのあなたは、あの時もいたかしら?」

指摘された二人は顔をそむけた。

清水夫人はふと玄関の方を振り返ってテレビを確認した。リモコンでチャンネルを操作する。

「ちょっと奥さん、図に乗っちゃいけないよ」

後でVTRをチェックしたら、この時メトロ東京放送の「モーニングズバット」では、画像が現場からスタジオに切り替わり、この番組でも司会を勤める宮野権太が泡を飛ばして息巻いていた。

「公共の電波を使って自分勝手な言い分を主張してはいかんですよ。やめやめ、ウチはもう中継は終わり！」

いつも公共の電波を使って自分勝手な物言いをしてるのは誰やねんと、ＶＴＲを視て私は突っ込んだが、この番組では他の出演者もスタッフもおとなしいもので、この司会者がそう宣言すれば、言う通りに中継をやめた。

「あらら、５チャンはＣＭに逃げたわね。こちらもスタジオに戻っている。放送する気がないのなら、今朝の取材はこれで終わりにさせていただこうかしら。あ、９チャンはやっているわ」

現場では、清水婦人がにこやかにマイクの前に振り返った。

「９チャンネル以外をご覧の皆さん、９チャンネルならやってますよ。あら？　そんなこと言っても生中継していなかったら聞こえないのか」

しだいに増えていたやじ馬の列から爆笑が起こる。

「９チャンネルをご覧の皆さん、他のテレビ局はここからの中継を切り替えてしまいました。このまま謝罪が得られない場合はもちろん、生中継が行われない場合も私は取材とやらに応じるつもりはありません。ＶＴＲですと報道する側に都合が良いよう編集されてしまうからです。これが今日、私が生中継にこだわった理由です。公共の電波をこのように使用して申し訳ありませんが、ご理解いただけますでしょうか？」

「もっともだ」

「いいぞいいぞ」

「もっとやれ」

やじ馬の中から応援する声が飛ぶ。

「どうした、早く謝れ！」

「まだ悪くないと思っているのか！」

これもまた後からビデオで確認したが、この時点で生中継を取りやめたチャンネルも復活していた。真っ先に中継をやめたメトロ東京放送の「モーニングズバット」も現場中継に戻らざるを得なくなっていた。

「ここは一つ、一市民のおっしゃることにも耳を傾けましょうかね」

宮野が苦虫を噛み潰しているかのように発言している。視聴者から抗議の電話が殺到したらしい。マスメディアに一人で立ち向かう小柄な女性、しかも手にしている武器はそのメディアを操るリモコンだけだ。孤軍奮闘、知略果敢。判官びいきの国民は応援しないではいられまい。今や現場とテレビの前で成り行きを見守る人達のほとんどを味方に付けているに違いない。こんな展開を誰が予測しただろう。拍手喝采だ！

現場では、スタジオのディレクターから指示を受けたのだろう、若いアシスタントディレクターがメトロ東京放送の下柳レポーターに耳打ちし、意を決した下柳レポーターは他の同業者に対し促した。

「よし。俺が読むからみんな一列に並んでくれ。そして一緒に謝ってくれ」

レポーターや記者達は、ボールで遊んでいて窓ガラスを割ってしまった子供のように、お互いの顔を見比べ合いながら、しぶしぶ列をつくった。直接割ったのは自分じゃないから自分は悪くないと思っているような顔をしている。

テレビカメラがレポーター達の背後から出て来て、一列に並んだ両サイドから撮影しようとする。絵になるなら自分のお尻の穴さえ映しかねないようなカメラマン根性に、清水夫人も、いまさらながら私も、ためいきをついた。

こほんとひとつせきをして、下柳レポーターは謝罪文を読み上げ始める。

「えー、我々報道各社、もとい、えー取材陣一同は……」

下柳レポーターはちゃんと主語を言い換えた。

「先のラムダ真教関連の取材活動において、数日間に渡り清水様宅前面道路に滞在し、その間、タバコの吸い殻の不始末、飲み物の空き缶の不始末、話し声による騒音、夜間の照明などにより、清水様始めご近隣の皆様に多大なるご迷惑をお掛けしたことを認め、ここに深く陳謝いたします。誠に申し訳ありませんでした」

そう言って深々と低頭した。後ろに控えたレポーター達も合わせて身体を二つに折った。その様子を両側のテレビカメラが全国に生中継し、その後ろからスポーツ紙や週刊誌のカメラのフラッシュやシャッター音がシャワーのように降りかかった。門扉を隔てて立っていた清水夫人は、玄関先のテレビでどこの局も生中継をしていることを確認すると満足げにうなずいた。

「はいはいはい、結構です。謝罪を受け入れましょう。今のお気持ちが今後の取材活動に活かされるよう祈っています」

清水夫人はにこりともしないで言った。叶わぬ祈りだろうなと諦めているような顔付きである。

「よござんす。インタビューをお受けしましょ」

「はい、それでは」

メトロ東京放送の下柳レポーターが声を張り上げる。謝罪風景を前から撮っていたカメラが定位置に戻り、準備が整ったのを確認して、下柳が笑顔を作り直して始める。

「最初に、清水さんのお宅におられる姫子さんは、先日吉祥院家の舞踏会に行かれたというのは事実でしょうか？」

「そのようですね」

「ようです、というのは？」

「私は舞踏会に行っておりませんからね。本人が行ったと言っていたということです」

「そのようですね」

「そして、吉祥院裕喜氏とダンスを踊られたと」

「それも最後の方の順番で、しかも一曲でなく何曲も」

「そう言ってました。まわりくどいですね。彼女が、あなた方が探しているシンデレラですよ、彼女の言葉が本当なら」

おぉというどよめきが起きた。質問の先を越された下柳レポーターは一瞬戸惑い、次の質問を出すのに間があいた。その間隙を突いて横手から別の記者が質問をはさむ。

「本当ならと言われますと、姫子さんの言うことは信用が置けないのでしょうか？」

「いえ、彼女はとても正直な、今時珍しいぐらい性格の良いお嬢さんですよ。ただ先程も申しました通り、私は舞踏会に行っていませんから、彼女がその王子様と踊るのを見ておりませんの。見ていない限りは断定できませんでしょう。だからそう申し上げたんです。見ていないものをそれが真実かのように言えませんもの、どこぞの国のマスコミの方々と違って」

最後の皮肉に、質問者を始め何人かのレポーターはむっとした表情をしたが、主導権奪還を目指す下柳レポーターは、かまわずに新たな質問を発した。

「その姫子さんはお宅におられないとのことですが、今どちらにいらっしゃるのでしょう?」

「まったく皆さんがあんなに騒ぎ立てなければ、もっとこの家でご一緒できたのにねぇ。ご親戚の方のところへ行くと言って出て行きましたよ、騒ぎが収まるまで」

「ご親戚の方?　どちらの?」

清水夫人は一旦息を吸い込んで、何故か視線を外して答えた。

「戸々呂沢」

「戸々呂沢ですか?　詳しく教えていただけないでしょうか」

「それを知ってまた大勢で押し掛けるのでしょう?　止した方がよろしくってよ、来たらこえまくって言っておられたそうだから」

そうなれば愉快というふうに笑いながら告げた。

「こえまく?　大声でまくし立てるという意味ですか?」

「違います。畑にまく肥えです。農家の方でいらしてよ」

「何でその方は、肥えをまくなどと？　我々は野菜ですか？」

質問した下柳レポーターは隣からひじでつつかれた。まだ気付かない下柳レポーターに替わってつついた記者が尋ねる。

「ダイオキシン報道の被害に遭った方ですね」

清水夫人は正解と言う替わりにうなずいた。

「皆さんにとっては、私以上の敵になるでしょうね」と楽しそうに笑う。

「姫子さんについてもっと教えて下さい。名字は何というのですか？」

「そうねぇ、教えてもいいかしらねぇ」

「お願いしますよ、減るもんじゃなし」

「冗談じゃないわよ、減るんですよ、安らぎが。それから静かな時間とか。新聞とかテレビの画面に自分の名前が大きく載ってごらんなさい？」

「そこを何とか」

「まぁいいわ。彼女の名前はキヨハラ、清原姫子さん。きれいな名前でしょう？」

「キヨハラってあのプロ野球の……」

「そう。漢字にしたら一緒だけど見た感じは全然違うわよ」

「どんな女性でしょうか？　ご趣味とかは？」女性のレポーターが聞く。

「映画を見るのがお好きみたい。演劇とかね」

「得意の料理とかは」

「作っていただいた中ではビーフストロガノフ」

「好みの男性のタイプとかは？」

「そこまでは知りませんよ。それとも吉祥院何とかさんみたいな方って言えばいいのかしら？　でもお金持ちにはこだわらないみたい。彼女自身いいとこのお嬢様よ」

「え、そうなんですか？　それなら何でお手伝いさんを？」

「社会勉強というか花嫁修業というか。清原家の習わしだそうですよ」

「清水さんのお宅にはどれくらいいらしたのですか？」

「かれこれ一月ぐらいですか」

「え、まだ短いんですね」

「そうよ、こんな騒ぎさえなかったら、もっと長くいてもらえたのに」

繰り返される皮肉にレポーター達は一瞬ひるんだ。

「さぁ、もうこれぐらいで十分でございましょ？　私がこれ以上お話できることもないし。切り上げてＣＭにされたらいかがですか？　ね。では全国の皆様、朝から大変失礼致しました。よい一日をお過ごし下さい。ごめん下さいませ」

清水夫人はカメラに向かって礼をすると、さっさと自宅の玄関の方へ戻って行く。

「あーまだ待って下さいよー」

何人かのレポーターは声を上げたが、門の扉を開けてまで追い掛けようとする者はいなかった。下手に敷地内に入ったりしたら、不法侵入とかで訴えられるかもしれないと考えたのだろう。シンデレラ姫子の名字も今の居所の手掛かりも分かったし、夫人の言うように、もう聞き出せる情報も少ないと判断したようだ。

テレビ映像は先程の清水夫人の挨拶でどの局もＣＭに切り替わったのだろう、レポーター達の緊張が解けていた。新聞社の記者やテレビ局のレポーター、カメラマン、ディレクター達報道陣一同は、互いにもういいかという顔でうなずき合ったり、身体の前で両手をクロスさせたりして、共同取材の終了を合意した。

こうして、世田谷の清水夫人の家の前で繰り広げられた騒動は、清水夫人圧勝の形で幕を引いた。全国中継のテレビカメラの前で、レポーター連中を手玉に取り深々と謝罪させるなんて芸当を、あの小柄な中年女性がやってのけるなんてとても想像できなかった。不祥事を起こした会社や団体が謝罪会見を開くことはよくあるが、会見する側が取材する側に謝罪を要求した会見は初めてだろう。できることなら後日再び取材し、このリベンジの内幕を聞き出したいものだ。

しかしやはり、普通の話題であれば、昼、夕方、夜と、くどいぐらい何度も繰り返されるのに、生中継された取材陣謝罪のシーンはこの日、どのテレビ局でもほとんど再生されなかった。翌日のスポーツ紙や週刊誌も同じである。私はなおのことこの事件を記事にまとめ、広く世間に知らしめたいと思った。

「シンデレラ見つからず！」（六月二十日　月曜日　毎朝スポーツ朝刊）

清水夫人の生中継を行ったワイドショーも、夕方の番組や次の日のスポーツ各紙も、清原姫子という女性の情報提供を視聴者や読者に呼び掛けていたが、清原という名字が付いたにもかかわらず、二、三日経っても、姫子という名前だけで求めた時と同様、シンデレラに結びつく有力な情報は寄せられなかったようだ。

石三によると、清水夫人会見のその日の内から報道各社は戸々呂沢に飛んだそうだ。しかしダイオキシン報道の被害に遭った農家の人達のマスコミに対する不信感は強く、訪ねて行った農家の大半が用件すら聞いてもらえず、何とか応対に応じても、つれない返事が繰り返されるだけだったらしい。あるワイドショーは画像に窮したのか、戸々呂沢の農家を訪ねて行っては取材を断られる様子まで放映していた。

戸々呂沢ダイオキシン報道問題。数年前、日本各地のゴミ焼却施設から塩化物を燃やした際に発生するダイオキシンが撒き散らされていることが問題になった時期、朝陽テレビが、その看板報道番組である「ニューススターメディア」で、「埼玉県戸々呂沢産の野菜のダイオキシン類濃度が高い」との報道を行った。戸々呂沢周辺は首都圏から出る産業廃棄物を処理する施設が多く、それ以前からダイオキシン汚染が危険視されていたが、朝陽テレビが民間の研究機関に調査を依頼したところ、戸々呂沢産の野菜から一グラム当り最高三・八〇ピコグラムのダイオキシン類が検出され、これは当時の厚生省による全国調査の最高検出値〇・四三を大きく上回るものであるという。

朝陽テレビはダイオキシン問題の警鐘を鳴らしたかったと主張するが、結果として戸々呂沢産のホウレンソウを始めとする農作物の市場価格は暴落し、さらに埼玉県産の野菜についても市場から敬遠され、農家は大打撃を受けた。被害総額は県全体で四億円に上るとされる。しかも初日の報道で農作物の種類が明らかにされなかったが、それから約半月後、県がその民間研究機関の中間報告を公表したところによれば、最高三・八〇ピコグラムのダイオキシン類が検出されたのは、市場に出荷される農作物ではなくて、畑と畑の境のために植えられたお茶の類いだということが判明した。常緑で刈り取られないものであれば、清掃工場から排出される煤煙に曝露される期間も長くなり、当然ダイオキシンの付着量も多いだろう。すなわちダイオキシンが検出されたのは事実だが、それがそのまま戸々呂沢の野菜が危険レベル、というわけではなかったのである。朝陽テレビは何の種類の野菜から検出されたのか知らなかったと主張したが、それはそれで取材側の過失といえよう。あるいはセンセーショナルな反響を期待して故意に言及しなかったのかもしれない。いずれにせよ、戸々呂沢の農家は結束して、朝陽テレビを相手とする損害賠償訴訟を起こし、現在も係争中である。ただ、この問題を通して、当時の農林水産省、厚生省、環境省がダイオキシン汚染の全国調査に本腰を入れたのは確かであり、また産業廃棄物処理業者の焼却自粛に始まり、焼却炉の対策基準の強化など、発生源の規制が加速されたのも事実である。

六月二十一日、世田谷中継から四日経った。これでは戸々呂沢の農家の人も迷惑だろうと思い、その様子を取材するため、私も戸々呂沢へ行ってみようと思った。朝少し早目に起き、いつもは視ない関東テレビを付け、パンをかじりながら新聞を読んでいた。パワフルに動き回るためには朝食は欠かせない。

関東テレビの朝の番組が始まって十分ほどたった頃、戸々呂沢からの中継という言葉を聞いて新聞から目を離した。視ればぼんやりと大きな家が映っている。ん？　何だか見たことがある風景やなと思った。レポーターはその家を背景に立ち、報告を始める。

「えー、昨日報道各社に、シンデレラこと清原姫子さんを世田谷の清水さんに紹介したと自ら名乗る男性から、ファックスが送られて来ました。それによりますと、今私の後ろに見えております、あのお宅で、本日十一時に清原姫子さんの行方に関する、重大な情報が得られる可能性があります」

報道各社にファックス？　過激派の犯行声明みたいやん。私はそう思いながら他のチャンネルへ回してみたが、他の局はやっていなかった。おかしい。関東テレビのスクープではないと言っているのに何故他局は扱っていないのだろう？　もう一度関東テレビに戻すと中継が終わるところだった。画面が引いて焦点が合い全貌を現したその家は、白塗り瓦屋根の塀を四周に巡らしており、背景に秩父の山並みが、手前には青々とした茶畑が広がっている。それを見て私は気付き、そして驚いた。あの家は私の知っている後藤さんに違いない。ダイオキシン野菜報道について、私が取材に行ったあの後藤さんの家に。

朝食を詰め込み、化粧を手早くすませ、西武線とバスを乗り継いで後藤さんの家の近くのバス停に着いたのは十時半頃だった。梅雨の中休みか、どんよりと曇って蒸し暑い。歩道の植え込みや家の庭先に、青や赤紫のアジサイの花が鮮やかだ。バス停のあった場所は住宅街の中だが、少し歩くと畑が広がる。この辺りは江戸時代に開拓された畑作地だそうで、矩形の大きな地割りをしているせいか、畑と住宅とが細切れに入り乱れているような状況は少ない。前回の取材の際の記憶を頼りに歩いて行くと、後藤邸の手前の道端に、これから取材に行くのであろう取材陣が集まっていて、その中に石三がいた。手招きで呼び出すと、おねえ、取材中止と言われてんと言う。

「関東テレビが朝中継してな、それがいかんと言うて、本日の会見は中止って、またファックスが送られて来よってん」

そう言ってファクシミリのコピーを見せてくれた。それには太い大きな文字で、「こちらの指定時刻を守らずに先駆けするテレビ局があったので、本日十一時からの打合せは中止する」とだけ書かれていた。

「何、この指定時刻って？」

と私が訪ねると、ああそれね、と言ってもう一枚のファクシミリを見せてくれた。それが最初に届いたというものらしい。先程のものと同じ大きめのごつごつした字が紙面からはみださんばかりに踊っている。タイトルには「自分が姫子嬢を清水家に紹介した」とあり、発信者は「戸々呂沢・後藤」とある。

「現在マスコミ各社が行方を追っている清原姫子なる女性を自分は知っている。自分がお探しの戸々呂沢の農家である。自ら名乗り出るつもりはなかったが、成果の出ない取材振りまで、いちいち公共の電波や紙面を使って報道するのはけしからんと思うし、過熱した取材合戦が戸々呂沢近郊の同業者に迷惑を掛けているのも忍びない。そこで各社に本状を送ることにした。自分にはある要望があるが、それを受け入れてもらえば取材を受けるし、場合によっては姫子嬢本人との会見を段取りしてもよい。ついては、その打合せを行ないたく、各社代表一名明日午前十一時に拙宅まで御足労願いたい」

そして住所と簡単な地図が書かれていた。その下に注意書きとして、

「なお十時半以前に来訪することを固く禁じる」とあった。

「この最後の注意書きがあるやろ。僕らブンヤは朝刊に間に合わなければ七時も十一時も一緒だけどな、テレビはそうはいかない。それでもその注意書きが気になって、今朝はどこも自粛していたんやて、関東テレビさん以外は」

関東テレビのワイドショースタッフは特別無節操とか無鉄砲な評判がある集団というわけではない。ただ今回のシンデレラ騒動で、他社に先駆けたものが何もなく、多少の焦りがあったかもしれない。取り敢えず現地に一番乗りを果たして、朝一番の報道番組に後藤家の映像を流そうと、早朝六時に到着したらしい。それが後藤さんには先駆けととられたようだ。関東テレビには報道各社から抗議の電話が殺到し、取材クルーは早速連絡を受け、慌てて撤収したそうだ。

「で、どうすんの？　皆さんは」

「取り敢えず最初の約束通り、十一時に家まで行ってみようということになってる」

ほどなくその十一時近くになって、各社一名にしぼった代表団はぞろぞろと移動した。私も石三に付いていく。

「しかし、でっかい家やなぁ」

「後藤家はね、江戸時代から名字帯刀を許された豪農の家柄や。今でも広大な畑と山林を所有してんねん」

「何で知ってんねん？　もう調べたん？」

「当たり前だのクラッカー」と父親世代のギャグをかまして煙にまいておく。しばらく姉はすごいと思わせておくことにしよう。

後藤家の門は時代劇のロケにも使えそうな瓦屋根付きの立派な構えをしていたが、朝の映像では開かれていた分厚そうな板でできた門は、今は固く閉ざされていた。十一時二分前には勢揃いしていた各社代表者は、さてインターフォンを押して呼び出してよいものか躊躇していた。門前の一団から少し離れて、私らやじ馬がいる。近所の新興住宅地の住民も話を聞き付けて何人か集まって来ている。

十一時ちょうど、Ｚスポーツの福留記者が恐る恐るインターフォンを押す。門から家まで距離があるのだろう、家で呼び出しが鳴っているかどうか門前からは分からない。しばし間を置いてもう一度押してみた。やはり応答が無い。三度目を押した直後に上から太い声が降って来た。

「やかまっしぃ！　何度も鳴らすなっ！」

皆が驚いて見上げると、門の右側の塀の際に火の見櫓のようなものがあって、その上に初老の男性が仁王立ちしていた。頑強そうな体つきでランニング姿、髪は短く刈り上げられ、タオルをハチマキのように巻いている。左手には手桶を持っており、柄杓が入っているのが見える。確かに後藤さんだ。

「今日の打合せはせんと言っただろうが！　今日は誰ともあわん、帰れ、帰れ！」

マンガで描かれたなら、ファクシミリにあったような極太の文字になりそうな声が、路上の取材陣に降りかかる。

「後藤さんですね。待って下さい。ではどうしたらいいんですか？」

「何時話を聞かせてもらえるのでしょう？」

「何故早く来るのが悪いのですか？」

「その左手に持っているのは何ですか？」

門前に並ぶのはマスコミ各社を代表する者達である。獲物を見つければすぐさま質問の矢を射掛けるのは習性と言っていい。ところが、楼上の後藤さんはまたもや大音声の一太刀でなぎ払った。

「やかましぃ！　同時に質問するな！」

門前の人々は一斉に押し黙った。

「そんなに大勢から一度に質問されて答えられっかぁ！　一人代表選手を決めろぉ。そことだけ話をする！」

拡声器を使っているような地声である。代表者達は互いに顔を見合わせて譲り合った。今度の相手は見るからに手強そうである。できれば一人だけで相手にしたくない。そんな様子を見た後藤さんが、

「えーい、まどろっこしい。じゃんけんするぞぉ。いーん、じゃーん、ぽん！」

そう言ってパーを突き出した。咄嗟のことに手を出せなかったのが半数、慌ててグーを出したの

が五人、パーが四人、チョキは一人だけだった。

「よし、代表はお主に決定」

指さされたのは、代表団の中で一人だけ若い石三だった。グーやパーは咄嗟に出し易い。指を折ってチョキを出す敏捷さがあったのが若い石三だけだったということだろう。

「では代表して伺います。何故集合時間にフライングしたことをお怒りになり、今日の予定をキャンセルされたのでしょう」

先ずは順当な質問である。

「何故早く来るのが悪いかって？　儂は自分だけ抜け駆けしようとする根性が気にいらん。いつもスクープばかり狙っているだろ。そんな焦る気持ちがこの前の騒動を引き起こしたんじゃ」

「この前のというとダイオキシン野菜の件でしょうか？」

「おうよ。それにな、向うの住宅地に住んでいるのは東京へ通勤する若いサラリーマンの人達ばかりだ。小さなお子さんがたくさんいて、毎朝この前を通って小学校に行く。マスコミの車がたくさん来ては危ないだろうが。そう気遣ってわざわざ十時半以降と指定したのに、人の気遣いを無駄にしやがって、おまえら自分らのことしか考えとらん。自分達のやっていることばかりが正しいなんて思うなよ。ちっとは他人の迷惑のこと考えろ！　そうすりゃ、あんな報道は軽率にできねえはずだ」

これもダイオキシン報道のことだなと誰もが気付いて口をつぐんだままだ。

「そりゃな、誰にも秘密を知りたいという気持ちがあるのは分かるよ、秘密を知ったらしゃべりたいという気持ちもな。俺だって姫子お嬢のことをしゃべりたくなるもんな」

急に求める名前が出て来て、路上の取材人は、無言のままだが見た目にも色めき立った。

「でも駄目なんじゃ。よく考えなしにぺらぺらしゃべってしまうとろくなことがねぇ。ここは順序立ててきちんと話さなきゃ、きっと誰かが傷ついちまう」

「誰かが傷つくとはどういうことですか？」

「何か複雑な家庭事情でもあるのですか？」

姫子の名前に興奮してか、石三以外の人間から質問が飛び出た。

「こらぁ、それがいかんと言うとるんじゃ！」

またも大声が響き渡り、路上の人間は縮み上がる。

「今はそこのあんちゃんしか質問したらいかん。どうしてそんなに競い合うかね。同じたんぼで我先に稲刈ろうとすっから、周りに迷惑掛けるんだよ。違う畑でそれぞれ別の野菜こしらえてりゃぁ、皆はっぴぃなのによ」

「それではその順序立てて後藤さんのお話を聞く機会を何時どのように設けたらいいでしょうか？」

石三が尋ねる。

「おぉあんちゃん、さすが代表者だ。実務的だねぇ。おっし、明日はペナルティで一日休んで、木曜日の午後二時でどうだい。この家の広間を使わしてやらぁ。十二時からこの門を開けてやる。昼飯はだされぇけどな。それから関東テレビは一回休みだ。それと朝陽テレビも遠慮してくれ。こっちは今裁判中だからな、他の仲間に示しがつかねぇ。おっし、それでいいだろ。じゃあ今日のところは解散してくれ」

一方的にまくしたてては自分で納得して、最後に片手を挙げてあばよと言った。

「待って下さい。これ以上我々を待たせないで下さい」

「明日では駄目ですか」

「姫子さんのことをもう少し」

石三以外の人間がまた勝手に口々に騒ぐ。

「やかましぃって！　続きは木曜日！　明日は来んなよ。来たら木曜はキャンセルだからな。ほら解散ったら解散！　さっさと帰らないとこれまくぞ！」

左手に持っていた手桶を高く掲げた。路上の人間には、「これ」が「肥え」に聞こえたようだ。皆、慌てふためいて逃げて行く。それを楼上から見て後藤さんは大きな口を開けて高笑いした。

「今時有機農法していなきゃ肥えなんて溜めてないっつうの」

そうつぶやいて、手桶の柄杓を口に持っていき水をごくごく飲み干していた。私もつられて笑ったら、楼上の鬼の目に留まってしまった。

「おぉ、いつぞやの関西弁のお姉ちゃんじゃないか。元気そうだね」

「覚えておいてくれはりましたか、おおきにありがとうございます。やるやないですか、後藤さん」

「はっはっは。本番はこれからよ。そうだ、あんたも来るかい、木曜日？」

「はい、ぜひ後藤さんの活躍を拝見したいです」

「よっしゃ、あんたには昼飯出すからなぁ、ちょっと早目に来てくれないか。今時分でいい。手伝ってもらいてぇことがあるんだ」

「いいですけど、何ですの？」

「まぁ、来たら分かる。他に男手の心当たりがないかの。一人ぐらいいると助かる。彼氏でも連れて来れんかの？」

「彼氏なんて、そんなもんいませんよぉ」

半ば真に受けてどぎまぎしつつ答えると、

「まぁ、いいや。じゃあ木曜日頼むわ」

そう言い捨てて後藤さんはさっさと塀の向こうへ消えてしまった。インターフォンを押してさらに詳しい話を聞こうかと思ったが、ふと気付くと、門前から逃げ去った各社代表団が私の方を遠巻きにして見ている。このままだと後藤さんと話したというだけで彼らの餌食になってしまう。私は機先を制するつもりで、ちょっぴり派手な身振りを交えて石三に呼び掛けた。

「ちょいと石三！　なかなかさまになっとったやん、あんたの取材ぶり！　木曜にセッティングできたの、あんたの手柄やで！」

言いながら石三に近づき彼の腕を掴んで歩き出す。

「いや、そんなの、どうでもええやん。それより、おねえ、あのおっさんと知合いやったん？」

「まぁまぁまぁ、話せば長いことになるかな、どこから話せばええかな……」

そう言いながら弟を盾にして、取材陣がつくる輪の一番手薄な部分を突っ切った。

「あーえらいことやわ、次の約束があったんや。ちょいごめん、先行くわ。また電話して、な。後はよろしく頼むわ」

そう言い残して勝手に走り出した。

「あ、おねえ！　ちょっと待ってや！」

そう叫んだものの、石三は追って来ない。この場を逃げたいという私の気持ちを察したのかもしれない。私は都合良く走って来たタクシーを捕まえて、飛び乗った。

戸々呂沢駅と行き先だけ告げて、シートにもたれてほっと息をついた。それにしても木曜日、後藤さんは私に何を手伝わせると言うのだろう？　それから男手？　自分が何するか分からんのに、さらに何するか分からんような仕事に駆り出されても文句を言わない男性は、さすがに心当たりがない。とその時携帯電話が振動した。画面を見ると「晴先輩」とある。慌てて通話ボタンを押す。

「もしもし、アトか？　今大丈夫か？」

「は、はい。大丈夫です！　何でしょう？」

「いや特別用があったわけじゃぁないんだが、飯でも食べに行かんかなと思ってな。今夜どう？」

飯？　食事のこと？　食事を一緒に？　せ、先輩が、さ、誘ってく、くれてんの？　タクシーのシートの先端に浅く腰掛け前かがみになった。外の風景が消えている。ほんの一瞬の間に、答えるべきさまざまな言葉が浮かんでは消えたが、結局口に出たのは、さっきと同じ一言だった。

「は、はい、だ、大丈夫です。空いています」

「じゃあ、六時に新宿、アルタの前で。普段のかっこで来いよ」とだけ告げてピッと切れた。

先輩から食事に誘われた。これってデートやん。これって付き合い始めるってこと？　待て待て、跡美。一回ぽっきりってこともある。毎週火曜日に女性を相手に食事する習慣で、今週は私に番が回って来ただけかもしれん。もしかして店に行ったら、高谷先輩とか知った顔がいたりするかもしれんで。あんただって男性と二人で食事に行くのが初めてとちゃうやろ。これまでのにすべてロマンスフラワーが咲いていたわけとちゃうやろ。浮かれるのはまだ早いぞ、跡美。

しかしどこへ行くんやろ。新宿東口アルタ前やろ、ガード下をくぐって西口高層ビル街のどこか屋上レストランとか？　東京の夜景を見ながら、フランス料理のフルコースとか？　エスカルゴが出たらどないしよ、よー食べれへんカタツムリなんか。でも新都心行くなら西口集合か。東口、東口。めちゃくちゃ店があるしなぁ。まさか新宿二丁目？　ニューハーフのショーパブとかやないやろなぁ。あーでも湯島のスナックのマスターも怪しかったし、結構その手が好きなんかもしれん、あの先輩。それとも歌舞伎町。考えてみれば行ったことあらへん。いろんな噂を聞くけどフツーの店に見えてコワイ店やったらどうしよ。食べたものに眠り薬が入っていて、目が覚めたら海の上とか。私は東南アジアのハーレムに売られて、先輩は炭鉱とか。それでスコップを武器に私を救い出しに来てくれるとか。いかんいかん妄想列車が暴走してる……。私は突然降って沸いた約束をどうとらえてよいか分からずに、携帯電話を持ったまま、前を向いていたが、前を見ていなかった。車が止まり、前の座席の背中におでこをしこたまぶつけた。運転手が不愛想な声で告げる。

「駅着いたよ」

その夜先輩が連れて行ってくれた店は、新宿三丁目から少し奥に入ったところにある韓国料理の店だった。確かにおいしくて安くてボリュームがあったが、安物の赤と白のチェック柄のビニールクロスの壁紙は脂ぎっててかてかしており、ごきぶりの子供達が歩行演習をしていそうだ。ロマンチックなムードとは対極にある世界、ここは体育会系の後輩を連れて来ておごってやる店だ。本当は家に戻って埃っぽい服を着替え、化粧をして出直したかったのだが、暇がなかった。でもこの店ならそこまでしなくてよかったかもしれない。もちろん私は、そんなことは口にも表情にも出さない。サンチェに包んだ肉と一緒に飲み込んでしまう。

「いやぁ、おいしいわぁ。こんなん食べ過ぎてしまいます、どないしよ、太ったら」

「それだったらな、中途半端なところでやめないことだな。許容能力一杯だと血となり骨となる。むしろ気持ち悪くなるほど食べ過ぎるとな、胃腸もびっくりして消化不良を起こすだろ。そしたら栄養を取らずに素通りだ。下痢ピーとなる」

「汚いなぁ、もう」

「いやだけど本当だぞ。人間の身体は良くできてる。逆に少しだけしか食べないと、それから何でも吸収しようとするから、かすかすのうんこになるんだ」

出たぁ、うんこの代弁者。

「あぁ、何かで見ました。一日に食べる回数が少ない方が、何回も食べるより太るんですってね。回数が少ないと飢餓状態になったと思って、身体に蓄えようとする。だからお相撲さんは一日二食なんだとか」

話の矛先を変えようと必死の私。

「そう食べる量も少なくなるから、うんこの回数も減る。ところが吸収されてかさかさなのに、長時間溜めておくことになるから、さらに固くなって出にくくなるんだ。ダイエットのためとか言ってだな、無理に少ししか食べない女性に便秘が多いのはそのせいだ。アトは大丈夫だな」

何で私は大丈夫だと言い切れんねんと突っ込みたくなったが、そうするとますます肥溜めにはまる、いや深みにはまるような気がして話題を替えることにした。今はうんこの話から離れるのが先や。私は清水夫人の奮闘振りと後藤さんのあしらい振りを忠実に再現してみせた。

「でも不思議なんですよね。清水さんに後藤さんと、私が取材した人が次々と登場して来はるんですよ」

「本当にすごい偶然だね。そのうち俺も巻き込まれるかもしれないな」

「そんな、先輩は取材拒否されはったやないですか」

「そうか、なら大丈夫か。やっぱり俺の判断は間違ってなかった」

それから話題は先輩の事件の方へ移って行った。取材という形ではなく、仲間内のおしゃべりという形で、あの時聞き出したかったことを私はほぼ知ることができた。あの日さくらテレビの取材班は突然やって来て、工事用ゲートを警備するガードマンの制止を無視し、家宅捜査に入る特捜のように建設中の建物内に入ろうとしたという。ヘルメットの着用もなくである。

「今時な、ヘルメットなしで入場できるほど、安全を疎かにした工事現場なんてないんだよ」とハル先輩は泡を飛ばしていた。

「それだけでも許されないけど、工事中ならプライバシーもまた完成していないとか思うのかね。

俺たちゃ守秘義務だって結構気を使ってるんだぜ。それを自分らは何でも許されるかのように、ずかずか入って来ようとしてさ、何様だと思ってるのかね、自分らを」

「警察気取りなわけですね、不正を追求するつもりなんでしょう？」

「警察だって捜査令状とって来るだろう？　あー、やめよ。思い出すとまた腹が立つ」

「でも会社同士はすぐ仲直りしはりましたよね。さくらテレビ側がすぐ引いたってことは、非は向こうにあったんでしょうね」

「そりゃ、そうだ」

「それで、先輩の会社が引いたのは？」

「知ってんだろ、どうせ、裏取引のこと。名より実をとるからね、ウチの会社は」

「そして先輩は転勤させられた」

「ご褒美だ、ご褒美。下手な営業マン顔負けの仕事取って来たからな」

「転勤がご褒美ですか？」

「おうよ、あれからずっと休暇と似たようなもんよ。会社に出ても出なくっても誰も文句言わねえ」

「典型的な取材暴力のケースですね、そのさくらテレビの取材班は」

「取材暴力？　そう言うのか？　専門的には」

「専門的というほどたいしたもんやありませんけど。一口にマスコミによる被害というても、たくさんのケースがあると思います。思いつくまま挙げますと、強引な取材、多数の取材陣による取り囲み、これはメディアスクラムっていうてますけど。他にも取材競争、過熱報道、扇情報道」

私は言いながら右手の指を折る。

「せんじょう?」

「あおり過ぎって奴ですね、それからプライバシーの侵害、一方的・部分的な報道内容、恣意的報道、低レベル・低俗な報道、スキャンダル……」

「工事現場でもさ、事故が起こるだろ。するといろいろと分類するんだ。墜落、転落、飛来落下、はさまれ、追突……」

「似たような感じですね。私はこれらのケースは大きく二つに分かれると思うんです。一つは取材行為による被害。つまり先輩のケースのように、強引な取材によって取材対象者が被害を受けはる時や、清水さんのケースのように張り込みによって取材対象の周辺にいる人達が迷惑を受けはる場合」

「ダイアナ妃を追っ掛け回したパパラッチ」

「そのとおり。もう一つはですね、報道内容そのものによる被害。正確でなかったり間違ごうていたり、正しくても思わぬ憶測や風評が立ったりする場合。後藤さんのケースはこっちです」

「なるほど。追っ掛けしているだけあって、それなりに整理されている」

えへんとまるめた拳を私は口に当てて見せた。

「もちろんどちらの分類もあてはまる場合もあります。強引な取材を受けて散々な目に会った上に、いいかげんな報道をされたなんて時ですね。そらもう、踏んだり蹴ったりやわ。あぁ、あと被害というよりマスコミの影響といった方がいいですが、もう一つありました。特殊な犯罪が一つ報道されると、類似犯が続きますよね。誰でも良かったなんて理由なき殺人事件が続いたり、何かの自殺が取り沙汰されると同じ理由の自殺が続いたり。これは報道する側の何が悪いというのは確定しにくいんですが」

「マスコミが報道しなければ生じない影響だな」

「厳しいっすね。まぁ、ホンマだけど」

「で？　何でそうなる？　何が彼ら、つまりマスコミの連中をだ、加害者に駆り立てる？　カネか？」

「おカネですか？　確かにそれもあります。発行部数、視聴率、これらはおカネに繋がりますもんね。それに、建設業界もそうやと聞いてますけど、マスコミ関係の新聞社や雑誌出版社、テレビ局などは正社員が少なくなっています。私みたいなフリーライターやテレビなら制作プロダクション？　そういう外の人間が取材した記事や番組が多くを占めています。それは昔よりコストが厳しくなって生じている結果ですから、当然競争が激しいんです。安くて売れるものを血眼になって捜し求めているんです。「安くてよいもの」。製造業なら材料や製作過程を改善するスローガンとして、いい響きになるかもしれませんがね。この業界では、よいものと言えば、発行部数や視聴率が取れるネタです。一つ見つかればそのままそれに群がりますし、チャンスがあれば自分だけが独占しようとしはります。より安くしようとすれば、手っ取り早いのが取材の回数を減らすこと。真相の追求や反対の立場の意見は不足するので、足りない部分は取材者側の想像や憶測で埋め合せされる。当然一方的、部分的、恣意的な報道が増えますよね」

「確かに建設業界も外注化が進んでる。早芝でも、小さな物件はほとんどの部分をより小さなゼネコンにやらせたり、大きな現場でも社員を十分配属できないから、派遣社員や出向社員という人間でカバーしていたりな。それが原因で品質や安全管理に問題が生じることもある。でも、ある程度のレベルというか、あると思うんだよな。しばりも多いしな。建築基準法に始まって、建設業法、労働安全衛生法、騒音規制法といった法律や条例、仕様書や設計図書や学会基準とかな。がんじがらめさ。そういうもんがないからか？　そっちの業界には」

「全くないわけやないですけどね。最近自主規制も増えて来ましたし。でもやはり、表現の自由ってお守りがあるから、規制する法律はできにくいですよね」

「それだ、諸悪の根源は。その自由の権利があればすべてが許されるのか。違うだろ。他人の平安を侵す権利はないだろ」

「でも言論規制はやはり行なってはあきません。特に政府に規制させたら戦前に逆戻りです。だから自主規制なんです」

「自主規制ってのは本人達の自覚だぞ？　あるのか、マスコミの連中に？　責任の自覚や報道のモラルが」

「ますます手厳しいわぁ。でも自覚というか、モチベーションという点では、この業界にいる人達はかなり高いと思いますよ。先程はおカネが原因かという話でしたが、もう一つはやる気というか、そっちのほうですね、マスコミを加害者に駆り立てるのは」

「マインド？」

「えぇ。早い話、子供の頃からいろんなことを他人に教えるのが好きだったり、この業界にずっと憧れていたり、そうして入って来る連中ばかりなんです。つまりやる気満々。そこへ持って来てスクープが取れた時の快感というご褒美。私でもこの間、舞踏会にシンデレラが現れた記事で、少し浮かれましたもん」

「やる気満々。競争心満々。よーいどんってか」

「乱暴な見方ですけどね、私仕事って、やりたいことでご飯食べている人と、ご飯食べるために取り敢えずやっている人と、どっちかやと思うてるんです。マスコミの業界って、前者の比率が高いなって思いますよ。そら体力的に厳しい世界だから、疲れている人も多いけど」

「やる気満々な上に表現の自由という守り札。自分が偉いと思い込む構図」

「良く言えばジャーナリズム魂。真相を追求するんだとか国民の代表だとか、強引な取材行為の原因の一部はそこら辺にあると思います」

「なるほど。で？　その高慢な方々に行ないを改めていただくには、自分で気付いてもらうしかないと？」

「だから少しでも気付いて欲しいと私は取材し、いつか糾弾したいと思うてるんです」

「マスコミで？」

「マスコミで」

「その趣旨は賛成だ、マスコミの目を覚まさせようという趣旨は。でも手段にやはりマスコミを使うのはどうかな」

「物は使いようって言うやないですか。目的が違えば、同じ道具を使っても違う結果になりますって」

「なるかもしれないし、ならないかもしれない」

「あるいはインターネット」

「インターネット？」

「そうです。数年前より、かなり普及して来ましたやろ。まだまだ掲示板とかって信憑性に欠けていて、見る人も一部かもしれまへんけど、もしかしたらもっと力を付けて、今のマスメディアなんて、取って替わられるかもしれへん。そこで訴えるんです」

「マスメディアが取って替わられる？　記者やレポーターは要らなくなる？　そいつはいいけど、替わりに誰がする？」

「誰もがニュースを発信できるようになるかもしれません。いや実際少しはできています。それが普通の人にも広がるかもしれません」

「それはそれで余計にひどいことになる恐れがあるな。事件以来マスメディアを敵対視して来たけど、本当の敵はそれを面白がっている読者や視聴者、つまり一般ピープルじゃないかと思う時がある。誰でも人のことを知りたがったり、憶測でものを言ったりすることあるよな。自分だけが知っていることは、人に話したいよな。逆に言うと人に話す時の快感があるから、自分だけが知ろうとするんだ、誰でもマスメディアの幼虫みたいなもんだ。誰もがニュースを発信？　それはそれで恐ろしい世界だ」

「そうかもしれません。だからこそ今のマスコミは、襟を正して模範を示す必要があるんです。正しい取材の仕方、情報の伝え方、真実の見極め方。そうでないと存在意義を失うんじゃないかと思います」

「まぁ、いいさ。マスメディアにしろインターネットにしろ、アトの記事が広く読まれて、マスコミに対する社会的批判のきっかけになることを祈るよ」

「社会的批判？　ですか」

「ゼネコンはな、例の疑獄事件からこっちだいぶ叩かれた。他にも欠陥マンションや自然環境の破壊者として、周囲の目は厳しいんだ。こう見えても結構襟を正して仕事している。銀行もそう。倒産や合併、税金を使った資本注入といった中で、ある程度高慢さはそげ落とされた。続いて損保も保険金不払い問題で叩かれている。次はマスコミだ。その業界にいるというだけで肩身が狭くなるような思いを味わってもらわねばならん。そうでなくては自覚など芽生えないよ、きっと」

「そんな社会批判を生み出すきっかけになれと？」

「そう。そのぐらいの気概を持ってな」

「簡単に言ってくれますわ。なら協力して下さい。先輩の事件も公表してはいけませんか？」

「俺の件？　うーん」

「会社からもそんな仕打ちをされたのに、公表するのはやはり憚られますか？」

「俺もさ、さくらテレビとの示談を知った時、ふざけんなと思ったよ。いっそどこかのマスコミにぶちまけてやろうかと思ったさ。取材の申し込みは少なからずあったようだしな。でも転勤の辞令の時上司に言われたよ。『会社を恨む気持ちは分かるがな、俺達のために我慢してくれ』って。『会社って奴にしがみ付いてる社員や家族がいるんだ』ってな。確かに俺は独りもんだから、いざとなったらケツまくって会社辞めてもいいさ。でも家族を抱えていて簡単には辞めることのできない先輩や同僚がいる。その人達のことを思うと、自分の不満をぶちまけちまって、それが会社を傷付ける材料に使われる？　そうもできないわけさ」

「はぁ、そうですか」

「それに俺が言ったことを取り上げて、またマスコミがはしゃぐのも我慢ならなかったしな」

うーん、この人は他人を思いやる。でも自分は傷付いているままだ。何とか違う形ですっきりさせてあげられないものか。清水さんはあぁやって謝罪を勝ち取った。後藤さんも何か企んでいる。後藤さん？　そうだ。

「先輩、会社を休んでも誰も文句言わへんておっしゃいましたよね」

「文句言わへんとは、言ってねえ、文句言わねえと言った」

「そんなんどっちでもよろし。明後日の木曜日、戸々呂沢の後藤さんのところ、一緒に行きません？　誰か男手がいたら連れて来てと頼まれましてん。何をやらされるか分からへんけど、何かおもろいことが起きるかもしれませんよ」

大広間の対決

「発見できるかシンデレラ！」（六月二十三日　木曜日　毎朝スポーツ朝刊）

木曜日。私は再び戸々呂沢に足を運んだ。先輩と一緒だ。先輩は渋るかと思ったが、案外すんなり了解した。

私に頼みたいと言っていた仕事は受付だった。後藤さんは記者達の座る席が、早い者勝ちに埋まるのが我慢できないらしい。公平にくじで座席を決めたいと言う。先輩の方は本当に雑役で、座敷の掃除、座布団の敷き並べから始まった。正午過ぎた頃から報道各社の車が集まり出したが、その誘導も任せられた。おかげで後藤家の前面道路は満杯状態となったが、きちんと縦列駐車ができていた。

後藤さんはハル先輩のことが気に入った様子で、受付をしている私のところに後ろからこっそり来て、

「お嬢はん、ああいう男、逃がしたらあかんで」と下手くそな関西弁で耳打ちして去って行った。何言うてますねん。逃がさんて言うたかて、動き出したらあの大きな身体、腕にしがみ付いてもよう止められません。そのまま持って行かれます。いや持って行かれるんならそれもいいかな。どこでも好きなところへ連れてって……あかんて、妄想船が汽笛鳴らして出航してしまう。

会見は後藤家の大広間で行われた。この地の古くからの名主の家柄にふさわしく、間口二間、奥行き四間の十六畳の部屋が三間横並びで続いていて、間の襖が取り払われていた。庭から向かって

左端が上座に当たり、その中央に後藤さんが座るのであろう、座布団が一つだけおかれた。それと向き合う形で、八×十列分の座布団が並べられた。

記者達は受付の後、席がくじ引きだと知ると一様に驚きの表情を浮かべ、そのくじ引きの結果に一喜一憂した。良い席を取ろうと早目に来たのに後ろの方の席が割り当てられた会社ががっくりとする様は、気の毒でもありおかしくもあった。受付の相手である記者やレポーターは、私の取材対象であるから、私の方は顔を知っている人が多く、中には何度か話をしたこともある人も数人いたが、それでも向こうから私のことに気付いた人はほとんどいなかった。席順で何か便宜を図るよう求められても困るので、私の方からは声を掛けなかった。当然石三は要求してきたが取り合わなかった。

そこへ既にテレビカメラを回している一団が現れた。その被写体となっているのは、何と羽沢麗児だった。さすがにステージ衣装を着てはいないが、シルクのシャツにモスグリーンのベスト、黒革のぴったりとしたパンツ、袖には「報道」とこけおどしのような大きな文字が入った腕章を、指には仕事するには邪魔と思われる大きなメタルの指輪を嵌めている。どうやらバラエティ番組の企画か何かで、にわかレポーターをやるようだ。

「あ〜どうやら受付があるようです。よく日焼けした女の娘が待ち構えていま〜す」

女の娘（働く女性にとっては蔑称だ）呼ばわりされた色黒（ほっとけ）の受付嬢は好戦モードで切り出した。

「いらっしゃいませ、報道機関名とお名前を記載の上、席を決めるくじをお引き下さい」

すると羽沢麗児はぐっと顔を突き出し、自分を指差した。この俺が分からないの、と言いたげだ。

「報道機関名とお名前をお願いします。それとも字はサインしか書けないのでしょうか？」

あきらかにむっとした顔付きになったが、黙ってペンを取ると「テレビジャパン」と書いた後、そのページの残りの欄全体を使って、本当にサインを書きなぐった。おまけに書いたものをテレビカメラに向けて差し出している。やってくれたわね！　得意げな羽沢に気付かれないように、私は隠し持ってたくじを十枚追加して、しらっとした声で告げた。

「席を決めるくじをお引き下さい」

羽沢はカメラに向きなおり、カメラが回っていることを確認すると、おおげさな身振りでくじの入っている箱に挑んだ。

「さ〜席を決めるくじだそうです。皆さん、ボクの強運をお信じ下さ〜い」

箱の中に手を入れると、あれこれ探ることはせずに、すぐさま一枚のくじを引き、広げて、カメラに向けた。

「見て下さい、皆さん！　ラッキーナンバー77です！」

羽沢は右手にマイク、左手に広げたくじを空に向かって掲げながら、意気揚々と会場へ向かって行った。もちろん会場の八十席は前から番号をふってあり、七七は最後列である。要注意レポーター用に隠し持っていたくじは、すべて七十番台だった。

二時五分前になると受付終了ということで、私は座敷の最後部の庭側七三番の席に移った。記者達は落ち着かない様子で割り当てられた座布団に腰を降ろし、カメラマンは私の後ろの会見場最後部の空いた場所に三脚を置き並べていた。羽沢も私の四つ隣につまらなそうに座っている。庭側には縁側があり、そちらの方が撮影ポイントにはよさそうに思えたが、よく見ると縁側の柱に「取材者立ち入り禁止」の張り紙がされており、皆諦めたのだろう。その先の庭先には、何処の局のマークも無いビデオカメラが三脚を使って二台設置されていて、一台は最前列中央を、一台は記者席の方を向いていた。

二時一分前、最前部の部屋の、向かって右側の襖戸が開いてハル先輩が入って来ると、そのまま庭に降り、ビデオカメラの傍らに立った。どうやらスイッチを入れたようだ。記者達がそちらに気を取られているところへ、どかどかと大きな足音がやって来たかと思うと、開いたままの襖戸から後藤さんが入って来て、ダンとこれまた大きな音を立てて襖を閉め、記者達を睨み付けたまま、中央の座布団にどかっと腰を降ろした。腕を組み足は胡坐を組んでいる。中の広間の柱に取り付けた時計がボーンボーンと二回なった。

「本日は御苦労様なこってす。儂が当家の主、後藤剛太です」

やはりマイク不要の太く通る声である。胡坐のまま握った両手を畳に付けて上半身を倒した。農民というより武士の礼である。

「先ず最初に、ご覧のように、当方でもビデオカメラを二台用意し、この取材の様子を、録画させてもらいます。ご了解下さい」

八十人を超えるマスコミを前にして上がっている様子はないが、言葉を短く切って話そうとしているのは、ビデオに残ることを意識しているのだろうか。

「本日、マスコミの皆さんが、このような片田舎に、わざわざお越しになったのは、清原姫子なる女性の件と、承知しておりますが、その本題に入る前に、皆さんにお伺いしたい、ことがあります」

そうら、おいでなすった、と取材陣は身構えた様子だ。

「ご存じの通り、我々戸々呂沢の農家は、先の、無責任なダイオキシン報道により、甚大な被害を被り、その損害賠償をめぐって、現在、朝陽テレビと係争中であります。我々農家の、報道機関に対する不信感は、当然のものと、ご理解いただきたい。しかしながら、報道機関のすべてが、あの取材班と、同等とみなして、よいものだろうか。あの取材班だけが、むしろ特異な集団であったのではないか。そうも考えられるわけです」

早くも相槌を打つ記者も数人いた。

「そこで、私は、姫子嬢の情報を公開する前に、それをお伝えする皆様が、どのような考えをお持ちの方々なのか、知りたいと思いました。つまり、正確な情報を伝えて下さるのか、それを任せるに足る方々か否か、見極めたいと思いました。それには、皆様が、あのダイオキシン報道に関して、どのように考えられておられるのか、それをお聞かせ願いたい。我々の仲間は、皆農民ですから、朝陽テレビのことを悪くしか捉えない。しかし同じ仕事をする、皆様の目から見て、彼らの報道は、どう映ったのか、是か非か、許される範囲か行き過ぎなのか、腹蔵なきところを、お聞かせ願いたい、こうお願いするわけです」

お願いとは言ったが、つまりはどっちの味方につくんだ、はっきりしろ、と聞いているに等しかった。

「一つお聞かせ下さい」

中央二列目から手が挙がった。

「我々が述べる考え方によっては、シンデレラに関する情報の内容や量が影響を受けるのでしょうか？」

「はぁん？　もう一度言って下され、頭が良くないんでな、分かりやすく」

「いや、つまり、お気に召さない答えをした場合、その会社はこの場から出されるとか、あるいは我々全員が不合格であれば何も教えてもらえないとか、そのようなこともお考えでしょうか？」

「なるほど、なるほど。先に言いましたな、『皆様が、どのような考えをお持ちの方々なのか、知りたい』と。それは、『姫子嬢の情報をお伝えしても良いかどうか、見極めるためだ』と。確かに前回の朝陽テレビのような取材班に、大事な情報をまかせる訳にはいかん。よって、同じような考えの人達もまたしかり。つまりは、その意見の内容によっては、この席から退席いただく」

後藤さんはぐるりと一同を睨み付けるだけ間をおいた後にやりとした。

「そのようなことを、考えないではおりません。朝陽テレビの取材班は我らが敵、それを正しいと思うものも同じく敵。わしらは農民ですから、敵に塩を送ることはしませんせん」

後藤さんは自分の言葉が聞き手に染み入るのを待つかのようにしばし間を開けた。

「とは言うものの、皆さんには、記者魂ってものが、あるでっしょ？　ジャーナリズム魂というものが。マスコミ人としてご自分の考え方に誇りを持ち、忠実にあって欲しい。何卒、自ら思う所を信念を曲げずに述べていただきたい」

これは自分に有利な答えを強要してはおらんよというポーズだ。確かにジャーナリストには、自分の信念を強く持ち、いかなる抑圧の下にあっても、自ら思う所を主張する人もたくさんいるだろう。だが、この日この広間に集まっているのは、ほとんどが芸能関係を主担当とする人間である。どちらかと言うと、視聴率や発行部数といった数字の悪魔に、魂を売り渡している人達だと私には思える。その数字のためなら、自らの信念をどうとでも脚色しかねない気がする。

「さぁ、では前列の方から順にお願いします」

初めて聞くような優しげな声で促された、最前列の庭側に陣取っていたのは、さくらテレビの岩村レポーターであった。

「その前にもう一つ教えて下さい。今この模様は庭先にいる方がカメラにて録画されているかと思いますが、その画像をどのようにお使いでしょうか？　どこかのテレビ局に売って、全国に放送させるとか？」

庭先の方を向いて質問したが、そこにいるのが現場のゲートでもみ合った現場監督だと気が付いただろうか。

「あれは、まぁ第三者の目だ。そう思って下され。あんたがたはこの会見について報道するだろうが、自分達に、都合のよい所ばっかり、言ったり書いたりするかもしらん。それが儂の、あるいは戸々呂沢農民の、不利になるような内容だったら、『そりゃ違うだろ、あんたらはこう言っていたぞ』そう言って公開するかもしれん。しかし必要なければ公開せん。あんたらに断りもなく流さん。あんたらと違い、勝手には使わん。あんたらと違い、それで食っているわけでもないしな」

皮肉られたレポーターの中にはむっとした顔も見られたが、かまわずに後藤さんは続ける。

「しかし、録画される以上、オフレコというわけにもいかんのう。隠し録りではなく、堂々と録っているのだから、一応何処に出ても恥ずかしくない、内容や言葉遣いの方が、いいだろう。これは忠告だ。儂もほら、一昨日よりは気を付けてものを言うておるつもりだ」

一昨日の様子を知る人間からは笑いが漏れた。間をとって、一番手さくらテレビの岩村レポーターが話し出した。

「分かりました。では私の考えを述べます。私はこの辺りの農作物から高濃度のダイオキシンが出たという報道を聞いた時に、先ず何処が調査したのかを確認しました。それが独自の調査だと聞いて、一報道機関がここまで断定的な報道をしていいものかと思いました。ご承知の通りO157の騒ぎの時は、当時の厚生省の検査結果でした。それでもその真偽をめぐり大きな問題となり、農家は甚大な被害を受けましたが、その検査の正当性と補償を含む責任は国が背負うことになりました。そういった調査結果が引き起こすことの重大性を、失礼ですが朝陽テレビさんはどこまで認識されていたのか、はなはだ疑問です。重大問題の報道を急ぐあまり調査結果の検討を怠ったのではないか。つまり一言で言えば、軽率だったと思います」

後藤さんが満足そうな顔をしているのを見て岩村レポーターもほっと息をついた。次は都スポーツの杉内記者だった。

「私は当初ダイオキシンが検出されたという農産物が何だかはっきり報道されなかった段階で、怪しいなと思いました。大根とか人参とか分かりやすい名前が出てこなかったので、何故だろうと思っていたら、畑にあるとは言え、生け垣代わりのお茶の仲間でしたっけ。ひと夏で収穫される野菜と常緑のものとを同一に扱ったのは問題ですよね。きっとニュースになるような数字だけ取り上げているんじゃないかと思いましたよ。結局一般の野菜には問題なかったわけでしょう？　いたずらに騒ぐってやつですよ。調査結果からつまみ食いして報道したと言われても仕方がないと思います」

まるで自らはそのような報道の仕方とはまるっきり縁が無いかのような話し方だった。自分もしょっちゅういたずらに騒いどるから、人のことがよく分かるんちゃうかと私は内心突っ込んだ。次はメトロ東京放送の三浦記者。

「『ゴミ焼きは危険だという警鐘を鳴らしたかった』と朝陽さんはおしゃってますが、それは詭弁だと思いますね。確かに警告の意味もあるには違いないですが、あの報道によってゴミ処理場の有害性だけでなく、野菜の危険性が問題になるのは分かっていたはずだと思いますよ。その見極めが我々に課せられているはずなんです。もし農作物の流通への影響が分かっていたとしたら、いや分かっていたはずです、ならば確信犯なんじゃないですかね。これはよくあるでしょ、男性週刊紙に。盗撮とかネットのアダルトサイトの問題性を取り上げている振りをして、実は男性読者のすけべな購買意欲をそそっているという奴。戸々呂産の野菜の場合は購買意欲を殺いだのですから、その逆パターンですよ」

「何だと！」

「もう一遍言ってみろ！」

広間のあちらこちらから声が上がった。悪しき例の引き合いに出された男性週刊紙の記者であろう。

「まぁまぁ、内輪もめは帰り道で、やって下され。次の方」

後藤さんが太い声で制した。

後は似たような意見が続いた。つまりは朝陽テレビの取材行為の批判が相次いだ。前列から三列目まで聞き終えた時点で、十分満足したのだろう、この家の主は中締めにかかった。

「皆さんのご意見は、おおかた分かり申した。まだ意見を述べられていない方で、これまでと異なる意見の方がおったら、発言下され」

広間は静まり返っている。このまま嵐が去るのを待っているような様子だ。

「よろしいかな？　皆さん朝陽テレビの取材行為に非があったと……」

「待って下さい」

後ろから二列目の右端にいた男性が立ち上がった。痩せぎすで黒眼鏡を掛けている。年齢は三十歳手前か。我慢できずに衝動的な行動をとってしまったのか、ややふるえがちである。

「異なるご意見がおありか」

やや怒りを帯びたような声が広間に響く。

「はい。先程、どなたかが、戸々呂沢の野菜の危険性ではなくて、焼却場がダイオキシンをばらまいている事実を報道したかったという朝陽テレビの見解が詭弁だっておっしゃいましたが、でも本当に問題にしたかったのは、やはり焼却場の危険性だったと思います。戸々呂沢の野菜が危険だなんて一言も言っておりません。それは消費者が過敏に反応した結果です。そういった反応を予知し得なかったことは朝陽テレビの落ち度かと思いますが、報道の趣旨は焼却場の問題なんです。野菜を売れなくしたのは故意ではありません」

「当たり前だ。故意だったら、それこそただじゃおかねぇ。腐った野菜攻撃だ」

後藤さんが低い声で吠える。それがどういう攻撃であるのか質問する者はいなかったが、おそらく直接的、物質的なもので、そら恐ろしい攻撃であろうことは誰もが想像できた。

「報道の結果、起きる影響を予知しなかったのは落ち度だと、言ったがね、お若いの。あんたがたは、そのことをどこまで自覚しているんだ？　え？　どこまで責任執るつもりで言ったり書いたりしているんだ？」

後藤さんは興奮してきたのか、やや早口になってきたが、若者はひるまず返答する。

「失礼しました。でも私が言いたいのは、一番の問題点は焼却場にあるということです。野菜の汚染程度がどうであれ、ダイオキシンを撒き散らしていた事実は相違無いのです。前回の報道がきっかけで、焼却場の設備が改善されれば、それこそ近隣の農家の方や住民にとって一番良いことではないでしょうか。あの取材が目的としたのは正にそこにあったと僕は思います」

後藤さんの目をまっすぐ見て言い切った。後藤さんは口をへの字に曲げ睨み返している。他の記者達は、後藤さんがこれでまた気分を害し会見を打ち切ると言い出すのではないかと恐れ、目を会わさないようにうつむき加減である。気まずい空気が流れた。

「それが、あんたの意見だね」

への字の口をわずかに開いて後藤さんが尋ねる。

「はい」

若者は自分の意見が後藤さんの不興を買ったことに初めて気付いたかのように、急に元気を無くしたようだ。

「朝陽テレビは焼却場を告発するのが趣旨であの報道をしたと、君は言いたいわけだね」

「はい」

「よろしい。本当にそうなら、いい」

こちらもトーンが下がった。誰もがおやと思って顔を上げたところへ後藤さんが再度宣言をするかのように大声を出す。

「皆さんのご意見は、よく分かりました。大半の方が、朝陽テレビの取材行動に非があったというご意見に、我々戸々呂沢農民の主張は、必ずしも被害者意識に囚われたものではないと考えることができ、百万の味方を得た気持ちであります」

この発言を聞いて私は、本日の意見発表は参考資料として裁判所に提出されるのではないかと思った。

「では皆さんがこちらの要求どおり、それぞれのお考えを述べてくれたので、儂も約束どおり、皆さんが望む姫子嬢の情報を提供しようと思う」

ほっと声にならない安堵感が広間に流れた。

「その前にじゃ、最後に意見を言ったお若い人、そう、あんただ」

指さされた若者はこれで退出を命じられたのだと思って、元気無く立ち上がり、失礼しましたと言って広間を出ようとした。

「待て待て。あんたはどこの誰かね」

「はい、仙台政宗テレビの原田と申します」

地元の人でなければ知らないだろうが、やはり朝陽テレビの系列局だった。

「出て行く必要は無い。むしろあんたに代表質問という奴をやってもらいたい」

「え？　僕みたいな若造でいいのですか？」

「自分の考えを真っすぐに言える人間の方が信用できる。あんたがやってくれ」

そう言って後藤さんはにんまりした。言葉を裏返せば後藤さんに都合のいい発言をした大多数の記者達は信用できないということだ。多くの記者は言葉を失っている。今にも掴み掛かろうというような気配の人間もいた。原田記者は、そんな周囲の雰囲気も察して、立ち尽くしたままだ。

「どうした。質問しないなら、これでお開きとしますかの？」

後藤さんの声に記者達はしぶしぶ原田記者に前へ行くよう促した。原田記者は申し訳なさそうに黒眼鏡を押し上げて前に進み出る。一列目中央にいた記者が立って入れ替わる。

「それでは、代表して質問致します。清原姫子さんについてご存知のことを教えて下さい」

「はは、若いだけあって単刀直入ストレートじゃの。ではお話ししよう。まず清原という名前だが本名ではない。本名は清原に院が付いて、「せいげんいん」という。長いし堅い名前なので、普段は「院」という字を省略して使っておられる。そう、先祖をたどればお公家さんだ。しかしご両親を幼い頃になくされ、ご親類もおらず身寄りが無い。清原院家最後のお一人らしい」

ざわざわと記者達はメモをとる。

「この春までドイツの片田舎で暮らしていた。国内の不動産はすべて売り払ったらしくての。生まれてからずっと面倒を見ていたばあやが、儂の叔母での。その縁で日本に帰られてからは儂が、世話を焼かしてもらっている」

「では、その清原院姫子さんは、今現在どこにおられるのでしょう？」

「皆さん、会いたいかの？」

「はい」

「どうしても？」

「はい」

「今すぐにでも？」

「はい、もちろん」

後藤さんの他愛ない質問ごとに返事の声が大きく揃っていった。司会者が会場の視聴者に問い掛けると同じことを声を揃えて答える、かつての昼の国民的バラエティ番組のようである。

「彼女は芸能人でもアイドルでもない、普通のお嬢さんだ。いやドイツの田舎で育ったからそれ以上に世間を知らん。まぁ本当のお姫様なんだな。大勢の前に出ることや周りを取り囲まれることは怖いと言っている。その辺を肝に銘じて接してもらわんといかん、分かるかな」

「はい、承知しました」また声が揃う。

「例えばこのように距離をおいて取材してもらわんといかん、それでもよいな」

「はい、もちろん」

「約束だぞ」

「約束します。それで何時彼女に引き合わせてもらえるのでしょうか？」

「今からだ」

言葉にならない声が広間に鳴り響いた。ちょっと待って下さいと慌て始める記者が何人もいる。

「今すぐにでもと言ったくせに」

後藤さんは面白がるように、にやついていたが、カメラを持った人間を中心にこぞって前方へ出て来るのを見て、顔色を変えた。

「だるまさんがころんだ！」

火吹きダルマのような形相で怒号が鳴り響き、広間に居る人間が一斉に動きを止めた。

「元の席に戻れ！　そのままの場所で取材するんだ」

えーと言う不満の声が流れたが、おかまいなしに後藤さんは続ける。

「距離をおいて取材すると約束しただろうが。距離をおいてと言ったら、そのままの席じゃ」

そんな無理ですよとか後ろからでは遠過ぎますとかいう声が上がったが、

「何でも相手を取り囲めばいいというもんじゃなかろうが。皇室の方に対しては離れてしようがに。そんなふうに我先にと焦るのがいかんのじゃ。どうするんじゃ？　儂はこれで切り上げても一向にかまわんが」

この一言に動き掛けた人間達はしぶしぶ元の席へと戻って行った。

「このままの席で取材いたします」

後方を確認した後、原田記者が代表して言った。

後藤さんがそれでも不満げに全員を睨みまわす。

「このまま、取材、します」

小学校の生徒のように、記者達が声をそろえて言う。

ふんと鼻を鳴らし、後藤さんが立ち上がり、部屋の入り口に向かった。広間の全員がつられるように腰を浮かした。入り口の前で後藤さんがさっと振り返ると、慌てて居住まいを正した。また、ふんと鼻を鳴らす。襖戸を開け廊下の奥へ向かって大きな声で命じた。

「おぉい、姫子さんをお連れしろ」

後藤さんは戸を開けたまま、どかどかどかと戻って来ると、自分の座って居た座布団を一メートルほど縁側方向にずらし、それにどかっと腰を降ろしたが、それを見ているものはいなかった。誰の目も入り口の方に釘付けになっている。

とんとんとんと規則正しい足音が近づいて来て、まさかシンデレラは大女ではないかと思われたが、入って来たのはたくましい若者である。一目でこれは違うと分かったのに、いくつかシャッター音が上がりストロボが光った。

「は〜ずれ」

後藤さんが舌を出して笑う。若者は座布団を一つ持っており、きびきびとした動作で広間の中央に歩いて来ると、それを後藤さんの横に静かに並べた。それも座布団の位置が部屋の芯に、四辺が部屋の四辺と平行になるよう、きちっと置いている。そして入り口の手前まで戻ると、記者達の方に向き直り、直立不動の姿勢をとった。若者といっても遠くてよく分からないが二十代後半ぐらいか。一八〇センチは超えそうな背の丈があり、薄緑色の長袖長ズボンに包まれてよく見えないが、身体は引き締まっている感じがする。髪の毛は短く刈っており顔はよく日焼けしている。まばたきひとつせず正面を見据えていて、ちょっと声を掛けにくい印象を受けた。身なりはこの近辺の農業に勤しむ青年だったが、姿勢は王女付きの近衛兵といった感じだった。

広間の人間がその青年に目を奪われていると、何か白いものが音もなくその前をよぎった。まるでそよ風にふかれて舞うように飛んで来た白いスカーフのように、ふわりと。もちろんくるくると回っていた訳ではないが、まるで白鳥の湖のプリマドンナが登場した時のようだった。そのスカーフは、先程の座布団の上に舞い落ち、三つ指をついて頭を下げる。

「皆様、初めてお目にかかります。清原院姫子でございます」

静かで品があるが、決して弱々しくはない、よく通る声だった。そして、ゆっくりと身体を起こす。虚を突かれていたカメラのストロボが一斉に瞬いた。閃光に浮かび上がるその顔は、緊張気味ではあったがうっすら笑みをたたえている。背中まで伸びた黒髪が真っすぐに白い顔を縁取っており、そこに伏し目がちな黒い目、筋の通った鼻、上品な口が、バランス良く配置されていた。目を引くようなチャームポイントはないかもしれないが、全体として整った、日本的な顔立ちである。

確かにあの晩、裕喜先輩と何曲も踊っていたあの女性だ。しばらくはカメラのフラッシュが瞬き続けた。

急遽代表質問者に指名されていた原田記者は、ぼーっと見とれていたが、周りの記者につつかれて我に返ると、座っていた座布団を五センチほど前にずらして、今舞い降りた天使と、最初からいる地獄の帝王のどちらに質問していいのかよく分からないまま、問い掛けた。

「で、では質問を始めさせてよろしいでしょうか？」

後藤さんがおうと言うのと、姫がうなずくのが同時だった。

「最初に確認させていただきたいのですが、姫子さんは、去る六月七日の日、吉祥院家のパーティーに出席され、裕喜氏とダンスをされましたでしょうか？」

「はい」

前方を見据えたまま答える。

「それも他の人とは異なり何曲も？」

「はい」

「それを証明することができますでしょうか？」

姫子嬢はけげんそうな顔付きになって、初めて質問者の方を見た。

「いいえ。それはできません。それに私には証明する必要も感じません。むしろ、こんなに大騒ぎになるのでしたら、否定する証明がほしいぐらいでございます」

静かであるがきっぱりとした口調である。

「し、失礼いたしました。では、あの時ダンスを踊ることになったきっかけは、どのようなことだったのでしょう？」

「あの晩吉祥院さんは、お付きの方が勧められるままに、次から次と若い女性の方と踊られておりました。単にその順番が回って来ただけのことと存じます」

「では、姫子さんに限って、一曲で終わらなかったのは何故でしょう？」

姫子嬢は少し間を置いて、その時の記憶を手繰り寄せるような顔付きで答える。

「一曲目が終わりました時、『ありがとうございました』と言って離れようとしたところ、吉祥院様の方から『もう一曲お願いします』と申されました。断るのもいかがなものかと思いましたし、私もダンスが好きな方でしたから、引き続きお相手をさせていただきました。次の曲が終わろうとした時、『このまま続けて踊って欲しい』と言われました。『次の人がお待ちです』とか、私は言ったかと思いますが、『そんなことはかまいません』とおっしゃっていました。私も次第にダンスの方に夢中になって、気が付けばずっと踊っていたような次第でございます」

姫子嬢は話し終わるとややうつむいた。頬にほんのりと赤みがさす。

「吉祥院裕喜さんをどのような方だと思われましたでしょうか？」

原田記者は型通りの質問をした。

「とても立派な素敵な男性だとお見受けしました」

姫子嬢も型通りの答えを返す。

「ダンスを踊られている間に裕喜さんは、姫子さんに何かおっしゃいましたでしょうか？」

前から二列目にいた江戸町テレビの川上智子レポーターが質問を割り込ませる。この手の質問は女性の方がうまい。姫子嬢はまた思い出そうとするかのように少し間を置いて答える。

「『ダンスがお上手ですね』とおっしゃいました。『そんなことはありません』と申し上げると、『いや今夜踊った中では一番踊りやすい』というようなことをおっしゃって下さいました」

また恥じらうようにうつむいた。

「一番踊りやすい？　一番息が合った、そういうことですね」

芸能担当記者お得意の、無理矢理カップルでっちあげ攻撃である。姫子嬢は困惑気味にさぁとだけ答えた。

「その後裕喜氏と連絡をとろうとはされなかったのでしょうか？」

再び原田記者。

「私の方から連絡はとっておりません。吉祥院さんも私の名前すら知らない訳ですから、連絡の取りようがなかったと思います。それに」

「それに？　何でしょう？」

「いえ、何でもありません」

「そうですか。では連絡が来たらお会いになりますか？」

「はい。先方がお望みでしたら。しかし、きっとお望みにならないと思います」

最後の方の声はそれまでの口調と変わって、消え入るように小さくなった。そして口元にハンカチをあて、さらにうつむいてしまった。

「それは、何故そう思われるのでしょう？」

「……」

「家柄が釣り合わないとか、そういったことでしょうか？」

家という言葉にちょっと反応したかに見えたが、うつむいたままだった。

「もし、私共でセッティングしたら、お会いなさりますか？」

先程の川上レポーターが仲人好きなおばさんのような提案をする。それでも黙り続ける姫子嬢に、後藤さんが助け舟を出す。

「儂から説明しよう。清原院家はのう、今でこそ姫子さん一人になってしまったが、昔は京の都でもそれなりの家格を持った家柄だったそうだ。吉祥院家も先祖は京のお公家さんじゃろ。どうもこの二つの家は、敵対関係にあった時期があったそうじゃ。姫子さん自身はそんな気持ちは持っとらんが、彼女の亡くなられたお祖母さんは、吉祥院家のことを悪く言っとったらしい。向こうは戦後、財界や政界に派手に乗り出したしの。そのお祖母さんは、普段はお優しいお方だったらしいが、そんな人ですら吉祥院家のことを悪く言っていたぐらいだから、吉祥院家の方も清原院家を快く思わん人がいるじゃろ。清原院家の血を引くということが分かれば、拒絶されるのじゃないか？　そんなわけさ」

後藤さんの話を聞きながら、広間にいる集団は、興奮のボルテージを上げ始めていた。対立する家と家の間に芽生えた恋。古くからある伝統的な悲劇の構図。シンデレラ発見のニュースだけでなく、いかにも視聴者や読者が関心を持ちそうな展開が提示されたではないか。

「でも、この平成の御代に家柄がどうの、昔の対立がどうのと言うでしょうか？」

「さあね。でもお嫁さん探すのに舞踏会開こうと考える御家だぞ、あちらさんは」

ニュース的には後藤さんの意見通りであるほうが望ましい。取材陣は敢えて異を唱えずに黙った。吉祥院家はこの交際に反対するだろうという路線で、暗黙の合意がなされた。

川上レポーターがさらに強引な質問をする。

「そのことに思い悩んでいるご様子とお見受けしますが、それは取りも直さず、姫子さんは、裕喜さんとのお付き合いを望んでいるということでよろしいでしょうか」

悲劇のヒロインは一旦面を上げると、肯定ととれるような頷きかたをした。新たな質問が三列目の記者から出た。

「姫子さんは、そのいわば仇敵の舞踏会にどのようにして、またどのようなお気持ちで望んだのでしょうか？」

「招待状は、お世話になっていた清水さんのご隠居様にまいりました。以前吉祥グループの会社と多くの取引があったそうです。ご隠居様はお年を召されて、もう大勢の人がいるところへ出るのが億劫に感じられるらしく、私に行かないかと言ってくれました。私はと言えば、幼き頃祖母からその名前を聞かされていましたが、それほど悪い印象を持ったことはなく、むしろ懐かしい気持ちすら抱いて、この上原を連れて出掛けて行ったような次第です」

姫子嬢は後ろに控える男の方を軽く振り向いたが、上原と呼ばれたその男は、直立不動の姿勢をぴくりとも動かさなかった。

姫子嬢の静かにきちんと話す姿は好感が持てたし、話した内容は筋が通っていてニュースとしても申し分ないものだった。誰もが彼女の気持ちを素直に受け入れて、このビッグニュースを早く報道したくなっていることが肌で感じられた。時間は午後三時を回ったところ、夕方のニュースや夕刊紙の遅い版には十分間に合う。そんな各人各様の焦る気持ちがあったせいか、ほどなくして後藤さんが会見の終わりを告げた時も、しつこく食い下がろうという記者はいなかった。

「では失礼致します」

姫子嬢は最初と同じように三つ指をついて頭を下げた。ところがその瞬間、私の右手の方から声が上がる。

「ちょっと待ったぁ～！」

今まで沈黙を守っていた羽沢麗児が突然立ち上がって叫んだ。

「そんな因習めいた恋なんてすることなぁい！　恋愛は楽しくするもんだ！　ラブイズハッピイ！」

まるで居酒屋のお座敷席で立ち上がった酔っ払いの中年男のように見えたが、突然前に向かって走り出した。

「そんな男に恋するのはやめて、ボクとラブしましょう！」

アイドル時代は歌いながらローラースケートで走り回ったぐらいの運動神経は持ち合わせている男である。正座したままの記者達の間を縫うように飛び越えて、あっと言う間に姫子さんの前に踊り出るかに見えた。姫子さんの顔が恐怖で固まっている。後藤さんの眉が吊り上がり、目が大きく見開かれたが、片足を膝立てるのが精一杯だ。もう少しで羽沢が取材陣第一列より前に抜け出すかに見えた。

ところが次の瞬間姫子嬢の後ろに立っていた青年が羽沢の横に滑り込んだかと思うと、大きな音を立てて羽沢は畳の上にダイビングしていた。足をきれいに払われたのだろう。青年は羽沢の背中の横に上半身を起こし、右手を逆手に取って押さえ込んでいた。

「このぉ、狼藉者め！」

仁王立ちした後藤さんが睨み付ける。その立ち振る舞いは、どう見ても武士だ。殿様だ。庭先からハル先輩が駆上がって来て、青年と替わろうとするが、その必要はなかった。羽沢麗児は顔から畳みに落ちたショックで気を失っていた。姫子さんは座敷に向かってもう一度一礼すると、上半身を上げると同時にすっと立って、現れた時と同じように音もなく廊下へと消えた。立ち上がった青年が後に続く。追い掛けようと立ち上がり掛けた記者もいたが、座布団の上に長時間正座をしていたために、足がしびれて立ち上がれなかった。たとえ立ち上がって姫子嬢に追いつくことができたとしても、上原と呼ばれたあの近衛兵が羽沢同様にそれを許さなかっただろう。

姫子嬢と青年が廊下に消えてほどなく、車が動き出すエンジン音がして、家の裏からベンツが出て来たかと思うと、広間から見える視界の端をかすめて表門から出て行った。その後部座席には姫子嬢らしき女性の後ろ姿があった。

あまりに素早い退出劇に取材側はなす術もない。今日、本人が登場することさえ予想していなかったから、追跡するような車も人も手配されていなかった。

「まぁ、まだ彼女の居所はシークレットだ。悪く思うな」

閻魔大王が愉快そうに言った。

会見はそれで終わった。記者達は広間や庭に散ってしばらく携帯電話で連絡をとっていたが、ほどなくして蜘蛛の子を散らすようにいなくなった。私とハル先輩は座布団などの後片付けをひとおりして帰ろうとしたら、今日は御苦労さんと言われて、後藤さんから封筒に包んだお金を渡された。まるでバイト扱いだ。私は固辞しようとしたが、先輩はありがとうございますとあっさり受け取ってしまった。

「シンデレラが現れたな」

帰りの道すがら先輩が言う。

「でも本当にお嬢さんで、しかも吉祥院家と少なからぬ因縁がありはったなんて、でき過ぎた話やと思いません？」

「事実は小説よりも奇なりって奴か。まぁ広いようで世間は狭い。あるいは、類は友を呼ぶって奴、かな？　言ってたろ、あのお嬢さんも、懐かしい名前だったので舞踏会に行ってみたって。そんなささいなことで物事は関わりをもっていくもんだ」

「そうですかねぇ。でも不思議と言えば、前にも言った通り、清水さんと後藤さん？　どちらも私、取材してはるんですよねぇ」

「どっちが先、その二人のうち？」

「えーと、ラムダの事件の方が先だから、清水さんやったと思います」

「もしかして、後の後藤さんの取材の時に清水さんの話でも紹介したんじゃないの？　同じマスコミ被害者の縁で共感して知合いになったとか？」

「私が縁結びしたってことですか？　そんなことないと思いますけど。うーん、はっきり違うと言えるほど、覚えてへんな」

「案外そうかもしれないよ」

先輩はそう言って、それでこの話は終わりとなった。私は姫子姫の後ろに寄り添っていたボディガードのことをすっかり忘れてしまった。

その日は国内の政局も国際情勢もたいした動きはなく、大きな事件や事故もなかったので、夕方から深夜にかけてのテレビではこのニュースをトップに扱う番組が多かった。

「シンデレラ発見！」（六月二十三日　木曜日　テレビジャパン　イブニングフラッシュ）

「シンデレラ登場！」（六月二十三日　木曜日　メトロ東京放送　ニュースアトナイト）

そして会見の場で誰もが思い付いたフレーズがそれに続いた。

「シンデレラはジュリエットだった！」

悲恋の二人を追って

「現代のロミ・ジュリ!」(六月二十四日　金曜日　毎朝スポーツ朝刊)

翌朝に発行されたスポーツ各紙も同様な見出しが踊った。内容的には清原院姫子の会見内容や記事が中心であり、その前座で行なわれた、ダイオキシン報道をめぐる後藤さんとの会見を報道したものはなかった。さらに取材努力した一部のマスコミによれば、吉祥院家と清原院家がどちらも朝廷に仕えた中流の公家であった史実については確認されたが、言われたような確執があったことまでは確かめられなかったそうである。

そしてジュリエットが登場すれば、次の標的はロミオになる。

マスコミ各社は再び吉祥院家のコメントをとろうと必死になったらしい。

これまでと同様、グループ会社の広報部門は吉祥院家の問題だとコメントを避けることが予想されたし、それでも問合せをしたいくつかのマスコミも実際そのような対応を受けたので、吉祥院家スポークスマンとなっている舞踏会実行委員長にアクセスが集中した。その日は吉祥院家との連絡がとれないことを理由に、ノーコメントを通したが、翌日二十五日、例によって以前と同じ場所で記者会見が開かれたそうである。以下はまた会見に臨んだ石三から聞いた話である。

三度目となる実行委員長はだいぶ落ち着いて、今回は立ったまま、用意していたコメントを読み上げた。

「吉祥院家と清原院家が遠い過去において、微妙な関係にあったことは事実でありますが、それは過去の問題ととらえております。しかしながら吉祥院裕喜は新たにグループの要職に就いたばかりであり、しばらくは社業の習得に専念する所存でありますので、これ以上の取材は無用にお願いしたいと思います」

「交際を認められないのですか？」

すぐさま質問が飛ぶ。

「清原院家のご令嬢とであれ誰とであれ、交際とか婚約とかそのような時期ではないと判断しております」

「それならば何故、舞踏会を開いてお嫁さん探しのようなことをされたのでしょうか？」

実行委員長はふうと一息付いてから答えた。

「以前にも申し上げました通り、あれは裕喜の就任披露パーティーであって、舞踏会ではありません。ダンスは一つの余興に過ぎません。お嫁さん探しとか、シンデレラ何とかとかは、皆様の方で勝手に作り上げたイメージであります」

何を今更というような声にならないものが、会場を覆った。しかしそれを覆いかぶせるかのように、コメントが続けられる。

「重ねてお断り申し上げますが、吉祥院裕喜も吉祥院家も一般市民。普通の家とは申し上げませんが、一個人であることに変わりはありません。本日も、またこれまでも、このような会見の場を設けさせていただきましたが、本来は皆様に説明するような内容ではないし、説明する義務もないと考えております。したがって最初に申し上げました通り、この件に関します取材を今後取りやめていただくよう、何卒お願い申し上げます。また不当な取材行動、取材内容を通して、吉祥院家あるいは吉祥院グループに有形無形の被害が発生した場合は、速やかに法的措置を執らせていただきますので、予めお断り申し上げます。ではこれにて本日の会見は終了させていただきます」

一礼すると実行委員長はマイクを置き、会場を出て行こうとする。

「待って下さい。裕喜さん本人は何と言っているのですか？」

「彼は今何処にいるのですか？」

そう言って詰め掛けようとする記者達を入り口脇にいたガードマンが遮っている隙に、実行委員長は廊下へ逃げた。

「法的手段という言葉まで使いはったん？」このやり取りを聞いて私は尋ねた。

「そうやで、喧嘩売っているみたいやろ」

「そこまで言われて、はいそうですかとやめるマスコミはおらんやろ。相手が一流企業だとしたらなおさら」

「そらみんなえらい気合入っとったで。取材をやめろと言うのは取材しろと煽っているのと同じやんな」

石三の言葉に私はうなずくしかなかった。

「交際禁止」（六月二十五日　土曜日　大江戸スポーツ朝刊）

次の日の朝のスポーツ各紙やワイドショーには、この四文字が踊った。スポーツ紙の中を読めば、はっきり禁止したと発表されたとはどこにも書いてないが、これは事実上の交際禁止であるといった形で締めくくられていた。禁止という言葉には、それを本人は望んでいるという前提があるべきと思われるが、裕喜先輩の言葉はもちろん意向すら言及しているものはなかった。

次なる展開は、当事者二人の感想になるわけだが、姫子さんの所在を握る後藤さんも、今は分からんのじゃと気の抜けたように言ったそうだ。会見の時と打って変わった様子に、取材陣も本当に知らないのだろうとそれ以上の追求はできなかったらしい。一方裕喜先輩の方は、その社業とは何なのか、グループのどの会社に席を置いているのか、つまりは居所を掴むことはできず、新たな展開が開けないまま一週間近くが過ぎていく。

その間に羽沢麗児のレポーターぶりを扱ったバラエティ番組がオンエアされた。屋敷の前のシーンから始まっている。あちゃ、私との受付のやりとりも映っている。折原跡美テレビデビュー作品だ。それなのに色黒の受付嬢と言われてむかっとしていたから、めっちゃこわい顔をしている。

姫子登場会見の最後の羽沢の演説はオンエアされているが、前に向かって走り出したところでVTRはカットされている。愛の伝道師のような台詞を吐いて、その信念に基づいて駆け出そうとしているところで終わっているから、これを見ただけでは羽沢は何とも格好いい。この後ものの見事に阻まれて気絶したところまで映されるとイメージダウンになるから、羽沢側が編集を主張したのではないだろうか。ここが報道の恐ろしいところで、いくら映像に映っているとしても、送り手側の意図により不都合な事実を伝えないことで、内容はいくらでも変えられる。特に写真や映像はそれが真実のすべて、信頼度百パーセントと取られがちになるから、なおのことやっかいだ。

しかし今回はテレビジャパン以外のマスコミの方が承知しなかったようで、番組放映の次の日には、「羽沢麗児気絶」の文字とともに、一部始終を伝える記事が、スポーツ各紙に掲載された。それはロミオ&ジュリエットの扱いよりは小さかったけれども。

この羽沢の突撃は彼にレポーターをやらせた番組の演出だったのか、それとも羽沢本人のキャラクターによるものだったか。番組では当然羽沢による突発行為のように描かれていたけれども、真実のところは分からない。

「ロミオ・ジュリエット　テラスのシーン」（七月一日　金曜日　都スポーツ朝刊）

シェイクスピアの原作では、「ロミオ、何故にあなたはロミオなの」とジュリエットが嘆く名場面は、舞踏会の当日の夜だったが、平成の日本版はかれこれ三週間以上かかった。スクープを取った都スポーツは裕喜先輩と姫子さんのツーショット写真を一面に載せた。場所は西武ライオンズ球場のスタンド。前日の西武対ロッテ十五回戦だという。野球場には不似合いな格好をした二人が、野球観戦そっちのけで話し込んでいる様子が写っている。ただ記事の内容は、三大悲劇のテラスのシーンの解説まで入れて膨らませてはいたが、本人達に取材ができなかったのだろう、二人を見掛けたという事実に留まっていた。

撮影したのは、プロ野球を専門とする、都スポーツの契約カメラマンだそうで、彼の言葉もそのまま載せられていた。

「試合はロッテが十三対二と大量リードし、最終回の西武の攻撃に差しかかっていました。中盤で試合の大勢が決まってしまったために帰った観客も多く、スタンドは三割ぐらいの入りでした。僕は途中から、試合よりも三塁側スタンドの中段にいるカップルが気になっていました。そのカップルの周りの観客が帰ってしまって空いていることもありましたが、着ている服が上等そうなスーツとドレスで、野球観戦よりはクラッシク鑑賞にふさわしいような感じがして、正に周りから浮き上がって見えたんです。しかも公園のベンチ替わりにそこに座っているかのように、ゲームを見るでなく、お互いの話に夢中になっている様子でした。そして、望遠レンズ越しに見た二人の顔は何処かで見た記憶があったんです。それもツーショットではなく、別々に。周りにいる他社の同業者に尋ねようかとも思いましたが、みすみすスクープを譲るのも嫌だったので、誰だか思い出せないまま、取り敢えず五回ほどシャッターを切りました。社に戻った僕は、フィルムを現像に出すとすぐに資料室へ行って、過去の新聞を見返しました。驚きました。女性の方はすぐ見つかったんです。何とシンデレラこと清原院姫子じゃないですか。となると男性の方は？　僕はさらに数日分遡って新聞を探しました。こちらは大きな写真はありませんでしたが、吉祥院裕喜に間違いないと確信しました」

純粋なスポーツカメラマンであれば、どこか同じ紙面を彩る芸能系記事を低く見る傾向があると聞く。もしかするとこのカメラマンもシンデレラ騒動の記事をちゃんと読まずにいて、そのためにカメラのファインダーの中に二人を発見した時も気付かなかったのかもしれない。

テレビのワイドショーはこの記事を取り上げて勝手に盛り上がっていた。「やはり会う約束ができていたんだ」とか、「もっと昔から知り合っていたような親密さだ」とか、「いやこれは別れ話をしていたように見える」とか、思いつくままの発言を垂れ流していた。

「神が許した偶然」（七月二日　土曜日　大江戸スポーツ朝刊）
「再開の約束なき悲恋」（七月二日　土曜日　サンセイスポーツ朝刊）

一日出遅れた他のスポーツ各紙には、次の日そんな見出しが踊った。

前日のマスコミ各社の取材陣は西武球場の裏付けを取るのに奔走したようだ。吉祥院グループ各社や例の実行委員長のところは取材を拒絶され、梅雨空の下、仕方なく姫子サイドの戸々呂沢の後藤さんのところへ押し掛けている。

石三の毎朝スポーツによると、後藤さんは会見を行なった広間の縁側に座り、集まった取材陣を庭へ招き入れた。軒先に色とりどりの傘の花が咲く。

「雨の日に、こんな田舎まで御苦労なこったな。お、またひとつ来やがった。でも俺は何にも知らんぞ」

ところがそこへ、後藤夫人らしき年配の女性がやって来て耳打ちし、少しの間廊下の奥へ消えた。しばらくして戻って来た時には、老眼鏡らしき眼鏡を掛け、手には紙を持っていたという。

「良かったな、あんた達。姫子さんからファックスが来たよ。読んでやっからな、よく聞け」

そう言って縁側と広間の境のあたりに腰を降ろすと、眼鏡の位置をなおして、読み始めた。その文章が掲載されている。

「後藤の叔父様、今朝ほど新聞やテレビで私の写真が取り上げられたことで、そちらにマスコミの方々が取材に来られるのではないかと危惧致します。私の説明をお伝えすることで、取材の方々がお引き取りいただければと思い、このファックスをしたためました。昨日はお料理教室が終わり、ビルの一階に降りたところで、偶然吉祥院様とお会いました。裕喜様は同じビルにあるスポーツジムに行かれた帰りだったそうです。私は自分で作った料理でお腹が一杯でしたので、裕喜様のご提案で野球観戦に出掛けることにしました。野球というスポーツを観るのは初めてでしたが、裕喜様がいろいろと教えて下さいました。その他にもお互いの趣味ですとかいろいろなお話を致しました。あっと言う間に時間が過ぎて、気が付けばゲームの方も終了していました。野球場を出た後は、私も裕喜様も車がありましたので、そこで別れて帰りました。次に会うお約束などはしていません。以上でございます」

読み終えると後藤さんは、優しい心遣いだわな、と言って、ファクシミリの紙をひらひらと振って見せたとある。

裕喜先輩がスポーツジム？　昔のイメージと合わないが、体力を付けないとやっていけへんのかな、重役ともなると。

後は記者達と後藤さんの一問一答が掲載されている。

「何で車なぞ置いて、次に行かなかったのでしょう？」

「あのお嬢さんをいまどきの若い女の娘と一緒にしたらいけねえ。古風な家柄で育った少女をそのままドイツの田舎で純粋培養したような人なんだ。車に乗せて下さいとか、そんな言葉を自分から口にできる人ではないんだよ」

「何で次に会う約束をしなかったのでしょう？」

「それも同じ。淑女から言える言葉ではない」

「では吉祥院裕喜氏の方はどうしてでしょう？」

「知るかよ、向こうのことは。おおかた親父に言われた言葉を思い出したんじゃないのか？『あの娘と交際しては駄目だ』」

実顕氏を物まねしたと思われると括弧着きのコメントがある。記者達はささやかな笑いを贈ったことだろう。

「本当に次の約束がないと思われますか？　わざわざ強調しているのは我々にそう思わせようとしているのじゃないですか？」

「そんな質問をするから、あんたら意地が悪いと思われるんだぞ。素直に信じたらどうだ？　うーん、いやもしかすると、これは相手のことをおもんばかってのことかもしれん。吉祥院家に対するメッセージだな。『今回のことは神様の気まぐれです、私達は約束して会ったりしません』とな。でもそれでも会ってしまうとしたら、これは運命だな」

そこまで言って後藤さんも熱心にメモを取っている記者達に気が付いたらしい。

「おいおい、俺の言ったことなんぞ、真に受けて記事になんかするんじゃねえぞぉ」

最後にそう言って会見を終えたとあるが、その通り記事にしてしまっている。こんなふうなやりとりを比較的忠実に再現するというか、小学生のように見たままましか書かないというのは、石三の記事に違いない。

早速また弟の携帯に電話した。

「で？　もう見つけたの？」

「何を？」

「しらばっくれんとき。二人の出会った場所よ」

「かなわんな、おねえには」

新聞には二人が出会った場所については曖昧にされていた。戸々呂沢まで出掛けた連中が、それを探そうとしないはずがない。西武ドームに近く、スポーツジムとお料理教室がともにあるような施設。探すのにそう難しいことではない。見つかっても報道されていないということは、そこに網を張っているということだ。魚が網に気が付いて逃げるといけないので、記者達は共同戦線を張っているに違いない。

「何処にいるの？」

「カルチャープラザ戸々呂沢。再開発計画で造られた複合施設みたいやね。二階三階にスポーツジムがあり、四階がカルチャースクールで、週に二度料理教室が開かれている」

「二人がメンバーだって確かめたん？　よく教えてくれたね」

「最初スポーツジムのフロントにどやどや押し掛けたんやけど、さすがに顧客リストは見せてくれへんかったね。特定した人間が所属しているかも教えてもらえへん。個人情報の保護ってやつや。そこでカルチャースクールの方には、女性記者が一人で行ってん。知合いが入会しているかのような問い掛けをしたんやろな、簡単に分かったで。受付に座っていたのは品のいいおばさんだったたんや、それがさ、『清原院さんでしょ、いらっしゃるわ。変わったお名前ですものねぇ。その方がどうかされて?』と言ったんやと。誰だか知らんかったんやなぁ」

「交替で張ってんの」

「そう、各社の人間が一人ずつでも大人数やもんね、目立つから気付かれて逃げられてもあかんし、スポーツジムにも迷惑やしね。三人交替や」

「そら、ご苦労さま」

スポーツジムにも迷惑とは、石三もだいぶ私の薫陶が染み込んだかと思いながら、電話を切った。

「裕喜氏監禁覚悟の恋」（七月六日　水曜日　大江戸スポーツ朝刊）
「ロミオ家を出る」（七月六日　水曜日　サンセイスポーツ朝刊）
次の週の水曜日の朝そんな文字がスポーツ紙やワイドショーで踊った。スポーツジムを見つけたのが土曜日だったから、週末裕喜先輩はジムに現れず、網にかかったのはウィークデー二日目の火曜日の夜だということになる。
石三の話では、ジムに張り付いている三人は、一人が玄関の脇のロビーで入場者を見張り、一人がマシンルームの中を見張り、最後の一人は更衣室の外の休憩所とかおトイレを適時巡回していたそうだ。マシンルームは廊下から見学できるようガラス張りになっていて、そこを見張っていた記者が、ルームランナーで汗を流している裕喜先輩を発見した。すぐに他の取材陣が待機している喫茶店に連絡が行き、一堂は一階ロビーに集合した。汗を流した利用者は最後に一階にあるフロントに立ち寄ることになっているからである。

一時間後ロビーの灰皿に吸い殻がてんこ盛りになった頃、さわやかな顔をして裕喜先輩が降りて来た。この朝のワイドショーでは、インタビューの模様を録画で流していたが、フロントでチェックアウトをして取材陣に囲まれたところから映している。裕喜先輩はまるっきり予期していなかった様子を表情に見せたが、狼狽することもなく冷静に、他の利用者の迷惑にならないよう、興奮気味の取材陣をエントランスロビーの端の方へいざなった。

「何でしょう？」

急造中とは言え日本を代表する企業グループの重役にふさわしく、落ち着いた口ぶりである。

「もちろん、清原院姫子さんのことです」

「彼女が何か？」

「何かって、どのようにお考えですか？」

「魅力ある素敵な人だと思いますが」

「では今後も交際を続けられると？」

「交際を続ける？　まだ知り合ったばかりで交際というほどの段階まで進んでませんよ。それにもしこちらが交際を望んだとしても相手の気持ちもあることだし」

「相手って、姫子さんの方は当然望んでますよ」

「え？　どうして分かるの？」

「どうしてって、最近の報道見ていないんですか？」

「最近の報道って、舞踏会の件？」

「嫌だなぁ、西武ドームのデートですよ」

「あ、あれももう報道されてるの？」

「テレビとか新聞見ないんですか？」

「日経は見るけどね。他は見る暇なんかないよ」

取り囲む取材陣は一様にむっとしたようだが、裕喜先輩は意に介さない様子だ。

「姫子さんは吉祥院家がご自分との交際を認めないだろうと悲観的ですが」

「何で？　あぁ、昔両家に確執があったとかいう奴？」

「えぇ」

後からもう一度ビデオを再生して視た時に気付いたが、舞踏会直後の報道では、清原院姫子という名前も吉祥院家との過去の確執も知られていなかった。ということは、忙しくて最近の報道を見ていないというのは、嘘だと思う。にこやかに応対しているが、裕喜先輩の心にはまだ、マスコミに対する不信と憎しみがあるのだろう。

「そうかなぁ。僕は生まれながらの吉祥院家じゃないからね、分からないな。でも本当に好きになったら、関係ないいんじゃない？」

「関係ない？　それはいざとなれば、家をも捨てると？」

「ははは、ここで迂闊にうなずくとあなたがたの筋書き通りなんでしょ。明日の新聞テレビは大騒ぎ。でも僕はまだ見習中の部屋住みみたいなもんだから、これ以上言えないな。だからこれ以上大騒ぎしないでよ。あまり騒がれると親父に監禁されちゃうかもしれない」

「か、監禁ですか？」

「そ。あの親父こわいんだよ。だからこのジムに姿見せなくなったら、監禁されたと思って。じゃあこの辺でいいかな」

裕喜先輩は片手を軽く上げて帰ろうとした。まだ帰させまいと取材陣から質問が飛ぶ。

「待って下さい。姫子さんと次にあう約束はないんですか？」

「ないよ」

「何故約束されなかったんですか？」

「またここで会えるかなとも思って」

「姫子さんに何かメッセージはありませんか？」

「あれば自分で言うよ」

だんだん答えがぶっきらぼうになっていく。

「野球観戦の後、ホテルに行ったという話もありますが」

この質問には質問した記者の方を軽蔑したような目で一瞬睨んだが、その肩越しに何かに気付いたように、顔をほころばせて言った。

「あれ、姫子さんじゃ？」

取り囲んでいた取材陣が視線の方向へ一斉に振り返る。カメラも慌ててターンする。ジムの入り口にガラスドアが二重にあるが、その外側の自動ドアが開いて、一人の若い女性が入って来るところだった。ツーショット会見という言葉が頭にひらめいたのだろう、取材陣の誰もが入り口の方へ動き出した。カメラマンは内側のドアが開いて入って来る瞬間を捕らえようと、テロリストのアジトを急襲する特殊部隊のように飛び出し、ためらわずにシャッターを切った。ストロボの閃光の中に立ちすくんだ女性は、背格好は姫子さんとよく似ていたが、別人だった。

「何だ、違うじゃないですか、吉祥院さん」

取材陣が振り返った時には、裕喜先輩の姿は消えていた。

石三は、裕喜先輩の現れた時の様子についてVTRの補足をしてくれた後、こう付け加えた。

「そうそう、羽沢麗児がさ、どうやら此処の周りうろついているみたいやねん」

「羽沢麗児？」

「後藤家の取材は一旦完結したはずやろ？　我々取材陣にも近付いて来ないしな。取材目的ではないらしいねん。となると姫子さんに恋したかって、仲間内では噂してる」

「あるいは、気絶させた、あのボディガードへの復讐？」

「あぁ、そう言うてる人もいる。あの目立ちがり屋さんが、今回は目立つまいとしているけど、それでも一般人からは浮いているからねぇ。正直どっちつかずで鬱陶しいねん」

同じ日ハル先輩から電話が掛かって来て、明日の昼間にケーキバイキングに行かないかと言う。えらい突飛なお誘いだなと思い理由を尋ねたら、取材だという答えが返って来た。

「あんなことがあったせいで最近職員組合の連中と親しくなってな、組合の情報誌に載せるんだ。

ついては、プロのレポーターの仕事を見習わして欲しいと思ってな」

先輩とデートできるのも甘いものを食べるのもOKOKだが、それが今の先輩の仕事かと思うと寂しくなる。もちろんそれは口に出さずに引き受けた。

次の日、七夕の木曜日、新宿のプラザホテルのロビー。わざわざ平日の午後を選んだというのに、お目当ての店は満席で、順番を待つ人の列がロビーにはみ出している。約束の時間になったのに先輩が来ないので、その列に並ぶわけにもいかず、ロビーの片隅で待っていた。

すると顔見知りの女性が二人の男性を従えて入って来た。江戸町テレビの芸能レポーター川上智子だ。もと女子大生アイドルでバラエティやドラマで活躍したが、三十を過ぎる頃から、レポーター的な仕事が多くなり、開き直って、江戸町テレビ専属のレポーターになった。彼女とは彼女自身の取材ぶりに対する私の取材で知り合った。彼女の不正確なレポートがもとで迷惑を被ったお店があり、その件について彼女に取材を申し込んだのだ。こっちは被害者側の立場に寄った質問をぶつけたから、決して愉快な出会いではなかったと思うし、私の方でも今も良い感情を持っているとは言い難いのだが、何故か向こうは私のことを気に入ってくれたようで、その後彼女の取材の下調べの仕事を何回か回してくれた。

「レポーターになってからの私に取材してくれたお礼よ」と言っていたが、それが本当なら、レポーター業に邁進しているようでも、アイドル時代の感情から抜け出せないのかもしれない。それとも、ちょっと人を見下すような態度をとることがあるから、案外友達の少ない人なのかもしれない。

私は敢えて声を掛けないようにしたかったが向こうに気付かれてしまった。

「あら、折原さんじゃない？　どうしたの、こんなところで、お仕事？　それともデートかしら？　いいわね、平日の昼間に」

こちらの返事を聞こうともしないで、自分の思い浮かんだ言葉で会話を進めて行くのが彼女のスタイル。

「いえ、あの……」

「私はこれからホットな取材よ。あ、ライバルが来たわ。じゃあ、失礼」

そう言って私が抗弁しようとする機会もくれずに去って行った。言葉を吐き出すスピードなら負けないと思うのだが、何故か彼女の間合いとは相性が悪く、思うように言い返せない。

彼女が向かった相手は、意気揚々とロビーに入って来た四十年配の男性だったが、川上レポーターの姿を見つけると肩に掛けていたバッグをすとんと落としてしまった。

「何であんたがここにいるんだよ」

「こんにちは、川波さん。もちろん吉祥院裕喜の取材に立ち会わせていただこうと思いまして」

私は裕喜先輩の名前が出たことにあやうく声を出しそうになった。言われた男性の方も顔がみるみる赤くなっていくのが分かる。

「あんたなー、俺は吉祥院裕喜本人直々に電話をもらって、今日の取材を取り付けたんだぞ」

男性の方は川上レポーターにくってかかっている。思い出した。この人は大江戸スポーツの川波記者だ。

「どうせ、戸々呂沢の記事を見て、『あそこまで言ってなかったよ』とかクレームを言って来たんでしょう？　それを、『ではゆっくり時間を掛けてお話ししていただいては？』とか言葉巧みに誘い出して」

「人聞きの悪いことを言うな。そっちこそ、どこで嗅ぎ付けた、この泥棒猫」

「あはは、それが傑作なのよね、お宅に電話した少し後でしょうね、吉祥院裕喜の秘書という女性から電話があったのよ、『明日の取材の件でお願いがある』ってね。私は何のことか分からなかったけど黙って聞いていたわけ。そしたら、『この前の会食の予定が十三時半まであるんで、道の方が混むと少々遅れることがある』って話と、『四時から大手町で次のアポが入っているから、三時半には切り上げていただきたい』って話だったわ。替わりに了承しておいたわ」

「何だ、何だ？　どうなってんだ？」

「交換手に聞いたらさ、『芸能部の川波さんをお願いします』って聞こえたらしいけど、ウチには川波はいないんで、あたしにつないだらしいのね。秘書が大江戸スポーツと江戸町テレビを間違えたのでしょうね。そそっかしいわ。そうそう、『なるべく人目を引かないようお願いしたい』と言うので、部屋を予約しておいたわ」

傍で二人の会話を聞いている私にも、状況はだいたい飲み込めた。これからここに裕喜先輩が来るようだ。何たる偶然！　早くハル先輩も来ないかしら。

川波記者は共同取材の申し入れを最初は拒絶していたが、川上レポーターが、スクープがそうでなくなるかもよと携帯電話を振り回すのを見て、しぶしぶ了承したようだ。

「いいな、ウチの取材だからな。後ろでおとなしく聞いているだけだぞ」

川波が川上に言い聞かせている。

「それから今夜絵を使うなよ、明日の朝だぞ」

時間的に夕刊へ載せるのは不可能で、夕方のニュースでオンエアされてはたまらないだろう。

「しかし遅いな。十五分過ぎだ」

「前の予定が延びたか、来る道が混んでいるかかしら」

「まぁ、大企業の重役さんだから、自分の時計で動いているんだろうけどな」

聞き耳を立てていたわけではないのだが、二人から遠からぬ場所にいた私に川上智子が気付いた。

「あら、折原さん。まだそこにいたの？　何か用かしら？　また仕事が欲しいの？　でも私、これから大事な取材があるのよね」

「先程、吉祥院裕喜っておっしゃられていたかと思うんですが、知合いなんです、私。大学の後輩。だから会えるものなら会いたいなと思って。それに私と待ち合わせている人間も、裕喜先輩の友人なんです」

「ほ、それは偶然」

川上智子は口を丸くして驚いた。彼女もこの偶然をどう捉えたものか一瞬考えたようだ。

ところがそこへホテルのフロント係がロビーを横切って来て、大江戸スポーツの川波さんはいらっしゃいませんかと声を掛け回った。

「川波は俺だけど」

「あ、フロントに電話が入っております。こちらへどうぞ」

そう言っていざなう。川波は遅れる連絡かという表情を川上にしてみせ、フロント係の後に続いた。川上智子も追い掛ける。私もさりげなく後を追い掛けた。

「もしもし川波ですが」

川波記者は相手の話をちょっと聞いていたが、一呼吸して川上レポーターの方へ受話器を突き出した。

「例の秘書さんだ。『昨日は女性の方でしたが』って言うから、『そもそもあんたの方が間違えたんだよ』と一言言ってやろうかと思ったが、ここで間違いを正すのも面倒だ」

川上レポーターは往年のアイドルの微笑みで受話器を受け取った。

「はい、お電話替わりました……はいはい。裕喜さんは遅れているようですね」

相手の話をにこやかに聞いていた川上レポーターは突然声を張り上げた。

「何ですって？　そんな目茶苦茶な。急用って何です？」

ロビー中に聞こえるような声にむしろ川波記者がおろおろしている。

「あなた、約束をドタキャンしてきて理由を言えないなんて、それはないんじゃない。ビジネス社会じゃ許されないでしょ……え？　何？　……いいの、あることないこと言い立ててやるわよ、明日のテレビで」

ここできっと、テレビ？　とか突っ込みが入ったに違いない。

「あ、いやちょうど明日テレビに出るの。その前に新聞ね。書き立ててやるわ、約束破りの御曹司とか」

その後、「どうして？」「何故？」「約束するわ」といった言葉の断片の後に、「海外出張」という単語が聞こえ、最後は川上レポーターが「了解、安心していいわよ」と言って電話を切った。

「何だって？」

川波記者が詰め寄る。

「吉祥院裕喜は今朝総帥に呼ばれて、急に海外出張を命じられ、そのまま成田へ向かったそうよ」

「何だと？　何処へ」

「先ずはバンコク。タイ支社があって、就任挨拶だって。でもその先は未定らしいわ。いつ帰って来るかも分からないみたい」

「本当かよ。このアポをキャンセルするための方便じゃないのかよ」

「それがね、ちょっと面白いのはね、彼女『このドタキャンを公表しないでくれ』って言うのよ。そもそもこの取材は会社には秘密らしいのね」

「秘密？　何でまた」

「総帥あるいは社長の周りには、現在のロミオ騒動を快く思っていない連中が多くいるそうよ。当然我々マスコミとの接触なんて許されるものではないんだって。だから隠していたらしいんだけど、どこからか漏れて先手を打たれたのかもしれないって」

「ほう？　やはり御家騒動があるんだ」

「秘書は、迷惑を掛けたので理由は話すが、取材の予定があったこと、急遽海外出張に出たこと、彼女が連絡してきたこと、どれも報道しないでくれって、それはくどいぐらい約束させられたわ。でないと会社に居られなくなるって、最後は泣き落としよ」

「で、どうする、おたくは？　その秘書との約束を守って黙っているのか？」

「そうねぇ」

「かまわず、やっちまうか。ロミオ家、仲を引き裂く！　謎の海外出張！」

「ロミオは名前よ、家名はフォンターギュ」

川波記者は言葉に詰まった。川上レポーターは決心が付いたようだ。

「追い掛けるわ」

「何？　吉祥院裕喜をか？」

「もちよ。考えてみて、このまま急な海外出張の話をぶちまけても、そりゃ明日はスクープ取れるでしょうよ。でもその後はだんごレースになっちゃうわ。それに本当にビジネスが目的の海外出張なのかもしれないし、吉祥院家がそうだと主張すれば反論もできないわ」

「それを流さずに我々だけが追い掛けて海外出張の実態を掴めば」

川波も乗り気になって来た。

「そうよ、私達だけで密かに育てて、もっと大きな実になってから刈り取るのよ」

大江戸スポーツと江戸町テレビは非公式な共同取材班を急造することになったようだ。川上レポーターはそこで改めて、私が傍らにいることに気付いたようだ。

「あなた、だいたい聞いていたわね、折原さん。まさかこのネタ、売ったりしないでしょうね。あなたはスクープを追い掛けている人じゃなかったわよね。私とあなたの仲なんだから、裏切らないで頂戴よ。そうだ、向こうへ行ったら、様子をメールしてあげる。いつかそれを売ったらいいわ、私の取材ぶり。ね、それでいいでしょ。決まり決まり。前にももらっているけど、名刺頂戴、アドレスの書いてある奴」

私が何を取材対象にしていたか覚えていたことには驚いたが、なになに？　私とあなたの仲って？　それでも私は言われるがままに名刺を渡していた。

「海外出張なんて手で取材対象を隠すなんて、マスコミに対する挑戦だわ。見ていらっしゃい」

その言葉を残して、彼女はホテルのロビーを出て行った。川波記者もいつの間にか消えていて、呆然として立っていた私は後ろから肩を叩かれて振り返った。両手を顔の前に合わせて私を拝んでいるハル先輩が立っていた。

「何してはったんですか、時間に正確な先輩が？」

二つ目のケーキにフォークを突き刺したところで、私は聞いた。テーブルにはさらにアップルパイとモンブランとレアチーズケーキが並んでいる。山男は時間などに縛られないイメージがあるが、私達のサークルは集団行動が多いため、約束の時間を守ることには厳しかった。

「いやケーキバイキングだろ、腹の中空っぽにしておこうと思って、出掛けにトイレに行ったんだ。そしたら済まして出たところで、昔の所長とばったり会ってな。今何してんだとながながと捕まっちまった。すまんすまん」

「昼の真ん中にも大きい方行くんですか？　それともお腹の調子が悪いとか？」

しもた、突っ込むなら所長さんの方だったと気付いた時は遅かった。

「行くさ。身体が大きいと回数も多いんだ」

「ほんまですか？　身体の大きさと回数が関係あるんですか？」

「よくぞ聞いてくれた。しからば教授しんぜよう。大便回数の相対性理論」

跡美のあほ！　ボタンを押してもうたやないの。

「あのな、俺は体重八五キロ。アトの一・六倍だ」

先輩が私の身体を見回しながら言う。何なんと思いつつ、私は頭の中で計算機を叩く。八五割る一・六は？

「そんなあらしまへん、二倍です、二倍」

「二倍？　まぁいいや、計算が簡単になる。体重が二倍ということはな、体積も二倍、つまり二人分だからな、一日にするうんこの量も二倍になる」

「はいはい、分かりました。だから回数が多いんですね」

適当なところで打ち切りたかったが、許してくれない。

「まだだ、まだ。相似って覚えてるか、数学の。相似する立体の体積比は相似比の三乗だ。だから逆に体積が二倍なら、相似比は二の立方根倍になる。これは一・二六〇という数字だ。約一・三倍だな」

さすが理系。

「ところがだな、ケツの穴の大きさというとこれは面積だからな、面積比は先の一・二六〇の二乗という計算になって、一・五八七倍、約一・六倍だ。この穴の奥に一・三倍の長さのうんこがあってだな、一回にそれだけ出せれば回数は一緒になるんだがな、どうもそうじゃない」

私は頭の中で絵を想い描くことをやめた。

「腸の消化能力というか食べ物をうんこに変えて行くスピードはな、身体の大きさに関わらず、人間ならそう変わらんと思うのよ。消火液や消化酵素の働きだからな、大きさに関係なく同じように時間が掛かるはずだ。つまり一回の排便時に用意できるうんこの長さは同じ、そうすると一回に出せる量は断面積が大きい分だけ増えて一・六倍、ところが一日の量が二倍なら回数はだな、二割る一・六イコール一・二六倍、つまりアトなら四回で済むところを五回かかるってわけだな」

「一日に四回も行きしません」

「例えだ例え。朝晩の二回行くのに対してだな、二日に一日は日に三回行くと考えればいい」

全く考えなくてもええんちゃう？

「で、今日は三回行く日ですか？」

「ま、行くな、三回」

「ま、いいです、遅刻の理由は。おかげで裕喜先輩の情報キャッチしましたし」

「裕喜がタイにね。何しに行ったんだろうね」

やった。うんこから話題が離れそう。

「さぁ、裕喜先輩がどんな仕事してるのかも知らへんし」

「どこかに流すの？　スクープとして」

「え？　そんなことしません、川上さんにも睨まれるし」

「まぁ、それほどのニュースバリューもないか」

「そうそう、羽沢麗児がね、なんでも戸々呂沢のカルチャーセンターの周り、うろついているらしいですよ」

弟から聞いた情報を聞いたと同じような言葉でハル先輩に告げる。

「羽沢麗児？」先輩の反応も私のそれと変わらない。

「それが今度はにわかレポーターの取材とは違うらしいそうですわ。個人的に姫子さんを追い掛けているんじゃないかって、あそこに詰めてる記者達は噂してはるそうです」

「あるいは、気絶させた、あのボディガードへの復讐？」

「私も同じこと考えました」

私はおかしくなって笑い出したが、先輩は何がおかしいのか分からない顔付きだった。

「それより先輩の仕事。この店に来た目的。食べていますか、ケーキ。私はこれで三ついただきましたよ」

「本当にな、俺のうんこの話を聞きながらも平然とケーキ食べられる奴、初めて見たよ」

私は左手に付いたスポンジのクズを紙ナプキンで拭こうとしていたが、右の人差し指で先輩の顔めがけ、弾き飛ばしてやった。

ロミオ行方不明

「裕喜氏行方知れず?」(七月八日　金曜日　大江戸スポーツ朝刊)

一企業の職員組合の情報誌とはいえ、一応取材であったので差し控えるつもりでいたのに、ハル先輩があまりにおいしそうに次から次とケーキを食べるものだから、つられて私も一ダースのケーキを平らげてしまった。おかげで昨夜は、スポンジやクリームが口から飛び出して来そうで、夕食も食べずに早目に寝てしまった。今朝になってパソコン君を起こしてやると、早速川上智子からの最初のメールが届いていた。

「成田発バンコク行きの便の搭乗者名簿を調査、キッショウインヒロキの名前あり。明朝一番の便にてバンコクに向かう予定。大江戸スポーツからは川波記者他カメラマンの二名、当社からは私とカメラマン、補助スタッフの三名……我らが成果を期待せり」

いやホンマに行くんやわ。でもなんでこの人のメールは文語調というか電文調なんやろ?

その後テレビを付けて江戸町テレビの朝のワイドショーをチェックしたら、その日のスポーツ紙の芸能欄を取り上げるコーナーで、わざわざ大江戸スポーツの小さな記事を取り上げていた。

「吉祥院裕喜氏は七日午後複数のアポイントメントを急遽キャンセルした。キャンセルされた側のある関係者によれば、次回の予定を押さえようとしたが、所在が不明につき確認できないとの返答があったのこと。この件について、小紙が吉祥院家に確認を取ろうとしたが、現時点で連絡がとれないでいる」と芸能記者が淡々と読み上げる。

大江戸スポにこんな記事が出て、おたくのテレビのワイドショーが流したと、川上智子へのメールの返信に書いてやったら、彼女らの取材により海外出張の謎が判明した時の効果を高めるため、裕喜先輩が行方知れずになったことをさりげなく報道しておくことにしたのだと返して来た。しかし、おおげさに扱って、本当にビジネス目的の海外出張だったりすると困るので、第一面ででかでかと扱うのではなく、小さな記事で済ませたらしい。

だが大江戸スポーツのこの短い記事を江戸町テレビで知らされた他のマスコミ各社は、一斉に騒ぎ立て始めた。先ずは記事の真偽を吉祥院家に問合せたようだ。その日の午後には例の実行委員長からであろう、マスコミ各社にファクシミリが送られて来て、それを昼のワイドショーが紹介している。

「吉祥院裕喜においては、昨日急なビジネスが入り、いくつかの予定を急遽キャンセルさせていただいたのは事実です。関係された方々にはご迷惑をお掛けし、誠に申し訳ありませんでした。ここしばらくは、そのビジネスに専任となりますので、次の予定を立てられない状況にあります。業務に関することですので、具体的な説明は差し控えさせていただきますが、これ以上ご関心を寄せることはご無用にいただきたく、重ねてお願い申し上げます」

この文面を見てその言葉通りに納得したマスコミは一つとしてないようで、おおむね二つの方向に推測は収束して行った。吉祥院裕喜監禁説と失踪説である。

このような日本のメディアの状況を川上レポーターにメールしてあげると、己のみ真相を知っているという者の優越感に満ちた返事が帰って来て、裕喜先輩の追跡状況を教えてくれた。どうも吉祥院グループのバンコク支社に勤める現地スタッフを買収して探らせたらしく、七日、日本から若いVIPが一人で支社に訪れたが、短時間で帰ったとのこと、そして近日中にタイ南部にあるエレファン島へ渡るとのことだった。

「その島は小さな島なり。定期船の就航、週に一回のみ。されど世俗から隔絶したしと欲する上流階級人に好評にて、二軒あるホテルは長期滞在型のリゾート客で繁盛この上なしとの風評。その内の一つのホテルの所有会社を昨年吉祥院グループは買収せり。定期船、明日が就航日ゆえ、その船上にて吉祥院裕喜氏を拿捕せしめん」

船にからめて拿捕と来たか。しかし船に乗り込むはいいが、一週間帰れなくなるのではないか。それから裕喜先輩はそんなホテルに何の用があるのだろうか。もしかしたら本当に、ロミオ報道が冷めるまで、その島に軟禁されるのではないだろうか。

ところがその夜異変が起こったことを次の日またメールして来た。川波記者と川上レポーターを除いたスタッフ全員が、夕食に平らげたトムヤンクンか、その時に飲んだタイのウィスキーであるメコンのどちらかに当たったのか、深夜にわかの腹痛に襲われ、入院する騒ぎとなったそうである。それでも川上智子は、テレビカメラを諦めても取材続行を望み、一人で船に乗ると主張したようだ。

「遠く南国の首都まで来てここで引き下がれんや。川波記者も同行を主張。断る理由なく、お好きにどうぞと言うしかなし。彼の視線やや不快なり」

川波記者にしてみれば、ここまで追って来たネタを他人に攫われる訳にはいかないだろうし、川上智子は何てったって、もとアイドルだ。相当気の強いところもあるだろうが、美人であることには間違いなく、二人連れというのもまんざら悪くはないと思うに違いない。その辺が男なら視線に滲み出てしまうのだろう。かくして二人はエレファン島とやらに向かったようだ。

「ロミ&ジュリの悲劇!」（七月十一日　月曜日　サンセイスポーツ朝刊）

「二人で心中か!?」（七月十一日　月曜日　都スポーツ朝刊）

バンコクから五千五百キロ東北にある島国では、週が明けて失踪説が心中説に変化していた。もともと清原院姫子嬢の方は後藤さんを通じてしか所在を確認できないこともあり、さらに西武ドームデート事件の一週間後の先週木曜日に、姫子さんが料理教室を欠席したこともあって、実は行方不明なのは二人ともなのではないかという憶測が流れていた。そこへこの日は心中説を裏付けるかのような目撃情報が寄せられたのである。ワイドショーではレポーターが青い海を背景に中継を行っている。

「福井県の観光名所ここ東尋坊で、吉祥院裕喜さん(二八)と清原院姫子さん(二五）と思われる二人連れが目撃されたという情報が寄せられました。当地で土産物店を経営する山下とみさん（五九）によると、テレビで見た二人らしき男女が、昨日岬に行く道を尋ねて、教えた方向へ歩いて行ったとの話です。二人は仲良さそうであったけれども、何か思い詰めたような雰囲気が感じられ、「決して楽しそうでなかった」と、とみさんは言っています。東尋坊は飛び込み自殺の名所として全国的に有名であり、もしかすると結婚が許されないであろうと将来を悲観した二人が、ここで無理心中を図った恐れがあるのではないかと危惧されています。しかし、現在のところ、そのような自殺者の遺体は発見されておりません。以上福井県東尋坊から坪井がお伝えしました」

似たような目撃情報が複数寄せられたことから、少なくとも自殺を予感させるような不幸な顔をした男女が昨日この辺に現われたというのは事実と思われる。私は裕喜先輩がタイに行ったと聞かされていたから、東尋坊の二人は人間違いだろうと思った。そして実際その心中説は一日しか日本を席巻しなかった。

「姫子さんは無事！」（七月十二日　火曜日　サンセイスポーツ朝刊）
「姫子さん無関係」（七月十二日　火曜日　都スポーツ朝刊）
「裕喜氏一人行方不明」（七月十二日　火曜日　毎朝スポーツ朝刊）

ロミオ&ジュリエットの悲劇なみの報道が飛び交った前日月曜日の夜は、姫子嬢の料理教室がある曜日だった。ワイドショーのレポーターによると、その時点では姫子さんも失踪したとの見方が有力であったから、ここに現れると思っていたマスコミ関係者は少なく、ロビーに待機していたのはスポーツ紙三社とそのテレビ局一社だけだったらしい。その中に石三もいた。彼ら記者達は、玄関から入って来た姫子嬢の何気なさに、一瞬呆気に取られた感じだったという。

声を掛けて取材を求めると、姫子さんは素直に従った。ワイドショーの画面では先日裕喜先輩が取材を受けたのと同じ場所で、姫子さんは四人の記者に囲まれている。戸々呂沢の後藤宅で行われた会見の時に同席していた屈強な男性が、ボディガードのように後ろに控えている。

「姫子さん、吉祥院裕喜さんと二人で失踪されたという報道がなされていますが、事実ではなかったのですか？」

関東テレビの前田記者が尋ねる。

「しっそう？　一生懸命走ることですか？」

いや、ナイスぼけやん。私は一人で突っ込んだ。

「いえ、何処かにいなくなってしまうことです」

ぼけられて言葉に詰まった前田記者に代わって、都スポーツの杉内記者が答える。

「いなくなる？　いえいえ、そんなことはしていません」

「東尋坊へも二人で行かれていない？」

「とうじんぼう？　用心棒みたいなところ？」さすが帰国子女。

「いや、福井県にある観光地です」

「いえいえ、この一週間は家におりました」

姫子さんは左右から質問する記者にいちいち顔を向けて、じっくりと聞き、真面目に答えていた。

「では、吉祥院さんの行方は知らないのですか？」

「吉祥院さん？　裕喜さんの行方が分からないのですか？」

「ここ数日の報道を視ていないのですか？」

「毎朝新聞とＮＨＫニュースは視ておりますけど」

さすがにお姫様は皇族と変わらない生活のようである。

「吉祥院裕喜さんは現在行方不明のようなんです」

「あらま、それは大変ですこと。お身内の方も知らないんですか？」

「いや吉祥院家では、知っているとは言い張るのですが」

「じゃあ、大丈夫なんでしょう」

「いや、しかしですね」

「家の方が知っていると言うのでしょう？　だったら問題ないじゃないですか。それなのに何故お騒ぎになるのですか？」

そう言われると記者達は答えに詰まった。

「吉祥院さんからは連絡はないのですね？」

「はい。あら、もう始まる時間ですわ。失礼します。ごめん下さいませ」

頭を深く下げて姫子さんは立ち去ろうとする。ちょっと待って下さいと取り囲み直そうとする記者の前に、影のように付き添っていた男性が割って入った。その顔をアップで初めて見たが、左目の上に傷があって、そちらの方は視力を失っているようだ。見える方の右目で無言のままぐっと睨まれて記者達がひるんだ隙に、姫子さんはエレベータの中へ入り、その扉が閉まった。


運良く姫子さんを捕まえることのできたスポーツ紙三紙には、一階のエントランスロビーで取材を受ける姫子さんの写真がでかでかと載った。うち二社は姫子さんだけを移した写真だったが、石三のいる毎朝スポーツは、取材現場全体の写真を載せており、姫子さんの後ろで、黒い服装の若者がじっとカメラを睨んで立っている姿が写っている。

例によって、この時の様子を聞こうかと私は石三に電話した。ところが、午前中携帯は圏外だと言うばかりで、捕まったのは夕方近くだった。

「おねえ、それどころじゃないんや」

そう言われて一旦切られた。えらく興奮している。しつこくかけ直して、何があったん？　と聞き出した話はこうである。

その日の午前十時半頃だったという。毎朝スポーツの芸能部デスクの電話が鳴って、石三がとった。

「もしもし、お宅の朝刊の写真見たんだけどさぁ、あのお姫様の後ろに立っている男いるでしょ、ボディガードみたいなさぁ、あの男が吉祥院何とかさんと一緒にいるのを俺見たよ」

ボディガードと吉祥院？　石三はどういうことか瞬時に理解できなかった。

「何ですって？　あの姫子さんの後ろの男？　何日頃？　何処でですか？」

「二、三日前さぁ。場所は東北道の黒磯パーキングエリア。夜の八時頃かな」
二、三日前？　吉祥院裕喜が失踪したという日だろうか？
「東北道の黒磯パーキングエリア？　どんな様子でしたか？」

「いや、トイレから二人で出て来たんだけどさぁ、男同士のくせにやけにひっ付いていたから、最初はこいつらアレかと思ったわけさぁ」

「ひっ付いていた？　腕を組んでたんですか？」

「いや組んでいるというより、吉祥院さん？　お金持ちの方の腕をさぁ、抱きかかえるようにしててさぁ、それが二人ともこわい顔してんの。アレだったら寄り添って楽しそうにしているじゃない。それで変だと思って覚えてんのさぁ」

「腕を抱えてこわい感じ？　酔っ払いがちゃんと歩けないのを支えているような感じですか？」

「う～ん足取りは少しふらふらしていたけど、酒に酔っている感じじゃなかったな」

「では、逃げ出さないように捕まえている感じ？」

「あ、そうそう、犯人を護送する時のね、あんな感じ」

「あの二人に間違いないですか？」

「今日新聞に出ていた男の方はね。お金持ちさんの方ははっきりしないけど、多分そうだと思う、ちょっとやつれたような感じがしたかな」

「他にその場所にどなたかいましたか？」

「俺は一人旅さぁ。他に利用者はほとんどいなかったね。あ、でも自販機の補給をしていたと思う」

「そうですか、貴重な情報、ありがとうございました」

「俺の情報役に立った？　じゃあね」

たいへん役に立ちましたと更に礼を言って、相手の氏名、連絡先を確認しようとしたところ、電話は切れてしまっていた。

石三は、早速パーキングエリアの運営をしている日本サービス機構に連絡を取り、自動販売機の会社を割り出した。五社あったが、当日のそれと思われる時間に補給していた会社には三社目でたどり着いた。補給基地まで車を飛ばして、目的とする作業員を捕まえたそうだ。

「あぁ、確かに男二人で寄り添って、トイレから出て来たっすねぇ。背の高い方は確かにこの男かなぁ」

まだ二十代前半と思われる茶髪の若者は、姫子さんの後ろに立つ男の写真を見て確認した。

「もう一人は何とも言えないっすね、何だか前かがみで歩いていたから、暗くて顔をよく見ていないっす」

「背格好はどうだい？」

「こっちの男ほどではないけど、まぁ普通に背はあったと思いますよ。決して小柄じゃない。最初見た時直ぐ男二人だと思ったから」

「一七〇センチぐらい？」

「そうね、オレもそのぐらいだから」

資料によれば、吉祥院裕喜は身長一七〇センチ体重六〇キロとある。

「ありがとう。仕事邪魔して悪かったね」

石三は言うなり、すっとんで会社に戻った。毎朝のスクープだ。

そんな経過をしゃべるだけしゃべると、私の話を聞こうともしないで、弟は電話を切った。

どないなっとるねん？　川上智子と川波記者は海外出張の話を信じタイへと飛んだ。しかし日本では、東尋坊や東北道に似た人間が現われている。この内どれが本物だろう。最初はタイにいるものと思っていたが、よく考えてみれば二人は裕喜先輩を捕まえた訳ではない。

それと姫子さんの後ろに立っていた男と裕喜先輩との組合せ。

本当だとしたらそれは何を意味するだろう？　逃げないように捕まえていた？　無理やり連れていたということか？　そうなると誘拐という話になる。しかし何故？　動機は？　上原といったっけ？　どこかで聞いた名前のような気がする……

川上智子レポーターからは空振りのメールが来ていた。

「船内を捜し回ったが、若い日本人おらず。島に着いたが帰りの船便一週間なし。ホテルに入り島内の捜索を続ける」

私は大佐田晴先輩に電話して、今日知ったことを伝え、疑問を投げ掛けた。

「ふーん、でもタイにいるのが本物じゃねえの？　他の二つは他人の目撃情報だろ？」

「でも逆にタイでは目撃されとらへんのです」

「まぁいいや。アトもいろんな情報に振り回されている感じだな。君は獲物を狩るライオンじゃなくて、そのライオンを観察する動物学者じゃなかったのかい？」

「それはそうですけど」

「だったら少し冷静になって、マスコミの報道振りを眺めていたらどう？」

はいと私は納得しきれないものを感じつつも電話を切った。先輩の言うことは分かる。ただ渦中にいるのは裕喜先輩なのだ。もし何か事件に巻き込まれているとしたら？　ハル先輩は、それは心配ではないのだろうか。舞踏会の時はあれほど気に掛けていたのに。

「裕喜氏誘拐!?」（七月十三日　水曜日　毎朝スポーツ）

翌日。毎朝スポーツのみが衝撃的な見出しを掲げた。

「吉祥院裕喜氏が行方不明との報道がされた翌日の九日の夜、裕喜氏と思われる男性がもう一人の男性に連れられて東北自動車道黒磯パーキングエリアに居たとの目撃情報が複数得られた。このもう一人の男性とは、吉祥院裕喜氏と交際が報じられている、清原院姫子さんのボディガードを勤めている男性と同一人物ではないかと目撃者は述べている。この男性が裕喜氏の腕を抱えるように寄り添っており、具合が悪くなったので付き添っているか、逃げないように押さえているかのように見えたとのことである」


当然マスコミ各社はその日、清原院姫子との接触を試みようと動き出すが、その矢先、後藤さんの方から、姫子さん同伴で取材に応じる旨連絡があったという。そのことを石三から教えてもらった私は、午後二時に戸々呂沢の後藤家にすっ飛んで行った。庭先には既に各社の取材陣が五十人余り押し寄せていて、私は一番外側の輪から中には入れなかった。人垣の最も内側は、縁側に座る後藤さんを中心に半径五メートルほどのきれいな半円を描いている。時間になると姫子さんが毎朝スポーツを手に持って奥から現れ、胡座をかく後藤さんの隣に正座した。姫子さんは取材陣を一通り見回すと静かに切り出した。

「皆様お集まりいただき、御苦労様です。皆様がお知りになりたいのは、今朝この新聞に掲載されたことの真偽かと思います。私も今朝後藤のおじさまからご連絡をいただき、この新聞を見て非常にびっくり致しました。何かの間違いだと思います。上原さん、私のボディガードということになっている男性のことですが、上原さんは誘拐などという犯罪を実行するような、そんな恐ろしい方ではございません」

「その上原さんですが、今日はどこにいらっしゃるのでしょう？」

一番内側にいるテレビジャパンの片岡レポーターが尋ねる。

「昨日から田舎に帰っとる。携帯に電話してみたが繋がらん」

これは後藤さんが答えた。続けて説明する。

「誤解の無いように言っとくがの、彼を姫子さんに紹介したのはわしじゃ。ウチでの仕事が無くなって暇にしていたからの」

「ウチでの仕事？」

「農作業じゃよ。さすがに儂も身体がきつくなっての、春からこっち三か月ほど手伝ってもらったんじゃ。今はやりの人材派遣という奴にお願いしての」

「ではお二方共上原さんのことを余りよくは知らないんで」

「あぁ、でも一緒に仕事してれば大概のことは分かるわい。あれは信頼できる男じゃよ。もともとは自衛隊におったらしい」

「自衛隊ですか！」

信頼できる男であることを証明するつもりで後藤さんは上原という男の過去を紹介したようだが、取材側は誘拐といった行動を計画的に実行できる素養があると受け取ったようだ。双方がしばし沈黙した。元自衛隊員？　また何かが私の中で騒いでいる。

「それで、その上原さんが裕喜さんを誘拐する理由ですが」

気まずさを紛らわすように、片岡レポーターは次の質問を繰り出したが、

「まだ、そうと決まった訳ではないでしょう！」

珍しく姫子さんが気色ばんだ。一瞬気押されたが、それでも片岡レポーターは続ける。

「もちろん仮定の話ですが、誘拐したとして、その理由に心当たりはありませんか？」

「あるはずがないではありませんか」

「あなたに会わせるとか言って誘い出して、実は身代金目的とか」

「そんな人ではありません！」

さすがのお姫様もおとなしい人形では居られないようだ。今度は都スポーツの杉内記者が続ける。

「あるいはあなたに会わせてあげようかと思った？」

「まさか、そんなことで」

「もしかしたら、彼はあなたのことが好きになり、邪魔になる恋のライバルをなきものにしようと……」

姫子さんはたまりかねたようにすくっと立ち上がり、暴走する車を制止するかのように両手を広げて記者達に向けて突き出した。大きく深呼吸している。

「何をおっしゃっているのでしょう、皆さんは？　ここに居ない人のことを想像であれこれ勝手なことを言うのはおやめ下さいませ。上原さんはそんな方ではありませんし、目撃されたのが上原さんだったとしても、一緒に居たのは吉祥院さんだとははっきりしていないのでしょう？　たとえそう

だとしても何かちゃんとした理由があってのことです。き、気分がすぐれませんので、今日はこれで失礼します」

そう言うと一礼して引っ込もうとした。

「すいません姫子さん、最後に一つ」

立ち去り掛けた姫子さんは最後という言葉に釣られたのか、固い表情のまま振り返った。

「上原さんが目撃されたという九日の夜、ご一緒ではなかったのですね？」

一緒に居たと言えたらよほどいいのにという表情が目に宿るだけ間があいた。

「ありませんでした。でも十一日の夜は私のお料理教室に同行していただきました、皆さんもご承知の通り。誘拐犯人なら人質を置いて、暢気に私のおけいこにお付き合いなどしないでしょう？」

「誰か仲間がいるのかもしれません」

言った杉内記者を睨んだまま、何も言わずに姫子さんは奥に引っ込んだ。質問の矛先は後藤さんに向けられる。

「上原さんの田舎というのはどちらですか？」

「福島県らしい」

「福島県！　東北道じゃないですか！　福島県のどこですか？」

「えーとだな、白根田とか言ったかな」

「知らねぇだ？　自分の田舎を知らないと言ったのですか？」

「馬鹿こけ。白に根っこの根、それにたんぼの田。しらねだだ」

「福島県の白根田。はい、分かりました！」

記者達は運動会の借り物競争で、指示された紙を見た小学生のように、一斉に散開した。きっと我先に白根田とやらへ、飛んで行くに違いない。

ところで誘拐をほのめかした報道があったからには、警察が動かないはずがない。しかし後日報道されて知ったことであるが、この時警察は吉祥院家に問合せを行ったものの、吉祥院家からは裕喜先輩の所在を確認しており誘拐の事実はないと否定したらしく、事件性はないとして捜査発動には至らなかったということである。

警察とマスコミの関係は、料理が一つしか出せないから相席になった料理店の客同士のようなもので、事件という御馳走について美味しいとかまずいとか感情を共有したり、時には助け合って食べたりする場面もあるが、基本的にはお互いの存在を疎ましく思っている。

警察にしてみれば、報道に振り回されて動くのは気が進むことではない。家族が本人の所在を分かっていると言うのなら、捜査発動を見送る十分な理由になる。たとえ吉祥院家の発言は信用できないとマスコミが主張しても、警察の立場では疑う理由がない。

反対にマスコミ側にしてみても、警察が乗り出して来ると報道規制が敷かれる恐れがある。さらに自分らの取材によって事件が解決できたとすれば、警察による解決よりニュースバリューが上がるし、自らの存在価値も高まるというものである。それゆえ、この時点で警察の介入を望む声はなく、捜査が始まらないことを追求する記事も出なかった。

白根田村の歓待

「おねえ、白根田行って来るわ」

後藤家の庭先で顔を合わせた石三は、デスクと携帯電話で連絡を取りあった後、そう告げて去って行った。他の記者達もすぐさま白根田村へと向かうだろう。石三はいつもの通り、その先陣を駆けて行くのだ。機動力に劣る私は東京に留まった。仙台の支局からクルーを派遣した報道機関もあって、その一つ伊達テレビが最も早く到着したが、それでもその日の夜七時を回っていたそうだ。

白根田村は山に囲まれた何も名所のないところで、観光客が訪れることもない。この村の奥で行き止まりとなる県道に沿って、二百戸ばかりの家々が並ぶ小さな村で、村の人と隣の村の人以外は、福島県の人でも「おら知らねだ」と言いそうな村だそうである。

伊達テレビのクルーが到着した時、既に陽は落ちて辺りはうす暗くなり始めていた。往来には人影はなかったが、村のちょうど真ん中にある広場で、男性が三人火を囲んで談笑していたそうである。取材第一陣のバンはその横に停車した。その時の様子を後日私は、その中の一人である五十嵐記者から聞き出した。例の酒癖の悪いおじさんである。最近仙台に転職していたらしい。

「すいません。この村に上原さんという家はありませんか？」

「何、上原？　あったか、おい？」一人目が二人目に訊く。

「知らんなぁ」二人目が首を振る。

「そういや吉祥様の欅屋敷の番をしとった爺様が、上原っていわんかったかの」三人目が首をかしげて言う。

「あの爺様、名前あったかな」一人目が茶化して、三人で笑う。そこへ五十嵐記者が割り込んだ。

「何ですか？　吉祥様って？」

「吉祥様は吉祥様や」

「うにゃ、本当は吉祥院というのが本名だぞ。昔政治家で、会社いっぱい持ってるだ」

「え？　吉祥院実顕？」

「そうそう、その人の妾さんが住んでいた屋敷があんだよ、この村に」

「何だって？」

質問をした五十嵐記者の後ろから、もう一人の男が興奮して車を降りてきた。

「そのお妾さんには子供がいませんでしたか？」

「あぁ、男の子が一人おったの。ひろ坊と呼んどった」

記者達の間にどよめきが起こる。

「ここは吉祥院裕喜が育った場所か？」

「じゃぁ、上原と吉祥院はもともと知合いか？」

五十嵐記者が年上の男を静めるように言う。

「ちょっと待って下さい。先ずその屋敷ですね。それはどこですか？」

「ここらの農家とは造りが違うんで屋敷と呼んでるだが、それほど大きくもね。ただ庭に大きな欅の木があってな、それで欅屋敷だ。ただなぁ、もう何年も人が住んでおらんしの」

「最近その屋敷に人が入ったようなことはありませんか」

「さぁて村外れにあるからの」

「めったに人も通らんしな」

「いや、ウチのばっさまがそういやそんなこと言っていたかな。一昨日ぐらい明りがついとるとか」

「ほんまけ？」

「いや、あのばっさまの言うことだから、本気にしとらんかったがの」

「そ、そこに案内してもらえませんか」

「いや、わしらこれからメシだでの」

「じゃぁ地図でも」

「そんな、日頃字も書かんのに地図だなんてぇ」

「それよりあんたさんらも夕飯一緒にどうだぁ？」

「そうじゃの、東京の珍しい話でも聞かせてくんろ」

「いや、ご飯より先にその屋敷を」

「ワシら、もう腹減って、ここから動きたくねぇ」

「んだな。ぼちぼち火ぃ始末して帰ろかの」

屋敷の案内を何故かしぶる三人の様子を一歩離れて聞いていた年配のディレクターがふと思い当って提案した。

「我々の車ですぐ送り届けますよ。それに案内していただけるなら、取材協力ということで、いくばくかお礼も」

「お礼だなんて、おら達そんなつもりはねえだが。そうかぁ？　あんたさんらがそこまで言うなら、腹っこ減ったの我慢して、案内したろ。でも三人も乗れるかの、その車？」

「あ、いや案内いただけるのはお一人で結構なんですが」

「馬鹿言え、見知らぬ人の車に一人で乗り込むなんて物騒なこと、きょうび小学校でもしてはいけませんて教えてるだ」

「そんな僕らはテレビ局の人間ですよ」

「テレビ局だろうが警察だって信用できねぇ世の中だ。それに一人だけ抜け駆けする訳にはいかん。わしらはガキの頃からずっと一緒だっただ」

「では多少狭いですが詰め合わせて」

「この車は五人乗りだろ。あんたらは三人。儂等も三人。一人余ってしまうだ」

「まぁお近くであれば、多少我慢いただいて」

「駄目だって、交通規則を破っては。それも小学校で教えてるだ」

暗にお礼を要求しながら規則を順守しようとする、このアンバランスな感覚は何なのかと五十嵐記者は思い始めたと言う。どうすればさっさと案内してもらえるのかと途方に暮れた時、早くも東京の新聞社の車が到着した。本来ならスクープ獲得合戦の競争相手の出現を苦々しく思うところだが、この時は助け舟が流れてきたと思ったらしい。

二社二台の車に分乗してようやく吉祥様の欅屋敷に向かった。

その屋敷は白根田村の一番奥にあった。一番近い家でも二百メートルほど離れている。道路とは石積みの塀で区切られているが、胸の高さぐらいなので、敷地の全体が見て取れる。二階建てで右左中央の三つの部屋があると見られ、首都圏の分譲地なら大きいと呼べる方だったが、日本有数の財閥の別宅と聞いて豪邸を予想していた記者達の目には、こぢんまりとして見えた。辺りは十分暗くなっているが建物の窓に部屋の灯りは見えない。そして確かに庭に大きな欅の木があった。鉄格子の門は閉まっているが、鍵は掛かっていない。

記者達は門を開けて敷地の中に入り、玄関の扉を叩いたり、家の周りを巡って中の様子を覗こうとしたりしていた。

「あんたら何やってるだ」

記者達が驚いて振り返ると、庭の外から懐中電灯らしき光が記者達の間を左右に行き交いした。

「おや駐在さん」

門から一歩入っていた三人組の一人が気付いて声を掛ける。駐在さんと呼ばれた男は自転車を降りて門の方へ歩いてきた。細身で中背、禿頭に丸い眼鏡を掛け、コントに出て来そうな、いかにも田舎の村の駐在さんという風情の初老の男だった。

「この人達はテレビや新聞の人だそうだ。この屋敷に案内しろって言うから、連れてきた」

「テレビや新聞？　それはご苦労なこった。でも、あんたら人ん庭に勝手に入ったらいかん」

「でも此処は誰も住んでいないのでしょう？」

「居なければなおのこと入ったらいかんと違うだか？　それに今は中に人がおる」

「おや誰が？」村人の一人が尋ねた。

「吉祥様の知合いとかいう若い男の人だ」

「若い人？　身体のがっしりした、目の上に傷がある？」五十嵐記者が尋ねた。無論上原のことである。

「いやぁ、身体は大きかったかもしれんが、傷はどうかな。サングラスしとった」

「一人ですか？」

「一人だ。絵を描くから邪魔しないように内緒にしておいて欲しいとのことだった。あ、だから、しゃべってはいけないのだった。無しだ、無しだ、今の話」

「上原だろうか」

「分からん。別の仲間かもしれんし」

「全く人違いかもしれん」

記者同士でぼそぼそと話し合っている。そこを駐在が追い立てる。

「ともかく、あんたら、庭から出て。さもないと住居不法侵入で捕まえるだ。さあ」

田舎の警官のくせに生意気なと思わぬ記者も居ないではなかったが、しぶしぶ門の外に出た。全員が外に出たのを見届け、駐在は門の掛け金を掛け、記者達に振り返って予想もしないことを言い出した。

「さぁて、マスコミの皆さん、もうじき夜の八時だ。夜の八時を過ぎると次の日の朝の八時まで、ここ白根田村では報道に繋がる取材行為は一切禁じられているだ。ええですか」

「何？　何ですか、それ？」

「白根田村迷惑行為防止条例の第八条だ。ちなみにその第二項では、ご親切にも条例の存在を知らなかった場合の緩和規定があるだが、今こうして本官が告知したでの、皆さんは適用除外だ」

「迷惑条例？　な、何でこんな寒村に報道取材を規制する条例があるんだ？」

「寒村とは失礼な。確かに冬は寒いども」村人の一人が抗議する。

「あるもんはあるんだから仕方ねえだ。先月の村議会で決まったばかりだけれども。そういうことだから、今夜の取材は諦めて、明日ん朝、出直して来るだね」

駐在に言われて車の方へ戻りながら、二社の記者達は相談を始めた。

「どうする、これから？」

「あの山道帰るのも億劫だな」

隣村から白根田村までは急峻な崖の中腹に削り取ったような細い道がうねうねと長く続くのである。

「この村に宿泊するような場所は……ないですよね」

伊達テレビの年配のディレクターが半ば諦め顔で振り返って聞く。

「そりゃ、旅館やホテルはないだが」

「白根田ホールに泊まったらどうだ」

「うんだ、村長さんも許可してくれるべ」

案内した三人衆が今度はえらく好意的な提案をしてくれる。

「白根田ホール？」

「村営の集会施設だ。多目的ルームがあって、そこに寝泊まりできるだ。災害時避難用のふとんも常備しとる。風呂もある」

駐在が補足説明する。

「近所のかかあ達に声掛ければ、夕食だって揃うだ」

「そうですか。それはそれはご厄介になりましょうか、なぁ」

やはり田舎の人達は親切だと取材陣は思いながら、再び二台の車に分乗して、村の中心部にある白根田ホールへと向かった。その施設は都会ならビルの谷間に埋没していただろうが、何もないこの村では周囲から浮き立つような近代的建築物だった。暗がりの中でも、正面の玄関を中心としたカーテンウォールが、それなりにデザインされたものであることが窺える。鉄筋コンクリート造の三階建てで、三階部分にバスケットボールコートが一面取れる広さの多目的ルームがあった。

記者一行がこのホールに通されると既に先客がいた。遅れて到着した他社他局の取材陣で、同じように条例を説明され、ここに案内されたのである。七社二十人余りを数え、その中に石三も居た。

ここからは弟から聞いた話が主であるが、五十嵐記者の話もだいたい同じである。欅屋敷から戻った第一陣から屋敷に最近入り込んだ男の話を聞いていたところへ、村の男達が机や椅子、ふとんなどを運び込み、女達がおいしそうな湯気が立ちのぼる鍋や食器を持ってやって来た。見る間に机の上に田舎の家庭料理が並べられて行く。

「皆さん、ようこそこの山深い里にお出で下さった。歓迎致します」

白髪に白い髭を蓄えた柔和そうな老人が一歩前に出て来て挨拶をした。長老のような仙人のような風貌だったという。何だかお伽話の世界に迷い込んだような気がしたそうな。

「この村の村長をしております本木と申します。ささ、長旅でお疲れになったでしょう。腹一杯食べて、ゆっくりお休み下さい」

ホールの客達は、あのような条例を制定したのだから、この村の行政官はマスコミに良い印象を持っていないのだろうという思いを抱いていたが、アフリカの奥の未開地を訪ねて来た探検隊を、村挙げて歓迎するような持て成しぶりだ。まさか食べさせて太らせて、自分らを食べようというのではあるまいかと陰で話していた記者もいたという。面食らっていたばかりの取材陣もお互いにつき合って、結局一番最初に到着して欅屋敷まで往復して来た、伊達テレビのディレクターが代表して謝意を述べることとなった。

「本木村長、かように食住を提供下さって誠にありがとうございます。お世話になってばかりで恐縮ですので、費用のいくばくかは負担させていただきます」

五十嵐記者によれば、このディレクターはいつも制作費用で頭を悩まされていたから、お金の掛かることがいつも気になっていたらしい。それでも根が誠実な方だったのだろう、自ら出費を申し出たわけである。

「いやいや、村の施設に村で採れた物ばかりですんで、たいした額にはならんでしょう。気にせんで下され」

「いや、我々にも取材経費で落とせるお金がありますんで」

「ではこうしましょう。今日一日で済むかどうかも分かりませんし、後日まとめて各社に請求させて下さい。さぁ、お金のことは忘れて、ごゆるりとして下され」

歓待を受けるのは、普段は取材に追われ、きちんとした食事を採ったことがない人間ばかりである。高価な食材こそなかったが、家庭的な昔懐かしいふるさとの味に誰もが食が進んだ。地酒もふるまわれた。飲み口が軟らかいが、度数の高い酒だった。普段なら午前零時を回っても会社で原稿を書いているか、ネオン街を彷徨い歩いている面々なのだが、この日は午後十時には用意されたふとんに倒れ込んだのだった。

「あんた、ちょっとそれおかしいとちゃう？」

この夜の様子を後日最初に聞いた時、私は石三に言った。

「何が？」

「何で余所から突然押し掛けた二十人分の夕食が、そんなさっと出て来るねん？」

料理好きな私でも、自分一人分の夕食ですら作るのが億劫になる時がある。御馳走を振る舞われた記者達は、普段台所に立つことのない連中なのだろう、料理は出て来て当たり前と思ったのか。

「うーん、気付かへんかった。でも各世帯から余り物を少しずつ出してくれたんとちゃう？　食べ物の種類、えらい数やったわ」

私は考えた。例えば一割ぐらいは余計に食事を作ったとしよう。この比率で行けば四人家族の家から提供される食事は、〇・四人分だ。つまり余り物で二十人分の食事を用意するには、五十世帯の村民の協力が必要になる。それはまさに白根田村全員が参加したということだ。ちょっと考えにくい。それにそもそも上原という男を追い掛けて行ったはずなのに、何で裕喜先輩の育った家に行き当たるんや？

何かおかしい。私の頭の中で、漠然とした疑いが芽生え始めたのはこの頃だったかもしれない。

明くる七月十四日朝八時、条例により取材活動が解禁となる時間には、取材陣は欅屋敷の前に布陣し終わり、ワイドショーの中継の準備ができていた。八時ちょうどに放送開始するさくらテレビのワイドショー「スターティングワイド」が、番組のオープニングに欅屋敷取材の様子を生中継しようとしていた。

「こちら福島県の白根田村に来ています。今月七日より所在が不明となっています吉祥院裕喜さんが、姫子さんのボディガードである上原さんと一緒にいるところを目撃されたとの情報を昨日紹介しましたが、その上原さんの出身とされるのが、ここ白根田村です。そして驚いたことに、私の後ろに見えますあの家、ここ白根田村では欅屋敷と呼ばれているのですが、あの家が吉祥院裕喜さんが少年時代を過ごされた家だということです。何だか点と点が線で結ばれて行くような興奮を覚えませんでしょうか？」

それは興奮なん？　不自然さちゃう？　テレビの前で突っ込む私。レポーターは舗装されていない田舎道を屋敷に近づいて行く。

「そしてあの屋敷はずっと空き家でしたが、二、三日前から、ある男性が入って使用しているとのことです。今からですね、白根田村の駐在さんであります阿部巡査が、欅屋敷の中にいる男性を訪ね、取材に応じてくれるよう仲介に向かうところです」

後日聞いたが、一番乗りした伊達テレビのクルーが駐在さんを説き伏せたらしい。今、カメラのレンズが居並ぶ前を何度も振り返りながら、田舎の駐在さんは欅屋敷の玄関へと向かい、ノッカーで扉を叩いた。

「高嶺さん、高嶺さん、もう起きていますかいの？　朝早くからすいません、駐在の阿部です」

高嶺というのが、この屋敷を使っている男の名前のようだ。しばらくして、扉が少しだけ開いたが、少し扉から奥に立っているのだろう、中の男の姿は見えなかった。ただ敷地の外から懸命に延ばした長い竿の先にぶら下げられた高感度マイクが、かろうじて二人の会話を拾った。ボイスチェンジャーで声を変えられている。

「いやね、あんたに話が聞きたいと東京からマスコミの人がたくさん来てるんだけども」

「話すことはないな。帰ってもらってくれ」

くぐもったかん高い声が答える。

「吉祥院のぼっちゃんと上原という男がここにいないか探しているらしいがの」

「吉祥院はここには居ない。上原という奴は知らない。この家には今、俺一人だ。そう言ってくれ」

「分かっただ。絵を描くのにどのくらい掛かるだ？」

「分からん。三日でできるかもしれないし、一か月かかるかもしれん」

「まぁ、良い絵を描いて下され」

「ありがとう」

扉が閉った。阿部駐在はこれで自分の任務は終わったとして、ほっとして振り返ったが、門の外に居並ぶ顔々はきっと全然満足していないのだろう。駐在さんは彼らの表情を見て取ると、ふっとため息を付いて戻って来た。

「聞いての通りだ。吉祥院のぼっちゃんも上原さんとやらもここにはおらんそうだ」

「そんなことでは困りますよう。何一つ証明されていないじゃないですか」さくらテレビの岩村レポーター。

「我々と話をするよう説得して下さいよ」関東テレビの東出レポーター。

「聞いていたんべ。話すことは何もないと言うとった」

「駐在さん立会いのもと、家の中を見せてもらう訳にはいかないでしょうか」。テレビジャパンの金本記者。

「警察官が令状も無しに入る訳にもいかねえだ」

「じゃあ、どうすればいいんですか?」東出レポーターが泣きつく。

「諦めて東京に帰ったらどうかの。ここには多分お探しの方は誰もいないよ」

「それでは納得できません。デスクも許してくれません」岩村レポーターは半泣き。

「まぁ、それなら好きなだけここで待っていればいい。飯や寝場所は村が用意しているしの。ただ許可なく敷地内に入ることをされたら、わしゃ住居侵入で捕まえなければならん。それから取材行為は朝八時から夜二十時の間だけだ。それだけは守ってもらわんとの。じっとここでおとなしくしておいて、あの人の気が変って外に出て来るのを待ってればよかんべ。じゃあ儂はもう帰る」

そう言い捨てて阿部駐在が帰って行くところで、生中継は終わった。さくらテレビに取っては期待外れ、他局にとっては焦らないでよかったと胸を撫で下ろしたところだろう。

エレファン島に渡った川上レポーターからは、未だに裕喜先輩を発見できない旨のメールが来た。となるとやっぱり先輩は日本にいるのだろうか。

「サワットホテルに投宿。フロントに問い合わせるも日本人他に無し。仕方なく島の文化や自然を取材せり。サイクロン接近中。明日大荒れの予報」

白根田村での持久戦が二日目に入った七月十五日、スポーツ紙もワイドショーも何も動きがないことをレポートしていた。取材が始まって昨日今日の二日間、窓のカーテンが揺れることも無く、本当に人が居るのかも疑わしくなって来ていたが、そんな倦怠ムードが漂い始めた午後二時過ぎ、一人の少女が野菜やインスタントラーメンなどの食料品を一つの箱に抱えてやって来た。その様子を私は夜になって、録画しておいたワイドショーで視た。

「すません、ちょっと通せて」

後ろから掛けられた声に一度は道を開けた取材陣だが、少女が欅屋敷に行こうとしていることに気付き、慌てて周りを取り囲んだ。

「お嬢ちゃん、それを持ってあの家に行くの？」

さくらテレビの岩村レポーターが声を掛ける。

「お嬢ちゃんなんて呼ばんで下さい、馬鹿にすて」

怒った顔で振り返った少女は、確かに背は小さい方だが、中学生よりは上のようだ。

「お嬢さん、それを持ってあの家に行かれるの、ですね？」

岩村レポーターが言い直す。

「あぁ、そうだ。電話をもらっただ。ウチはこの村でたった一つのスーパーだ」

確かに着ている前掛けにはスーパーシラネダと書いてある。

「一人じゃ大変でしょう、一緒に持って行ってあげよう」

「これぐらい何ともない。一昨日はもっと運んでいるしな。それに今日は特にあたしがご指名だ」

「ご、ご指名？」

「マスコミの人間が化けられないよう、お嬢さんに来てくれってさ。他の人は来るなってさ。残念だね。じゃあ通してくれ」

そう言うと少女は取材陣の人垣を抜けて、敷地の中に入り、玄関の扉をノックした。

「まいどー、スーパーシラネダでーす」

少し間がおかれて扉が開く。箱を抱えた少女を通すため、駐在が訪ねた時よりも大きく扉が開いた。すかさず、その斜め正面側に回っていたカメラのストロボが光る。その光に家の中にいた男の顔だけが浮かび上がった。サングラスを掛け口ひげを伸ばし、頭にはニット帽を被っていて髪形も分からない。芸術家に見えないこともないが、誘拐犯のような怪しい雰囲気も持っている。背の高さは分かるが身体つきも判然としない。一見しただけでは、マスコミが探している上原とは別人物のように見えるが、変装したとしたらあんな感じかもしれないとも思われた。

少女は中に入り扉が閉められた。駐在が訪ねて以来二度目となる緊張が張り詰めた。テレビならコマーシャルを流すのにちょうど良いぐらいの間の後、まいどありがとうございましたと声がして、後ろ向きになった少女が出て来た。早速門を出たところで取り囲まれる。

「どうだった?」

「何かされなかった?」

「他に誰かいなかった?」

少女は恐れることなくジロッと見回すと
「一緒に質問されたらどれに答えたらいいかわかんないべ」

と言った。気負い過ぎを恥じるように取材陣は互いに顔を見合わせて、誰から質問するかを確認した。

「では先ず、中にいる男性はどんな感じですか?」さくらテレビの岩村レポーター。

「どんな感じですかと言われてもな」

「こわい感じとか、ちょっとおかしい感じとか」

「んだなぁ、まともな感じに見えたけど」

「この男のひととは違う?」

そう言いながら岩村レポーターは、姫子の後ろに立っている上原の写真を見せた。

「あぁ、こんなにがっちりとしてはいないと思うけど……」

「思うけど、何？」

「こっちの女の人が描き掛けの絵の人にそっくりだ」

「え、何？　中にいる男は、この女性の絵を描いていた！」横から誰かが叫んだ。

それが何を示すのか？　上原なら仕えていた姫の面影を抱いて、そんな絵を描くかもしれない。

それ以外の人物ならどういう関係だろう。何か想像もつかない人間関係が交錯しているようで、取材陣は色めき立った。

「いや、描いているところを見たわけじゃないけど、部屋の奥にキャンバスがあってな、そこに描いてある絵の人によく似てる」

少女は美術評論家のように腕を組んでコメントした。

「ねぇ、他に誰か居そうな気配はなかったのかい？」今度はテレビジャパンの金本記者だ。

「そうさねぇ、気付かなかったけど、ただ」

「ただ、何だい？」

「一昨日食料届けて今日でしょ。二回とも男の人一人が食べるにしてはちょっと多めの量かなって」

おぉっというざわめきが周りで起こった。

「君が見るに何人分？」

「まぁ、二人分？　でも、よく食べる男の人もいるでしょ。だから分かんない。まぁ、田舎のスーパーの配達係の言うことなんてまともに考えないでよ。お客様のこと告げ口しているみたいで、あたい、嫌だな。今まで言ったこと全部取り消せて」

そう言いながら娘は、両手でチョキをした。タレントがよくバラエティ番組でする仕草、今の部分を編集で切ってくれという合図である。この仕草はウケた。話の内容も、退屈な二日間の後では、ニュースバリューがあった。したがって編集でカットされるどころか、少女が映っているシーンは最後まで、ほとんどのワイドショーで繰り返し使われていた。

次の二日間も何の動きもなく、また少女による配達が欅屋敷に関する唯一の動きとなった。一方、話題が乏しいので、白根田村の一村を挙げてと思われるような饗応ぶりを紹介したワイドショーもあった。

「テレビをご覧の方から、『白根田村は何もない所だと聞いていますが取材陣の皆さんは食事や寝泊まりをどうしているのですか』というお問合せを多くいただきました。そこで今日の「ここに注目！」のコーナーでは、「白根田村の大サービス」に注目したいと思います。浜中さん」

画面にはテーブルに並ぶ大小いろとりどりの皿に盛られた料理が映し出された。

「はい、白根田村の浜中です。どうです、美味しそうでしょう。私達取材陣が宿泊しています白根田村村民ホールにはですね、毎日朝昼晩、村や近くの山野で採れるという野菜や山菜、川魚はもちろんのこと、おいしいお肉や新鮮なシーフードも取り寄せられているようで、それを材料に各家庭が何品か作っては、このホールに持ち込んでいただき、私共はビュッフェ形式で食べさせていただいています。ひとつひとつの料理の量は決して多くはないんですが、いろいろな家庭の味が何種類も楽しめるような次第でして。この村に今集まっているマスコミ関係者は、普段都会では規則正しい食事を採っていない人間ばかりでしょう。それが美味しい家庭料理をゆっくりと味わい、睡眠も十分取っているものですから、私なんかもほら、たちまちベルトの穴が一個ゆるめざるを得ないような状態なんです」

「うらやましい限りですね。でもその食事代や宿泊費用はどうなっているんですか？」

「もちろん有償ですよ。後でまとめて社の方へ請求が行くそうです。よろしくお願いしま～す」

「そんな、よろしくって言われてもねぇ」

「いや誰が言い出したのかよくは分からないんですが……」

と浜中レポーターはわざとらしく声をひそめて言う。

「ここは田舎で物価は安く、働いているのは農家の方だし、泊まっているのも公共施設ですから、一泊三食付きで二千円という話もあるんですっ！」

「え～、じゃあこの週末は、家族で白根田村へ泊まりに行きますかぁ」

「そうですね、ここへ来ていただくと、一冊のノートがありまして、その指定欄に氏名と会社名を記入し、朝、昼、晩、食事を取る度に、自分の氏名の右横に丸印を記入して行く決まりになっていますので、お忘れなく。私は最初の夜から交替もせずにずっとここに寝泊まりしているんで、もう十を超えた○がずいっと並んでいまして、新たに○を付ける度にお腹の回りがふくらんでいくような錯覚を覚えるんですよ」

レポーターのそんな冗談で中継は終わりとなって、番組は次の話題に移ったが、田舎だから物価が安いとか、働き手が農家の方だから安いというのは、聞きようによっては失礼な話である。何だ

ポートだった。

のごとく、飲んだり食べたりを連日繰り返しているのではないか？　そんな傲慢さがにじみ出るレかマスコミ関係者は、こんな山奥の村までわざわざ来てやった自分達に対する当然の権利であるか

長か？

同じ日、川上レポーターから島をサイクロンが襲ったとのメールが来た。

「本土との連絡船損傷せり。修理に数日を要し、サイクロンが去れども運行できず。嗚呼、滞在延

島が大雨と強風に晒された夜、我が部屋の屋根に椰子の実が次々と落下、部屋中をずぶ濡れにするに十分な穴開けり。直ぐに替わりの部屋を要求すれど、他にも穴が開いた部屋が出て、予備の部屋が無いと言う。新顔の日系三世というボーイがやって来ていわく、

『スミマセンガ、ミスターカワナミト相部屋ニナッテイタダケマセンカ？』

『アイキャント！』

ずぶ濡れの髪を振り乱し叫んだが、片言の英語と日本語でやり取りしている内に別のボーイが荷物を運んでしまった。日系ボーイさらにいわく、ミスターカワナミはオッケーとのこと。憤然として彼の部屋へ駆け付けてみると、すっかりくつろいだ格好でソファに腰掛けていた川波記者は、乾いたバスタオルを投げてよこし、この状況を楽しんでいるかのようにニヤニヤしながら言うのよ。

『まぁ、そうカリカリしなさんな。困った時はお互い様だ』

固い表情を崩さない私にさらにひとこと。

『大丈夫、信用しろって。俺は何にもしないから』

信じられるわけないわよね!!」

途中から文体が変わって来てしまっている。相部屋とされたことがよほどショックだったのか。こんな事実を告げて来たのは、他にぶつける相手がいないのか。何かあったとしても最初は事故だったと後々弁明するための布石だろうか。私は「どうぞご勝手に」とメールを書いたが、返信せずにごみ箱に放り込んだ。


続いて思いもしない人から電話をもらった。カルチェラタンの詩織さんだ。

「麗児がね、最近姿を見せないのよ」

「は？　そうなんですか？　どこかロケとか旅行とか？」

「仕事はあるはずないのよ。マネージャーだって探しているしね」

「行方不明なんですか。でも、あのぉ、その話をなんで私に？」

「あなた、こないだテレビに一緒に映っていたじゃない？　麗児はあの時のお姫様を追い掛けてるって聞いたからね、何か知っているんじゃないかと思ってね。あなた、あのお姫様やお百姓のおじいさん達の一味なんでしょう？」

一味？　いやいやいや。そう取られるか？

「残念ながら、取材を通した知合いってだけで、あの日も日雇いで手伝ったんです」

「そうだったの」

「でも例のカルチャーセンターの周辺に現れたって情報は別の方面からキャッチしましたけどね」

「あ、そう。やはりアンテナが広いのね。何か情報が入ったら教えて下さる？」

「はい、分かりました。やはりご心配なんですね」

私は同情して尋ねた。

「そうよ、お店の支払い、相当溜まっているからね。さらによその店の支払いもこっちにかぶらされやしないかと思うと、夜も眠れないわ」

そ、そうなんですかとしか答えられず、電話を切った。しかし、裕喜先輩に続いて、羽沢麗児も行方不明とは。しかも一民間人の先輩はマスコミが総出で行方を探しているのに、一芸能人の羽沢の方は行方不明なことを気付かれもしていない。双方にとって、皮肉なものだと私は思った。

スーパーアイドルの素性

「危な……」

くねくねと折り返す白根田村へ続く県道の途中で、谷側のガードレールに接触しそうになり、ちょうどその先にあった退避帯に一旦車を寄せた。朝三時に東京を出て三時間余り、ここまで順調に飛ばして来たはいいが、代わり映えのしない山間の風景に、いきなり眠気が込み上げて来たようだ。途中のサービスエリアで買った缶コーヒーの残りをぐいと飲み干す。

私は白根田村包囲網ができて四日目の七月十七日、日曜日に初めて村を訪れることにした。もっと早く行くつもりだったが、どうせならハル先輩と一緒に行けないものかと連絡を取ろうとしている間に、遅くなってしまった。しかも、ちょうど白根田村騒動が幕を上げた頃からずっと先輩の携帯は圏外もしくは電源オフ状態で、結局連絡が取れず仕舞だった。

もちろん裕喜先輩の行方にも関心はあったが、それを取材するマスコミの方が本来私の取材対象だ。ただそのマスコミ取材陣と白根田ホールに合宿する気にはなれなかったので、友達に借りたいつもの赤いパッソで夜中に東京を出て、明け方に村に着くようにしたのだ。

東京を出発する時は降っていた雨が、幸い今は止んでいる。そろそろ梅雨明けも近いかもしれない。運転を再開してほどなく、道路に覆いかぶさる樹々が急に左右に別れ、視界が開けたかと思うと、ぽんと放り出されたように盆地に出た。標高はたいしてないだろうが、山に三百六十度取り囲まれている。中央を走る県道の左右に人家が建ち並び、その後方に田畑が山の中腹まで広がっている。温泉もないし景勝地も史跡もない。いにしえの昔からわざわざ訪れる人もいないから、これといった名産もない。製造業の工場もなく、コンビニエンスストアすらない。今や日本中何処の地方都市を訪れても、東京と同じレストランやレンタルビデオ店の看板を見掛けるが、この村中を走ってみても、ガソリンスタンドに一つ見つけた以外は、見慣れた看板はおそらくないだろう。村民の多くは農林業か出稼ぎで生計を立てているらしいが、そう寂れた感じでもなく、贅沢や身分不相応のことをしなければ、それなりの暮らしはできることを示した見本のような村である。

電話で弟から聞き出した道順に従って、スーパー白根田の前を通り、左白根田ホールという案内標識のある交差点を直進し、県道が突き当たったT字路を右折、一本目の細い道を左に入り、三百メートルほど走って、先ずは欅屋敷に着いた。一日の取材態勢が敷かれる前に、マスコミに囲まれていない屋敷を見たかったのである。それでも、夜中の逃亡をさせない用心のため、交替で泊まり込みの番をしているという車が一台停っていた。少し離れた場所にパッソを停め、そーっと近づくと、大学を出たばかりのような若い記者が運転席で眠っていた。一瞬弟の石三かと思ったが違うようだ。

ふと気付くとどこからか村のおばさんが一人やって来た。手に庭ボウキとチリトリ、ビニル袋を持っている。私を見ても表情を変えることもなく、屋敷の外の道路の掃除を始めた。取材陣が散らかしたタバコの吸い殻やジュースの空き缶を拾い集めている。私はカメラを片手に持って近付いた。

「おはようございます」

私が声を掛けるとおばさんは顔を上げた。

「おはよさんです。あんたも東京から来なすった、マスコミの方かの？」

「似たようなものですけど、ネズミを追うネズミってところかしら？」

おばさんは理解できないような顔をしている。私は慌てて尋ねる。

「おばさんは毎朝こうして掃除をされているんですか？」

「そ。ひどいもんしょ、一日でこれよ」と空き缶、吸い殻でふくらんだゴミ袋を持ち上げた。

「でもほっとけんしね。わたすらの村だから」

「写真撮らしてもらっていいかしら、掃除をしているところ」

「わたすを？　きれいに撮ってな」

私は笑いながら空き缶を拾っているおばさんを捉えてシャッターを押した。

「ひとつ言ってやったらどうですか、それとも貼紙とか」

「そんなこと大のおとなに言うこと？　毎朝きれいになっているのを見たら、誰かが掃除していることぐらい分かるべ。そしたら捨てちゃ駄目だと気付かな」

「全くだらしない連中で」

「マスコミの人たちゃ、自分らを国民の代表とか言うのだべ？　それならそれらしくしてもらわな。黒岩先生に面と向かってあんたが悪いと言うとったが、もっとちゃんとした人間でなけりゃ言う資格なしだ」

黒岩先生？　代議士の？　頭の中では疑問符が沸いたが、

「いや実におっしゃる通り」傍らに落ちていた空き缶を拾いながらそう口にした。

代議士黒岩達憲の名前は先日「白根田村」でインターネット検索を掛けた時にも出て来た。黒岩氏は福島県のこの辺りが地盤になるが、一昨年マスコミにおける黒岩バッシングが始まった頃、この村の村長が、黒岩代議士の力で整備されたと言われる公共施設や河川堤防などを無用の長物呼ばわりしたと云う。確かにあの頃、政界の大ボス黒岩達憲に叛旗を翻したとして一日だけマスコミを賑わした山村があったが、それがこの村だったのだ。そんなだから、黒岩を先生と呼ぶこのおばさんの言葉を意外に思ったのだが、小さな村でも黒岩賛成派と反対派がいておかしくはあるまい。

この日はスーパー白根田の配達がある日だった。その看板娘桑田はるみは、一躍ワイドショーウォッチャーのアイドルになり掛けている。欅屋敷の中の様子を探る重要なレポーターであるだけでなく、すれていない感じと利発そうな受け答えが茶の間の好感度を集めた。進展がほとんどない白根田村の現地取材の中で、絶妙なアクセントにもなった。ワイドショーではるみのインタビューを多く流すと視聴率が上がったし、養女にしたいという電話も少なからずテレビ局に寄せられ、ついには、はるみをにわかレポーターにして白根田村の見どころ（といっても片手の指の数もない）を紹介するコーナーを作った局もあった。

「いや可愛いね、この娘。すれてないやね、媚びてもないし、愛嬌あるし。田舎にはこういう娘がいるからいいね」

宮野権太も相好を崩して褒めちぎっていた。

この日も欅屋敷への配達を終えて外に出て来た時に、アイドルタレント並の記者会見が開かれ、配達した品物の種類と数から始まり、屋敷の中で気が付いた、他愛ないことを報告していた。

「二階で何か物音がしたよ」

「台所には、皿や箸が二人分洗ってあったな」

「あの人が着たらちょっと窮屈そうなシャツが椅子に掛けてあったよ」

そのようなコメントをするものだから、マスコミは、屋敷の中にはもう一人誰かが軟禁されていると確信の度合いを強めていき、彼女の発言がそのままワイドショーのタイトルテロップやスポーツ紙の見出しに使われていくのだった。

私はその様子を取材陣の人垣の外から眺めていた。数日前テレビで視た時には分からなかったが、実物を見て私は気が付いた。この娘は白根田村の少女なんかやあらへん。私は何処かで会うた。きっと取材や。何の取材やろ？

私が頭の中の記憶をまさぐっている間に会見は終わっていて、彼女は帰ってしまっていた。私は欅屋敷を離れ車に乗って彼女の後を追う。村の中心部に入るところで自転車に乗っている彼女に追いつき、少し追い抜いてから車を止めて、彼女を待った。

「ちょっといいかしら」

「なんでしょ。取材ならもうたくさん、あたしも忙しいんで」

「取材というほどでもないねん。私あなたに会うたことあるやんな？」

「不思議なことを聞くだね。お姉さんに会ったかどうか、こちらが覚えていなくちゃならないんだか？」

「ふふ、堪忍してな。でもあなたが雰囲気を変えているから悪いねん。あなたこの村の子とちゃうでしょう？」

「何でそう思うんですか？」

「私はこの村に来たの初めてだけど、何処かで会った気がするし」

「他人の空似じゃないですか？」

「それにあなたのアクセント、東京人に戻ってるし」

少女はあっと口を押さえたが、その後笑い出した。

「駄目だあたし、下手くそ。ばれちゃった？　確かに、私東京の子」

少女は他に人がいないのを確認するかのように辺りを見回した。少し仕草が変わる。

「それから折原さんでしょ、そうよ、お姉さんとは去年会っているわ、友達と一緒に」

友達と一緒？　女子高生がたくさん？　私の頭の中で取材記録のページがめくられる。

「渋谷第一高女？」

「ピンポン」

「し、渋谷の高校生のあなたがここで何してんね？」

「何って、見ての通り、アルバイトよ」

「この村の子の振りして？」

「あれはちょっとふざけただけ。それに学校にバレても困るし。田舎の生活に憧れててね、私。知合い頼って来てみたの」

私は彼女の言葉がにわかに信じられず、呆れた目をして見つめていた。

「あ〜その目、信じてないでしょ。別にいいもん。でもマスコミなんかにバラさないでよ。本当に学校に知れたらまずいんだ」

「黙っといてあげるから教えて。あなたがマスコミにしゃべっていることは本当なん？　欅屋敷の中の様子のことよ」

「ほ、本当よ」

「誰かが他にいてそうなことをあなたは証言してんのよ、全国の茶の間の前で、分かってる？」

「あたしは他に誰かがいるなんて言ってやしないわ、一言も。物音がした、二人分の食器があった、小さめのシャツがあった、そう言っただけよ。それをマスコミが勝手に騒ぐだけだわ。どうせ彼らは自分らの都合のいいことしか拾わないし、自分らの思ったふうにしか伝えないじゃない」

瞳に怒りの色を見つけて私は直感した。思い付いたままいい加減なことを言っているようで、自分が何を言っているのか、この少女は明確に把握している。無邪気な振りをして、自分の発言がどういう事態を招くか、つまりマスコミがますますエスカレートして、欅屋敷監禁疑惑を深めるであろうということを、ちゃんと分かって言っているのだ。この娘もマスコミを憎む人間だった。マスコミと戦おうとする人間だ。おそらく自分の発言でマスコミを翻弄して、陰で面白がっているのだろう。それが彼女の復讐なのではあるまいか。その復讐の女神は、というか小悪魔は、じゃあ仕事あるんで、と言って去って行こうとする。

「待って、もう一つだけ。私はほかのマスコミとちゃうと思ったわけよね？　それは何故？」

だってちゃうんでしょう、と私の関西弁を真似て彼女は笑った。

「マスコミ取材の被害に遭った人達を取材しているんでしょう？　そう思っていたけど」

分かり切ったことを何故聞くのか不思議そうな顔をして、彼女はスーパー白根田へ戻って行った。

私は彼女と、彼女と同じ学校の生徒八人ほどを一年ぐらい前に取材した。しかしその時、そんなに明確に私の立場を説明しただろうか。確かに彼女らは取材被害を受けていたが、まだ高校生らしい楽天的なところが残っていて、私を警戒せずに比較的すんなりと取材に応じてくれたような記憶がある。つまり彼女らによく理解してもらおうと、私の取材テーマを詳しく説明してはいなかったと思う。もし説明していたとしても、それを彼女は今日まで覚えていたのだろうか？　だとしたら、素晴らしい記憶力の持ち主だ。

私は車に戻り助手席に置いてある鞄から取材ノートを取り出し、彼女の事件の取材メモがあるページをめくった。渋谷第一高女。

その取材の二月ほど前に彼女らの学校は、男性週刊誌にナンパ成功率の高い女子高であるかのように書かれたのだった。学校の名前は出なかったが、渋谷で薄いグリーンのセーラー服といったら、すぐ分かるらしい。この記事のおかげで、父兄会が騒ぎだし学校側も雑誌の発行者に抗議文を出した。しかし一番怒ったのは生徒会で、渋谷のハチ公前で生徒三十人が、「私達は絶対ナンパを受け付けません」と書いた横断幕を掲げるという示威行動をおこした。その様子は関東のローカルニュースで紹介もされた。無届けであったし、その週刊誌に火を付けて燃やすようなこともしたので、警察から厳重注意を受け、参加者は三日間の停学処分にもなった。

首謀者である生徒会に取材をしたいと申し込んで、指定された喫茶店に現われたのは、渋谷といってもコギャルとかヤマンバではなくて、まだこういう女子高生もいたんだと思うような、ごく普通の昔ながらの格好をしていた女の娘達だった。髪の毛は染めずに真っ直ぐで、肩の辺りで切り揃えられた娘が多かったが、ロングヘアや三つ編みにしている娘もいた。もちろんピアスを付けたりアイラインを引いたりはしていない。誰もが聡明そうな印象だった。思い出して来た。白根田村のアイドルはあの時、向かって右側に座り、一番熱く怒りを語っていた娘だ。行動派の副会長だったか。彼女らの名前も書いてある。今のはるみというのは偽名か。ノートにある桑田春香が彼女の本名だろう。

先ず、中央に座った眼鏡を掛けた生徒会長が事の経緯を説明してくれた。

「ある二年生の生徒が通学途中で会う他校の男子生徒と付き合っていたんですが、その男子に他に好きな娘ができて、振られちゃったんですね。それで彼女、自棄になっている時に渋谷で男の人に声掛けられて、行っちゃったんですホテル。ところがその男の人、エッチなおじさんがよく読むようなB級週刊誌の人で、ナンパ実験みたいな特集やっていたんですね。その娘が一番何の抵抗も無く付いて来たらしいですよ。それでその週刊誌にナンパ成功率の高い女子高だみたいに書かれちゃって」

続いて左端にいた丸顔の愛嬌のある娘が話を続けた。書記だという。

「そうしたら、学校の通学路のここそこに変なおじさんや怪しい若い人が何人も現われて、やたら声掛けて来るようになっちゃったんです。しばらく横並びに歩きながらしつこく話し掛けて来るの、宗教の勧誘みたいに。もうみんな学園生活灰色になっちゃって。学校に来なくなった娘も何人もいます。発端となった娘は責任感じて自主退学しちゃいました」

その右隣の痩せた色白の娘が咳払いをして話し出す。会計だと言った。

「うちの高校は真面目な学校なんですよ。クリスチャン系だし、制服の決りも厳しいし、茶髪はもちろんパーマも駄目だし、学則がてんこ盛りのように一杯あって。でもそういうちゃんとしているところが売りなものだから、親達が入れたがって人気が上がって結構偏差値高くなってるし、私達生徒の方もそのつもりで入学しているから、割と不満もなく、きちんとした学校の生徒を演じていたんです」

○○だしぃ～とか、○○してぇ～とか、語尾を延ばす話し方もせず、服装や話す表情や言葉遣いから、事実は彼女らの言葉通りであることは素直に信じられた。経過報告が終わり意見陳述となって、いよいよ副会長桑田春香の登場である。

「でもウチの学校だけでなく他の学校だって私達みたいな普通の女子高生の方が一般的なんですよ。そりゃ髪の毛茶色に染めて顔黒くしてピアスして、と言うかーって話すコギャル達？　そういう見た目が変わった子達の比率は昔より増えているかもしれません。でもそれがすべてじゃないんです。そっちの方がマイノリティなんです。でも、そっちの方が目立つし、マスコミが取り上げて騒ぐから、今の女子高生は百パーセントそうだと思われちゃう」

話し出したら止まらないタイプのようだった。

「今回の事件もそう。一人の生徒がナンパされてホテルへ行ったのは事実かもしれない。でもそれは、彼女にしたってほんの魔が差した一日あるいは一時間なんですよ。そのたった一回の例を取り上げて、その娘がいつもそうだと、その学校の生徒がすべてそうだと言うの？　ふざけんじゃないって！」

彼女の怒り方が面白くて、そう言えば私は口を挟んだのだった。

「確かにそういう記事を書くのも悪いけど、それを読んで実践しようとする低俗な男達も男達やね。そっちも問題やと思うけど、あなた方は先ず週刊誌を槍玉に挙げたわけやね」

「そりゃ元凶はあの週刊紙だもん。今回の記事だけでなく、ああいった男の人達を培養しているのも、ああいう週刊誌でしょう？　男の人達だけではないよね。女性誌だって扱う内容の低次元なこと。テレビのワイドショーやバラエティもそう。昔あったでしょ。オバサン同士の言い争いを何か月も渡って追っ掛け回したこと」

というのは例の出演料不払いから学歴詐称まで芸能界を二分するかのような抗争に発展した熟女戦争のことであろうか。

「あーいうのを見て喜ぶ人がどれだけいるんだろう？　あれで皆を満足させられるなんて読む方見る方を馬鹿にしてますよ。何かこう決め付けちゃうんだよね、大人の人って。視聴者はこう、読者はこう、女子高生はこうって。ごく一部分だけで全体を決め付けるなって言いたいですよ」

マスコミ批判および大人の非難の色合いが強くなった青年の主張だった。世の中にはあなた達のような真面目な人間ばかりやないんやで、不真面目で低レベルな人間がたくさんいるんやで、そうでない立派な人でも時には低レベルなことで笑いたくなるんやで、そうやって逃避したくなることがたくさんあるんやで、などという大人の言訳が一瞬思い付いたが、純粋でまっすぐな少女の主張の前に、私はあえて言葉にしなかった。

私のノートには彼女らの発言内容のメモの後に、「部分報道」「意図的報道」「固定イメージ」と書いてあり、その横に「低レベル」「低モラル」「低俗」と低のつく三つの単語が縦に並べてある。その「低俗」の下から線を下方に引き「犯罪を増長」ともメモしてある。

彼女が言うように、マスコミが低俗だから低俗な人間を生むのか、それとも世間が低俗だから低俗なマスコミがはびこるのか。にわとりとたまごの関係だ。

私は桑田春香の言ったことをすっかり思い出し、彼女の意見を改めて考えながら何げなくノートをめくっていた。するとあるページに自衛官上原國守というメモが書いてあるのを見つけた。そうだった。姫子さんのボディガードである上原の名前が記憶のどこか引っ掛かっていたのはこれだ。取材を申し込んだものの断られ、実際に会っていなかったので、顔を見てもピンと来なかったのだ。私は自分の迂闊さを呪った。

元自衛官上原國守。

清水夫人。後藤さん。桑田春香。上原國守。私の取材した人間、あるいは取材しようとした人間ばかりが、今回の一連の騒動に登場して来ている。マスコミの取材被害に遭った人達ばかりで、今回はマスコミに逆襲している。しかしその行動は一見バラバラだ。

私はさらにあることに気が付いて、石三に電話しようとしたが、この村は携帯電話の圏外だった。やむなく欅屋敷に戻り、取材の輪の中から石三を手招きで呼び寄せた。皆がいる前で私が絡んで来るのを嫌っているのは知っているが、そんなことを言っている場合ではない。

「何だよ、おねえ」

やはり不機嫌そうな顔をする。

「あんたさ、吉祥院家の会見、何回か行ってたやん。例の実行委員長、名前なんて言ってた？」

「あのおっさん？　ちょっと待って」

石三はズボンのおしりのポケットに突っ込んであった手帳を取り出しページをめくる。私は自分の記憶のページをめくり、会見の様子を写した写真を思い起こす。

「あった。江川や。江川賢三」

「江川？　ホンマ？　五十ぐらいで、体格が良く、髪の毛が頭のてっぺんまで禿げ上がっている？」

「ああ、そうやね」

「やっぱり」

「それがどないしたん？」

五人目だ。裕喜先輩も入れるとすると六人。

「なぁ、どないしたん？　いつも聞くばっかしで教えてくれへんとずっこいで」

「ちょっと待ち、頭ん中で今整理中や」

そこへ突然下卑た声が割り込んで来た。

「おい折原。無理にせまったら駄目だ。彼女生理中だと言っているじゃないか」

不精髭を伸ばした四十手前ぐらいの男がにやにやしながら近づいて来る。

「お、これまたお前には不釣り合いな美人さんだな。お嬢さん、こんな奴ぁ、よして、俺に乗り換えないかい？」

「ちゃ、ちゃいますって、落合さん、姉貴ですよ」

「おぉ、そりゃ、折原の涙を見ないで済むな、なおのこと良い」

落合と呼ばれた石三の記者仲間を私は既に知っていた。それも取材を通してだ。「週刊噂のネットワーク」という雑誌の記者で、ろくな取材もしないで出鱈目な内容の記事をまるで真実のように読ませる凄腕記者との評判である。がさつな声と傍若無人な態度は、記者仲間の間でも評判がよろしくない。

「いつぞやは失礼致しました、落合さん。弟がいつもお世話になっております」

「え？　前に会ったことあったっけ？　いや俺もそんな気がしてたんだ」

調子の良い奴。

「ええ、半年ちょっと前。熊谷の毒酒事件の取材に関する件で」

「熊谷？」

落合記者の人相が見る間に変わっていった。

「け！　あの時の関西弁のフリーライターかい！」

そう言い捨てて、きびすを返し落合記者は去って行った。

「おねえ、落合さん知ってるんだ」

「あんたにも話したでしょ、熊谷で秋祭りのお神酒に農薬が入れられた事件で、最初犯人であるかのような報道をされて、職場も婚約者も失ったＯＬの話。その誤認報道をしたきっかけがあの男、落合よ。その件で取材したろうと追っ掛け回したんよ、二、三日。結局たいした話はとれんかったけどね。あぁでも、あたしの弟と分かったら、いびられるかもしれんな、あんた。ごめんな」

「ええよ別に、よその会社やし。俺もあの男好きやなかったし。そんなに会うこともないやろ」

石三のその言葉は数日して現実のものとなった。落合記者は白根田村取材陣から放逐されたのである。

私の取材した人々が続けて今回の騒動に関係している、そのことをじっくり考えたり、その結果思い付いた仮説を立証する情報を求め回ったりしたかったのだが、他の仕事もあって、二、三日思うように時間をさけなかった。そしてその間に、白根田村の方でも誘拐監禁事件とは関係のない事件が起こっていた。

先ずは先日のワイドショーと同じく白根田村の歓迎振りを紹介した記事。

「白根田村取材陣を厚くもてなし」（七月十八日　月曜日　読日新聞朝刊）

「吉祥院グループ取締役裕喜氏の行方が分からなくなっている案件で、誘拐され監禁されているのではないかとの疑いが持たれている福島県白根田村の欅屋敷を取り囲む報道関係者に対し、白根田村は、村民ホールを宿舎に解放、村人達が交替で農作物や山菜を持ちより三度の食事を提供するなど、村を挙げて歓待している。この件に関し同村の本木村長は、『仕方なかんべ、泊まるところも食わせるところも何も無い村ですから。ま、いずれ片付いたら掛かっただけはお支払いいただきます』とコメントした」

この記事の横には、実際に白根田ホールで提供された、ある一日の三食のメニューや賄いをする村のおばさん達の写真が掲載された。

続いて私の記事が取り上げられた。

「熱烈歓迎仇で返す取材陣」（七月十九日　火曜日　毎朝新聞夕刊）

「誘拐監禁の報道がなされた十三日以来、白根田村外れの欅屋敷周辺には毎日多くの取材陣が詰め掛けているが、近所に住む農業堀内つねさんは、毎朝早朝、取材陣が陣取っている村道などを掃除するのが日課になってしまった。つねさんによれば、多い日でタバコ千本、空き缶ペットボトルが三百本捨てられていることがあり、それを掃除するのに小一時間を要しているとのことである」

掃除をしているつねさんの写真を載せ、最も環境への配慮を欠いた業種ではないかと自らの業界の自省を促す言葉で結んだ。

この記事を見た一般の読者から抗議の電話やファクシミリ、メールなどが報道各社に寄せられたという。でもこれは前座のようなもので、それに追い打ちを掛けるように、ショッキングなスクープが写真週刊紙に載った。

「農家の一間でご乱行。白根田村取材陣の呆れた一夜」（七月二十日　水曜日　エンジェルショット）

「白根田村欅屋敷の取材を泊まり込みで行っている報道関係者六人が、同村で空き家となっている農家の一室で写真のような酒宴を開いていた。同村にはバーやスナックはもちろん一杯飲み屋すら無い環境で、連日の禁欲的な状況に耐え切れなくなったとしても、少々羽目を外し過ぎた観は否めない。参加した記者の一人によれば、栄華源社のO記者に誘われたとのことで、同記者が主催したようである。女性達は白根田村の人間ではなく、わざわざこの日のために首都圏から出張して来た模様である。なお、この写真が語るような状況にどうしてなったか、この前後にどのようなことがこの部屋で起きていたのか、参加者は多くを語らないが、想像するに難くはないだろう」

その写真とは、大きめだが普通の家の居間のような作りの部屋に男女が十二、三人、あられもない姿で写っている。部屋の壁にはカーテンがめぐらされ、床は絨毯のようだ。ソファがコの字に六つ並べられ、それにだらしなく男女が寄り添っている。男性はパンツ一枚、女性もキャミソール姿がほとんどだ。男性は皆ソファに深く沈んでいて、中には眠り込んでいるような感じなのもいるが、女性はまだまだ元気そうだ。男性に寄り添ったり足をからめたりしている女性もいる。カメラの方に向いている顔には目にテープを引いて誰だか分からなくしてあるが、中央正面にいるのは、あの落合記者だろう。写真の下に小さく書いてあるカメラマンの名前が私を驚かす。石井とある。そしてその後ろ、部屋の奥に、飲み物をサービスしているかのように、後ろ姿で立っている女性がいた。髪形や服の好みが異なるが、全体的な容姿から私には、ある女性の姿が浮かび上がった。熊谷毒酒事件の報道被害者、西祥子である。もしこの写真の女性が彼女なら七人目だ。

「私は先日容疑者が逮捕された熊谷毒酒事件の犯人にされ掛けたんです」

半年以上前の取材だった。会って開口一番西祥子はそうほとばしった。もちろん私は彼女がそういう被害を受けたことを知っていて、その詳細を聞くために会ったのだが、彼女としては先ずそのひとことから訴えずにはいられなかったのだろう。

それは例の和歌山カレー事件の後全国でいくつか連続した類似事件のように、埼玉県熊谷市で秋祭りの日、町内会の寄合所で出されたお神酒に農薬が混入されていたというものである。祭りの最終日、朝から町内会の人が出たり入ったりしていた寄合所で、夕方、中締めとして改めて杯を配り皆で一気に飲み干したところ、飲んだ男性十八人が舌から喉に刺激感を覚えて入院、三人が一時重体になったが、その後回復し、命には別状なかった。二か月に渡る捜査の末、皆が祭りだと言って騒いでいるのがむかついたという動機の二十三歳の男が逮捕されたが、それまでの間、寄合所のすぐ裏のアパートに住んでいた彼女がまるで犯人であるかのように、報道され続けたのである。

「私は確かにあの日ひとこと文句を言いに寄合所に行ったんです。寄合所にいた方々は、お酒を飲んで聞くに耐えないような下卑た冗談を大声で言って騒いでいましたから。ちょうど前の日が半期末で、それまで一週間ほど遅くまで残業していたので、ゆっくり寝ていたかったんです。でも私みたいな若い女の願いなど、はなから聞いてもらえませんでした。だからお酒に毒を入れる動機があったと思われるのも無理も無いかもしれません。私の実家は農家をしてますから、農薬だって入手可能なのも確かです。でも動機と手段と機会があってもやるとは限らないでしょう?」

「警察の取調べはどのような経過やったんですか?」

私は尋ねた。

「最初は現場に近いということで、不審な人間を見なかったか聞き込みに来ました。後から任意で呼ばれましたが、それもマスコミが騒いだからで、一応話を聞いておく程度だったんです」

「そうなんや。でも何でそんなにマスコミはあなたを犯人やと決め付けたんでしょう?」

「私があの日苦情を言いに行ってけんもほろろの扱いをされたことを、誰かがマスコミの人間に話したんでしょうね。ある日ある週刊誌が取材に来ました。最初は普通に受け答えしていたんですが、何だか次第に犯人だと決め付けているような口調なものだから、私も頭に来ちゃって」

「例えば?」

「『実家の方から簡単に農薬が手に入りますよね?』とか、『苦情に行った時から事件発生迄の間にもう一度寄合所の裏口から入ったでしょう? あなたによく似た人を見た人がいるんですがね』なんてね」

「それは許せませんよね」

「だから、『どーせお宅みたいな三流誌は嘘八百書くんでしょ、好きに書いたらどう?』って言ってやったんです。そうしたら次の日には『有力容疑者浮上、寄合所の裏に住む二十五歳独身OL!』って書かれました。後は皆さんご存知の通りです」

この人はおとなしそうな外見の裏に、芯の強いところがある、怒らせたら恐いタイプだ。ちなみにその三流誌の記者というのが、「噂のネットワーク」の落合記者のことである。

「先にも言ったように、私への報道が出てマスコミが連日騒いだ後、警察にも参考人として出頭しました。警察はさほど疑ってはいないようでした。それでも聴取を受けたことをまたマスコミが騒いだのがきっかけで、勤め先の信用金庫を解雇されました。もともと経営が行き詰まって何人もリストラされていた最中だったので、無理も無いかもしれません。むしろ私が勤めていた信金だというだけで、預金を引き出す人が出て来て、そのせいかしばらくして破綻してしまいました。

その当時付き合っていた男性も離れて行きました。私は彼と結婚してもいいと思っていたし、彼もそのつもりだったと思います。でもそれはいいんです。一番助けて欲しいと思う時に、仕事だ出張だと言って逃げてしまった男と夫婦にならずに済んで、今は良かったと思います」

マスコミに対してどう思うかという質問に対して彼女はこう答えた。

「真犯人が捕まった後、行き過ぎた報道を認めて謝罪に来た報道機関もありました。お詫びのコメントを小さく発表した所もありました。けれど最初に来た三流誌は一切謝罪はありませんでした。いずれにせよ、私はこうした謝罪を一切受け付けませんでした。謝罪を受けるとは相手を許すことになるからです。許せましょうか。何もかもぶち壊しておいて、小さな謝罪記事だけで終わらせて。こうした扱いを受けたことについて取材に来たテレビ局もありました。もちろんその取材も受けませんでした。自分達が犯した失敗さえもまたニュースにする、つまりは飯の種にする。何という厚かましさでしょう」

「私もそのテレビ局と同じような取材を今しているんやけど?」

少々意地悪く質問した。

「そうね、厳密に言えば。でもあなたは最初に誤った報道をした連中じゃないし……。結局、謝罪や取材を拒否していたら私の言い分を受け止めるところがなくなって、要は私、誰かにぶちまけたかったのね」

この取材の後、年齢も近いこともあってか、彼女とはたまにメールのやり取りをするようになった。ハル先輩に取材を拒否されて落ち込んだ時に、救ってくれたのが彼女のメールだった。

狂宴の真相

「この写真の女性が白根田村におらへんかった？」

折しもその夜、取材報告のため石三が東京に戻って来た。私は弟を捕まえ、夕食をおごる替わりに、白根田村狂乱パーティーの詳細を聞こうとした。私は西祥子の写真を見せる。

「うーん、感じがちょっと違うけど、たかちゃんかな」

「たかちゃんていうの？　本名？」

「まぁ、周りからそう呼ばれていただけで本名かどうかは知らんねん。白根田ホールにお世話に来てくれる女性陣の大半は、農家のおばちゃんやばあさんなんやけど、その中で一人だけ二十代かなと思える若い女性や。パワー溢れるおばちゃん達に隠れて、自分から俺らに話し掛けはせんで黙々と働いてるんや。服かて他のおばちゃんと変わらん、地味な野良着みたいの着ててな。でもやはり若さは隠しようあらへん。二日目にはいろんな記者達が何かと声を掛けとったな。彼女困ったようにはにかみながら、でも決して馴れ馴れしくなることもなく、俺らのお世話を続けとった」

「例の落合さんは？」

「それそれ。あの人今週に入ってからやって来たんや、ただ飯が食えると聞いたらしいんやな。そして到着早々たかちゃんに声を掛けとった。それがたかちゃん、嫌がるかと思うていたら、結構話弾んでいる様子で、しばらく話していたな」

「あのパーティーの後、そのたかちゃんを見た？」

「うーん、そうやね、そう言われてみれば姿を見いへんね」

　間違いない。おそらくたかちゃんが落合記者をあのパーティーに誘い、罠を仕掛けた。西祥子の復讐劇だ。気が進まないが落合本人に会って、話を聞く必要がある。

「ところでおねえ、そろそろこの辺で何を追っ掛けているのか話してくれへんかな」

「へ？」

「この間の吉祥院家スポークスマンの話も裁ち切れや。そして今夜はたかちゃんの件」

「うーん、誰にも言わんと約束する？」

「あぁ、ええよ」

「そんなええかげんな約束だったら信用できへん」

「分かりました。神に誓うて誰にも話しません」

　弟は片手を上げた。

「ほんまかいな。まぁええわ、あんたは半分ぐらい知っとるしな」

「半分？」

「世田谷の清水さん、戸々呂沢の後藤さん。この二人は以前取材したことがあるって言ってたやろ」

「あぁ、そうやったね」

「白根田村のアイドル、スーパーの配達娘、あの娘も知ってる娘やった」

「へぇ、あんな田舎の村の娘を？」

「それがちゃうねん、あの娘ホンマは渋谷の女子高生」

「えぇっ!?」

「他の人にバラしたらあかんで。あの娘と約束したんやから」

「それもマスコミ被害の取材で知りおうたん?」

「そう。それであんたに聞きに行った。吉祥院家のスポークスマンというおっさんの名前」

「江川賢三?」

「江川賢三、五十二歳。もと海三保険の広報部長やった人や」

「海三保険? あの倒産した?」

江川賢三が二十五年勤めてきた海三保険は中堅の損害保険会社だったが、バブルの頃の不動産投資が失敗し、経営が行き詰まった。日本の銀行からは見限られたため海外に再建支援先を求め、ようやくアメリカの保険会社が代理店契約を機会に、資本参加する再建策がまとまりかけていた。その矢先、週刊誌毎読サタデーが「危ない保険会社一〇」とかいう特集で二位にランク付けた。それまで経営が危ないことは業界中では囁かれていたものの、一般契約者にはそれほど知られていなかった。社風が地味で堅実で、そんなふうには見えなかったのだろう。その特集の中でも、海三保険の危機は半ばスクープ的に扱われていた。おまけに資本注入する予定だったアメリカの会社のことも、アメリカ国内では負け組で、海外に活路を求めて闇雲に諸外国の保険会社を買い漁っているかのように書き立てられた。プライドを傷付けられたからか、危機説が先行してしまっては再建が難しいと判断したのか、資本参入の話は白紙になり、保険の解約にも拍車がかかった。その結果自主再建の道を放棄し、事実上倒産したのである。取材した時、江川元部長は語った。

「危なかったのは事実です。契約者にとっては、契約している会社が健全な経営をしているかは重要な問題でしょう。しかし、あの記事さえ出ていなければ、再建できたかもしれなかったんです。何故この不況の時代に追い討ちを掛けるようにあそこが危ないここが危ないと火を付けてまわるような真似をするのでしょう。やれ不況だやれ倒産だやれ大変だと深刻な顔して騒ぎ立てながら、マスコミはそれで飯食っている。自分の新聞やら雑誌が売れさえすれば、会社がいくつつぶれようが、失業者が何人街に溢れようが何とも思っていないんじゃないですかね」

彼は最後の三年間、広報部長を努め、社外リリースの担当だった。だからマスコミにいるのがどういう人間かを知っているという。無責任で厚顔で無恥だと強くなじった。でもその後で、こんなふうにも言っていた。

「同じサラリーマンとしてふとこう思うんですよ。彼らにしても自分らのしがみ付いているものの悪どさに、ある程度気が付いているんだろうなって。でも人間しがみ付いている時は、なかなかその手を離して悪い所を直す余裕が無い。いつのまにか気が付いていても気が付かないように神経を鈍くさせているんじゃないかな、そう思ったりもするんですよ」

「情状酌量の余地ありですか？」

「いえ、それを差し引いても判決は死刑ですね」

穏やかそうな細い目をした工藤元部長は、額の汗をハンカチで拭きながら、言い切った。私の話を聞いて石三もうなずく。

「危ない会社リストね。よくあるよね。ウチのようなスポーツ紙もたまにやるけど、男性誌とか経済系の月刊誌の方がむしろやっとるなぁ」

「それから吉祥院裕喜誘拐犯と見なされている元自衛官上原國守」

「え、彼まで知っとるの?」

「この男だけは会ってないんや。取材を申し込んだんやけど断られた。顔を知らへんから後藤さんの家で初めて見た時も、誘拐犯にされた後も気が付かへんかった」

「やっぱりマスコミ被害者?」

「上原國守。自衛隊員になるために生まれたような名前やろ。父親も今は退役した自衛官だということや。息子が自分と同じ道を進むことを願い、名付けたんやろうね。上原さんは、退官する前は陸上自衛隊の筑波駐屯地に所属して、昨年の夏、北海道宇疏岳の噴火の際に、災害救助活動に参加したんや。ところが、噴火物が飛来するため立入禁止となっている区域にテレビ局の取材班が入り込んでね、それを退去させるという命令に従い彼の所属する小隊も立入禁止区域に入ったんやそうな。幸い一時間ほどで追いつき、撤退の説得に当っていた矢先、小噴火が起こり、拳大の火山弾がいくつも降って来てな。運悪くそれが上原さんの前頭部に当たり、左目の視力を失なったそうや。それで彼の実動員としての命は終わりや。事務方に回る道もあったらしいが、結局やめてしもうた。実は彼が自衛隊をやめる時に書き残したという文書を偶然入手してな、それで取材をしようと思ったんやけど」

　私は取材ノートのポケットから、そのコピーを取り出し見せた。それにはこう書いてある。

「本官は自衛官でありますから、日本国と日本国民を守るためなら、この命この身体を投げ打つことに、何ら躊躇もありません。それを天命と思い入隊し、そのような天職に就ける喜びを感じておりました。我が国土と日本国民を守るために人生を終えることができたならば、本望とさえ思っておりました。しかし、それは罪無き一般市民のことであります。突然の戦争や天災に巻き込まれ、傷つき助けを待つ人々のことであります。決して金のため？　視聴率のため？　自らを危険にさらすような狂人達を守るためではありません。そんな人間を守るためにこの視力を失い、そして我が天職を失ったかと思うと、今でもこの身に込み上げて来る憤り、無念さを押さえることができないのです」

「これも辛辣やね。そしてこのたかちゃん」

石三は西祥子の写真を取り上げた。

「そう。白根田村で落合記者と会った時も話したやろ、熊谷毒酒事件」

「え、その犯人扱いにされたというＯＬ？」

「その写真が被害者西祥子さん。もし彼女がたかちゃんで、たかちゃんが落合記者らを誘い、べろんべろんに酔わせて写真週刊紙に売ったとしたら、罠に掛けたわけや」

「罠？　復讐ってこと？」

私は黙ってうなずいた。

「おねえ、こりゃすごいで。大スクープや」

「どこが大スクープやねん。『今回の騒動の関係者は、皆、折原跡美の知合いです！』てか？」

「ちゃうて。『その、皆、マスコミ報道の被害者が絡んで、その、何かやってますぅ』てゆうて」

「確かにな、私の知っている人達が私の知らない何かをしているように見えるわ。でもまだ推測に過ぎへん。証拠があらへん。みんなの繋がりが分からへん。今分かっている繋がりというたら、さっき言った私が取材した相手だということ、それはイコールマスコミ被害に遭った人達だということ、それだけや。そして彼らは何をしようとしているのか？」

「後藤さんは清水さんに姫子さんを紹介した。また姫子さんには上原を紹介した。でも、それ以外の人の関係はバラバラか」

「そうや」

「もしかして、おねえが誰かの取材の時に他の人の話をしたとか」

「そりゃ、一人二人は話したかもしれへん。でも名前まで言ってはないと思う」

「みんなを集めて座談会をしたことがあるとか」

「あほな、そんなことしてたら、すぐに思い出すやろ。こんなに考えはせえへん」

「あ、でもおねえ以外の人がそれやっていたらどうや。マスコミ被害に遭われた人達を支援する弁護士とか、ＮＰＯ団体とか。それやで！　それに違いあらへん」

「それで知り合うた人達がマスコミに復讐してるって言うのん？」

確かにそのような活動をしている弁護士とかＮＰＯ団体はある。そのグループの正式な活動ではなくても、そこで知り合った人達が独自にゲリラ活動をしている可能性はあるかもしれない。それには実はもっとたくさんの被害者達が関わっていて、その内の一部をたまたま私が知っているのかもしれない。

「そやな、そうかもしれんな」

そう思うとそれが正しいような気がしてきたが、私と関係がないのかと思うとそれはそれで、何か淋しい感じもしないではなかった。困ったもんや。


翌日七月二十一日栄華源社に落合記者を訪ねた。栄華の源というたいした名前だが、実はええ加減をもじった社名らしい。ところが、落合記者は今回のスキャンダルで停職をくらったとのことだった。前回の取材の際に自宅まで押し掛けたことがあったので、そちらに行ってみた。西武新宿線の中井駅から十分ぐらいにあるマンションだった。

チャイムを押すとしばらくして本人が出て来た。二日酔いのような生気のない目をしている。

「何だ、折原の姉貴か。どうした？　俺を笑いに来たか」

「笑うわけとは違いますけど、今回のスキャンダルの件でお話を伺いに来ました」

「け！　何も話すことなんかねえよ。酒飲んで羽目を外しただけさ」

「落合さん。羽目を外したかもしれないけど、嵌められもしたんやないですか？」

落合記者の目が私を睨んだ。

「さすが関西人だな、駄洒落もうまい。まぁ、入れよ。玄関先じゃ話もできねぇ」

さすがにささいな噂話でもまことしやかに記事に仕立ててきた敏腕記者だ。一連の経緯をリアルに話してくれた。そのおかげで私は、まるで見ていたかのように再現できる。では、白根田村へ行った最初の日、十六日に例のたかちゃんという女性に声を掛けた時から始めてみることにしよう。

「今日から来た噂のネットワークの落合ね、よろしく」

「御苦労様です。こちらこそよろしく」

「ねえさんもこの村の人？」

「んだ」

「でもどっかで見たことあるかな、どっかで会ったことない、俺達？」

「い、いや、知らねけど」

「落合。おめえの常套手段を使ってもあかんど。たかちゃんを困らせるな」

傍にいた記者仲間がからかったそうだが、それで彼女の名前を知った。

「そう、たかちゃんっていうの」

「んだ、貴子っていうんです」

貴子はみそ汁の椀を重ねながら、ふと小声で聞いてきた。

「落合さん、大宮に来られたことなぁい？」

「大宮？　埼玉の？　そりゃ取材で何度か言ったけど」

「あたし、大宮のお店に出ていたことあるから、そこにお客さんで来られたかもしれないね」

「大宮の店って何の？　大宮のソープは行ったことないな」

「いやだ、普通のスナックですって。パープレイっていうの」

「知らねえなぁ。もっとも二件目、三件目の店の名前なんざ覚えてねえけど」

そこでがははと下品に笑う。貴子も口元をゆがめた後、さらに近づいてささやいた。

「あ、でもこれ村の皆に内緒よ。あたし大宮では普通のＯＬしていたことになってんだ」

そう告げるとけっこう色っぽい微笑みを残して、貴子は去って行った。自分だけに小さな秘密を教えてくれたという優越感と、おとなしそうな田舎の娘の上っ面の下には都会の蜜の味を知っている女が隠れているという事実に、落合は興味をそそられたそうだ。

「落合さん、明日の夜よかったら一緒に飲まない？」

次の日十七日の昼の配膳の時、貴子の方から声を掛けて来た。落合記者はそう主張するが、しかし誰もそれを信用してくれないらしい。

「飲む？　酒をか？　そんな気の利いた場所がこの村にあるとは知らなかった」

「お店じゃないわよ。村外れに一軒空き家があんのさ。夫婦共出稼ぎに出てる家。時々風入れてくれってカギ預かってんのさ、私」

「そんな普通の家で二人で飲んでも楽しいか？」

気の乗らない口調で答えたが、酒が不味くても、若い女と二人という趣向はいただけると内心は乗り気だった。

「そりゃ、おいしい肴は出せないけどさ、大宮から友達も来るっしさ、賑やかにぱーっとさ」

「大宮からって、お店の時の友達か？」

「そう、ピチピチとは言わないけどさ、村のおばさんと比べたら女子高生みたいな娘が五、六人。どう？　お仲間誰か誘ってさ」

「よっしゃぁ、分かった、任せておきな！」

落合記者はがぜん乗り気になった。

類は友を呼ぶという。十八日の夜、村外れの空き家の離れに集まった五名は、落合記者と親しい連中で、名前を聞くとモラルや記者魂とは一番縁が遠いと言えるような面々だった。皆一流とは言い難い雑誌や新聞社の記者やカメラマンである。何も娯楽の無い田舎の村での、たいした動きの無い張り付き取材に誰もが飽き飽きしていて、今回の甘い誘いに顔の下半分の輪郭線をがたがたに緩ませながら、落合記者の後を一列になってやって来る姿が目に浮かぶ。

訪ねた空き家は離れの十二畳の広間から生活感のある家具を運び出し、窓や壁には厚いカーテンをめぐらし、床には赤い絨毯を敷き詰めていた。天井の蛍光灯は外され、小さなダウンライトが四つ点いていている。コの字型にソファを並べて、その前にお酒や料理を載せたテーブルが置いてあり、正面にはレーザーディスクカラオケの付いたテレビがあった。

「おーおー立派立派。ここまで揃えりゃたいしたもんだ」

落合記者は部屋の中を見回し拍手をしながら言う。

「上出来すね、大宮とまではいかなくても、宇都宮の外れぐらいなら充分勝てるすね」

六人の中で最も若く最も軽薄な岩瀬という記者が言う。

「部屋の中はちょっと負けても、あたし達は勝っているでしょう」

貴子が声を掛けると隣の部屋からミニスカートの女性が六人出て来て、それぞれ男達に一人ずつ近づいては微笑み掛け、上着を受け取った。女性達はピチピチとまでは若くは無いが、三十前後の、そこそこの美貌とお色気を漂わせたお姉さん達だ。

「いらっしゃい」

上着を受け取った女性達は上着を片付けに一旦去って行く、ミニスカートのお尻を左右に振りながら。何日も山間の田舎の村に詰めていた六人の男にとっては、目の保養どころではない、よだれしたたる御馳走に思えた。

用意されていたのは安サラリーマンでは飲めないような高級ウィスキーやブランデー、ワイン、日本酒などで、六人の男達は意地汚く飲み漁ったが、女性達はうすくして飲んでいたようだ。場はどんどん盛り上がり、カラオケのデュエットからチークダンスが始まった頃には、男達は泥酔状態だった。

カラオケの画面にお色気画像が流れ、男達がだらし無く見取れているのを見て、貴子が提案する。

「ねえ、みんなで野球拳しない？」

「おー！」

男達がすぐさま賛成した。女達はえーという声を挙げたが、強く拒む者はいなかった。

「僕、先頭いきまーす！」

真っ赤な顔の岩瀬が手を挙げて立ち上がる。傍にいた紫色のブラウスのお姉さんが、手を引かれて立ち上がる。皆が声を揃えて歌い出す。

「やーきゅーうすーるなら、こーいう具合にしなしゃんせー、あうと、せーふ、ヨヨイノヨイ！」

岩瀬が勝って、拳を挙げる。お姉さんは先ずは首に巻いていたスカーフを取った。場がどんどん過熱して行く。三回もジャンケンをすると前半の歌は省略されて、ヨヨイノヨイだけになった。男達はジャンケンの勝ち負けに一喜一憂した。女達は合わせて歓声を挙げているが、空いているグラスがあると何げなく引き取って、裏方で酒が満たされた。この時、睡眠薬も入れられていたかもしれないと落合記者は後から思った。

ヨヨイノヨイ。Tシャツ姿の岩瀬が勝って、一段高い歓声が上がった。お姉さんがブラウスかスカートのいずれかを取らざる得なくなったのだ。なまめかしく両手を挙げた後、紫色のブラウスをスカートの外に出すと、ウエストのホックを外してミニスカートを足元にすとんと落とした。ブラウスの裾が辛うじて、下着を隠している。

うおおーお。

獣のようなうなり声が男達の間から沸き上がった。

「交替、交替」

紫色ブラウス姉さんは、笑ってごまかしながら、他の女性とタッチして奥へ引っ込んだ。なまめかしく白い太ももに向かって、えーと叫ぶ男達。しかしタッチされた女性が、グラビアアイドル並のFカップだったものだから、次なる獲物を餌食にしようと、新たなジャンケンが始まった。ところが、このグラマラス姉さんはジャンケンが強かった。バスタオル一枚を身体に巻いて、最後の下着一枚となるまでの間に、男性四人をパンツ一枚までにした。

こうして野球拳が始まって小一時間経った頃、男も女も下着同然のあられもない姿になっていたが、女性がしゃっきっとしていたのに比べ、男性陣六人は皆、目を開けているのもつらいほど、ぐったりとしていた。岩瀬記者などはだらしなく口を開けて、眠りこけている。貴子が何か目配せをしたような気がした。するとお姉さん方はそれぞれ適当な男性の傍らにすり寄った来た。きれいな脚を男性のだらし無く開いた片足にからめているお姉さんもいる。口々に甘くささやいている。

「あ〜ら落合さん、ど〜しちゃったの」

「もっと飲みましょうよ」

「はい、立って立って」

「もっと楽しいことしましょうよ」

その時正面の窓に掛かるカーテンの隙間からピカッと何かが光った。間を置いてもう一度。

「ん？　何だ？」

落合記者が重たいまぶたを上げようとする。

「雷よ、雷。いやね、雨が来るのかしら」

「そうか、かみなり……」

落合記者の首ががくっと落ちた。もう一度閃光が光った。

覚えていたのはそこまでであったが、彼の話には続きがあった。

あの夜以来貴子の姿が見えないことに気付いていたが、素面で顔を合わせるのが恥ずかしいのだろうぐらいに思って、探しもしなかった。そして「エンジェルショット」発売と同日に帰還させられる時になって、村の人間に尋ね回ると、誰も知らないと言う。

「あの娘は村の人間ではねえだ。今回記者さん達が泊まるようになってから、働かせてくれってやって来たんだ」

何が何だか分からないまま本社に戻った落合記者は、パーティーの主催者として唯一社名が掲載され、会社の信用を著しく失墜させたとして、停職処分を言い渡された。もうじき諭旨免職になるという噂もある。社内の誰もがあからさまな軽蔑の視線を投げてよこした。腹立ち紛れに社を出て昼間から深夜まで酒をあおり、泥酔を一旦通り越して酔いが半分醒めた状態で家に帰って見ると、奥さんは子供を連れ実家に帰ってしまったようだった。これまでも度々居なくなることがあったそうだが、タンスの扉が開いて何も入っていないところを見せ付けられると、どうやらこれまでより本気らしい。仕事もなくなった。家族も居なくなった。がらんとしたキッチンの床に落合記者はへたりこんだ。その時、携帯電話が鳴ったという。

「もしもし」

「落合さん？　クビが危ないんだそうね」

「てめぇ、貴子だな！　貴様、嵌めやがっただろ！」

記事が出て以来落合記者は、あの夜のことは最初から仕組まれたことではないかと疑い始めていた。

「あ〜ら、何のことかしら。ご自分達から好んで酔っ払っただけじゃない？　自業自得よ」

「何故だ？　何故こんなことをした？」

罠に掛かったと疑ってみたものの、分からないのは動機だった。

「だから何のことかしら。たまたまあの夜、あの家の外にエンジェルショットのカメラマンが来ただけのことじゃないかしら？」

「そんな偶然があるか！」

「ふふふ。でもいいじゃない。マスコミに追われる立場になれたじゃない。なりたかったんでしょ、できればそうなりたいと、あたしに言っていたじゃない」

マスコミに追われる立場？　何のことだ？　そんなことをあの夜、この女に言っただろうか？　怒鳴ったせいで、再びズキズキし始めた頭で考える。分からない。

「ふざけるな、おかげでこっちは職を失い、女房も出て行っちまった」

「それはお気の毒様。これで私と一緒になったわ。あなたの記事のせいで、すべてを失った私とね」

「何だと。誰なんだ、お前」

「分からなくて結構よ。じゃあね、少しはまともな仕事に就きなさい。さよなら」

「あ、待て、この野郎！」

電話は切れた。着信記録を見ると非通知だった。落合記者は携帯電話を力任せに壁に投げ付けた。

話を最後まで聞いて私は意外な顔をして見せた。

「エンジェルショットが仕組んだもんやと思ってました。誰なんです、その女？」

西祥子が仕組んだことは明白になったが、彼女の仕業だと教えることもない。むしろ気付いているかどうか探りをいれた。

「誰だか分からん。俺が記事に書いた若い女性をいろいろ思い出そうとしたんだがお手上げだ、たくさん居過ぎる」

落合記者は自嘲的に笑った。

「どないするんです、これから？」

この男がこれからどうなろうと知ったことじゃなかったが、取材をさせてもらった礼儀として一応聞いてみた。

「これからねぇ」

疲れ切った中年男のどんよりした目付きが私を見た。おぞけが走る。敵は前方一メートル。玄関は後ろ、五メートル。私の中の対物センサーが部屋の間取りと二人の位置関係を把握する。

「そうさな、邪魔な古女房もいなくなったし、若いねーちゃんのヒモになってしばらく暮らすってのはどうだい？」

そう言いながらテーブル越しにさっと私の右手を掴んだ。へへと笑いながら、席を立って近付いて来ようとする。しゃーないなぁ。

フリーライターになる時、護身術を習った方が良いと女性の先輩に言われ、三か月ほど通った。いざという時自分を護れる自信があれば、いま一歩追求する時、ためらいをなくすのに役立つと言われたが、実戦にも役立つことになるとは。

私は掴まれた右手を返して落合記者の右手をひねりながら引き寄せた。痛たた、とつんのめるように前に出て来た中年男の股間を目がけて、右膝を振り上げる。ぐうというとうめきとどおっという大きな音を立てて、落合記者は体を曲げたまま床の上に沈んだ。

「女をなめんときや！」

力づくで抱いてしまえばなんとかなるだろうと思うなんて、時代錯誤も甚だしい。自分以外の人のことを何やと思っとんや！　そんな考えだから無責任な記事しか書けないし、無責任な記事を書いても平気でいられるんや。私はツバを吐き捨てるような思いで、落合記者のマンションを出た。

欅屋敷包囲が始まって一週間余りが過ぎた。この間屋敷の動きはほとんど無かった。時折サングラスに髭面の男が窓から外を覗いていたり、二日に一度、スーパー白根田のはるみ嬢が食料品を届けに来て、中の様子についての簡単な記者会見を開いたりするだけだった。それでも取材陣の方がいろいろと話題を提供してくれたこともあって、未だに五十人もの人間が白根田村に留まっていた。

欅屋敷敷地内への侵入が許されないからといって、その間、取材陣とてただ待っていただけではなかったそうだ。石三によると、いろいろな策が検討はされ、一部は実行もされた。ただ、一つとして功を奏さなかっただけである。

例えば、篭城する相手に試すとすれば、先ずは燻り出しである。これは実際に試みられた。ほどよい風が吹く日を選んで、屋敷の風上にある空き地で、枯れ草を集め燃やしてみた。しかし煙は屋敷の屋根をなめるのが精一杯で、そのまま空に消えて行った。しかも煙を見て駐在が飛んで来て、白根田村迷惑行為防止条例三十条、野焼きの禁止条項違反だと言って、実施に関わった全員を事情聴取した。

「外でいくら煙出したって駄目だよ。燻り出すなら建物の中に煙を入れなきゃぁ」

失敗した燻り出し作戦のＶＴＲを視て宮野権太がコメントする。

「それでも万全じゃないから、いっそ火を付けてあぶり出すかぁ?」

がははと笑い飛ばして、いや冗談ですよ冗談、とごまかした。

また、天岩戸作戦というのも、ある一日真剣に論議された。神話に倣って、欅屋敷の前で大宴会を催そうというものである。これは誰がどんなプログラムを披露するかという話題で非常に盛り上がった。長引く取材に退屈していた彼らは、自分らも宴会で楽しもうという気持ちがあったのだろうが、岩戸のほか窓の無かった天照大神とは違い、たとえ屋敷の中の男の興味を引くことができても窓越しに見られてしまえば敢えて外に出て来ないだろうという指摘がなされて、没案となった。

一方東京では、正確に言うと埼玉県戸々呂沢では、清原院姫子が料理教室のあるカルチャーセンターの一階ロビーで何度か記者達の質問を受けていた。七月二十一日木曜日の夜、この日が料理教室の日なので、私はカルチャープラザ戸々呂沢まで行ってみることにした。こちらはあまり取材陣の数も多くない。もう定例会見のように、時間になると姫子さんはロビーに現れた。あの日以来ボディガードの上原の姿はない。

裕喜氏か上原から何か連絡がなかったか、今どんなお気持ちかと、当たり前の質問と、実りの無い答えが往復していたが、その後、逆に彼女の方から質問して来た。

「本当に裕喜さんは、その欅屋敷とかにおられるのでしょうか？」

「我々の観測ではほぼ間違いないと思います」

「警察は何故捜索をしないのでしょう？」

「残念ながら家宅捜査をするだけの証拠が集まらないのでしょう」

答える記者は口を濁していた。本当は、誘拐はおろか行方不明の事実すら確認できないので、警察は全く動いていないのである。

「ともかく私は何も知りませんが、裕喜さんのご無事を心から願っています。そろそろこの辺でよろしいでしょうか」

教室が始まる時間になった。姫子さんは一礼して立ち去ろうとする。取り囲む他の記者達は、裕喜先輩の行方しか関心がなく、ここで引き留めても新たな展開がないと思ったのだろうが、私はふとこのお姫様はどんな一日を送っているのだろうかと思い、取材の輪の後ろの方から質問した。

「普段はどのような毎日を過ごされているのですか？」

そんなこと聞いたところで何になるんだ、と振り返った記者達の目が語っていたが、お姫様はよくぞ聞いてくれたとも言わんばかりに答えてくれた。

「明朝からフェリーで四国に参りますの。母の故郷なんですが、前から一度訪ねてみようと思っていまして」

ちょっと質問と回答がずれていますけど？

「え、フェリーで？」前にいる記者が聞く。

「えぇ、船が好きなんですの」

姫子さんは好きなものについて語る子供のように、はにかんだ笑いを浮かべて、では本当に失礼しますと言って、取材陣の輪から逃れた。

「あまり心配していない感じだな、彼氏のこと」

「のんびりと船旅と来たもんだ」

「実は知っているんじゃないか、裕喜の行方」

「それが四国か？」

言った記者は冗談のつもりだったが、その言葉が空中に放り投げられると、にわかに現実味を帯びたようだ。お互い顔を見合わせている。その後は言葉を交わさなかったが、お互い同じことを考えていることは傍目にも分かった。きっと、明朝はフェリー乗場に集合になる。

同じ夜白根田村は、夏にしては風が強かったという。しかも雲が厚く垂れこめ、街灯のない村外れはほとんど真っ暗だ。以下は白根田村に詰めていた石三から後で聞いた話である。

白根田村に駐屯した報道関係者は協議の末、夜間は二人ずつ順番で欅屋敷の見張りを立てることとしていた。欅屋敷に居ると彼らが確信しているのは誘拐犯とその捕われ人であるから、夜間に逃亡されないようにするためである。見張り当番を一社にするとスクープにされかねないこともあって、異なる会社の組合せで人選していた。この夜の見張りは、週刊ポットの稲葉カメラマンと石三だった。

しかし昼間ですらたいした事件もなく十日も過ぎた後では、緊張感を持って見張りをしろと言うのが無理かもしれない。おまけに五日目頃から夜の十時には、村の方から夜食がサービスされるようになった。暖かいみそラーメンを食べてこの夜の見張り二人は、車の中でうつらうつらしていた。

深夜二時ごろ、車内で眠りこけていた見張り番の二人は、ぼんという爆発音で同時に目を覚ました。何が起きたのか分からぬまま屋敷に目をやると、屋敷の左手から炎が上がったところだった。燃える大男がむくりと立ち上がり、これから強引に中へ押し入ろうとするかに見えたという。

「うわっ、火事だ」

二人は車の外に飛び出した。稲葉カメラマンはさすがにカメラを取り出しレンズを向けてシャッターを切り始めている。石三はどうしたらいいのか分からず、しばらくただ見つめていたが、中に人がいることを思い出すと屋敷に向って駆け出した。これまで入りたくても入れなかった庭を一気に駆け抜け玄関の木の扉に飛びつくと、取っ手を引いて開けようとしたが、鍵がかかったままだ。

「お〜い、火事だ！　火が付いとるんや！　起きとんのか！　お〜い」

何度も扉を叩いて叫んだ。しかし家の中の反応は無い。そのようにしている間に、火は表の方に回って来た。

「折原！」

振り返ると車の上に登って写真を撮っていた稲葉カメラマンが戻れと腕を回している。石三は屋敷の中の様子を伺いながら、車のところに戻った。

「連絡だ、連絡」

「あ、はい。でもここ携帯が繋がらない」

「だから走って行って来い、近所まで」

「あ、はい。稲葉さんは？」

「俺はここで写真を撮る」

何を分かり切ったことを聞くのかといった顔をして、早く行けと言った。

撮影が第一？　それは報道人として見上げた態度かもしれないが、人としてそれでええのんか？

近所の家に向って走りながら石三は思った。

　一番近い隣の家も二百メートルほど離れていた。その道を、のどから飛び出しそうな心臓を吹んでしまいそうになるほど息を切らせて走った。もうタバコはやめようと決心したそうだ。家人はまだ何も気が付いていないのか、静まり返っている。石三はまたもや玄関の、こちらはガラス戸を叩いて叫んだ。

「お、起きて下さい！　け、け、け、欅屋敷が、か、火事なんや！　すいまへん！　起きて！」

　しばらくして、玄関の奥から明るくなり、のんびりした声と共に玄関も明るくなった。

「何だべ？　たぬき親父が風邪？　ウチは医者じゃねえだ。よそ行ってくれ」

　ガラス戸は閉まったまま中から声がする。

「ちゃ、ちゃいますよ！　欅屋敷が燃えとんのや、火事なんや！」

「欅屋敷が火事、そらたいへんだ」

　ガラス戸が開いて六十歳前後のひげづらの男性が顔を出す。この位置からは直接欅屋敷は見えないが、その方向が明るくなっているのが分かる。

「本当だぁ」

「消防署に連絡して下さい。それと白根田ホール」

「消防署なんてものは隣の隣の町だぁ、消防団に連絡せねばぁ」

　玄関からすぐの廊下に昔ながらの黒電話がおいてあった。主は受話器を取り上げたが、あーと考える。

「どうしたんです？」

「いや、ここ何年も火事なんてなかったからの、誰が団長だったか忘れたんだ」

「そんな、それらしい人に連絡すれば」

「白根田ホールに行けば一度に知らせる仕掛けがあるんだが」

「あ、それならホールに泊まっているマスコミ関係者に頼めばいい！」

石三は自分の目的も同時にかなうと思って勢い付いた。靴を飛ばして玄関を上がり、受話器を受け取って、白根田ホールの番号を回してくれるよう頼んだ。

「あんたらそんな連絡してくれっかぁ？」

主は疑わしげに首をかしげながら、ダイヤルを回す。呼び出し音が続く。なかなかでない。電話が置いてあったのは、一階の事務室やったか？　三階の皆が寝泊まりしているホールまで、ベルが聞こえへんのやろうか？　こんな調子やったら、たとえ見張りが、犯人が逃げるのを見つけて連絡しても、役に立たへんやん。いらいらが募る。

「もしもし」

突然相手が出た。

「あ、欅屋敷が火事なんです！」

「え、なに？　おたく誰？」

「見張りの折原です、毎朝スポーツの。欅屋敷から火が出て今も燃えとるんです。至急村の消防団に電話して下さい」

「何？屋敷が火事なの？」

おーい屋敷が火事になったってと電話の向こうに叫んでいる。がたがた音がして相手が替わった。いきなり「中の奴はどうした？」と聞いてくる。

「まだ出て来た様子はありません。気ぃ付いて直ぐに玄関の扉を叩きましたが応答はなかったです」

「分かった、みんな叩き起こしてそっち行く」

「それと村の人に消防団を出すよう言うて下さい」

「あぁ、分かった」

言うなり電話は切れた。今のやり取りで本当に消防団に連絡を付けてくれるか石三は不安になったが、家の主もそう思ったらしい。

「大丈夫かぁ？　誰にどう連絡するのか、あっちの人は分かるだべか？」

「だ、大丈夫ですやろ、きっと」

「あやしいもんだ。都会の連中は自分のことしっか考えねえかんなぁ。大慌てでこっちさ来るので精一杯じゃないだべか？　ましてや人のこと騒いでおまんま食べてるマスコミの人達だ、火事は大きい方がいいとか思っても消そうとはしないんではないかぁ」

さすがにここまで言われると石三もむっとして来る。

「よっし賭けましょう、連絡したかせいへんか」

「おもしれぇ、ならもう儂はどこへも連絡せんぞ。屋敷が全部燃えても、中の人が焼け死んでも、全部あんたら取材の人達の責任だぁ」

主は自信ありげに言い放った。

「いいでしょう、では僕は屋敷に戻って消防団が来るのを待っとります」

石三もそう言い切って玄関を後にしたが、半ば虚勢に近かったそうだ。


石三が戻った頃には、屋敷は左半分が炎に包まれていた。屋敷の右手の方に回っていた稲葉カメラマンが戻って来た。

「連絡は？」

「つきました。もうじきやって来ると思います。中の人は？」

「一向に出てこない。火が出る前に逃げたかもしれない」

「それって」

もし逃げられたとしたら、見張りの怠慢ということになる。石三はそれ以上言葉に出せなかった。稲葉もこっちを見つめるだけで何も言わなかった。

そこへ車が数台近づいて来る音が先ず聞こえて来て、ライトの光が乱れ飛んだかと思うと、取材車が急ブレーキとともに次から次へと到着した。ドアが開いて中から飛び出して来たカメラマンは、まるで訓練を受けた兵士のようにカメラの砲列を燃えている屋敷に向けて、一斉にシャッターを切り始めた。機器重量が重たいビデオカメラが一歩遅れてその後ろに立ち並び、撮影を開始する。

「中の人間はどうした、出て来たか？」

「いや、今のところまだだ」

たぶん、という言葉を飲み込んで稲葉カメラマンが言い切った。

「まだ？　焼け死ぬつもりか？」

「本当にまだなんだろうな。ちゃんと見張っていたんだろうな」

取材陣の中でもベテラングループに属する山本が、稲葉から石三へと視線を移しながら言った。

「少なくとも正面、それから東側と西側からは出て来ていません」

石三が言葉を選びつつ答えた。

「逃げるとしたら北側から裏山か」

そのルートは、取材包囲網ができた最初の段階で、どこまでを見張るかという議論の中でも検討された。ただ北側は一階に出入り口や窓がなく、敷地と裏山の間にも人の背より高い擁壁があって、人質を連れたままでは、二階の窓から裏山へ飛び移ることは難しいという判断と、見張るのに適当な場所がないという事情で、見張り無しとなった経緯がある。

「どこから火が出たんだ？」

別の記者が質問する。

「建物の西側にドラム缶みたいのがあったでしょう？　あれが最初に爆発した。ぼんとね。それから一気に燃え広がった」

稲葉が答えた。

「何だそれは？　犯人がしたのか？　それまでは気が付かなかったのか？」

稲葉と石三は互いに顔を見合わせて黙ってうなずいた。

「誘拐犯が火を放って逃走。そうなると人質は残されたかもしれんな」

「何故？　追い詰められたか？」

皆はそれぞれその可能性や動機について考えを巡らせた。石三はさっきから気になっていたことを口にした。

「それより村の消防団には連絡してくれたでしょうね？」

「消防団？　何だそれ？　消防、連絡してないのか？　火事は第一発見者が通報すべきだろう」

「白根田ホールからでなら一斉に連絡できるんですよ。連絡受けてくれたの誰ですか？」

「あれ、宇野さんじゃなかったっけ？」

「いや俺も、屋敷が火事だって聞いて繰り返しただけだ。明り点いてなかったしな。誰が電話受けたんだ？」

その場に居た記者達は皆知らなかった。消防のしょの字も白根田ホールでは聞かなかったらしい。何てことだ、何てことだ。石三は自分で行くしかなかった。車を一台借りてホールへ飛ばした。途中隣家の前を通る時、親父さんあんたの勝ちやとつぶやきながら。

石三が消防団への連絡を済ませホールから戻って来ると、すでに火は屋敷の正面の大部分を襲っていた。火の粉も盛んに飛んで来るので、取材陣は後退し、屋敷を見下ろす土手の上に陣取っていた。

「中の奴はどうしたんだ？」

取材陣の中で再び同じ疑問が繰り返された。すると、炎の神がその問いを聞き入れ、まるで中の様子を見せようとしたがごとく、大きな音と共に正面の壁が崩れ落ちた。

「おおっ！」

そこにいる誰もが息を呑んだ。シャッターの連続音が一段と高まった。

「人がいるぞっ！」

崩れ落ちた壁の奥の部屋は屋敷の大広間のようで、吹き抜けとなっている。そのぽっかり空いた空間に黒い影が二つ立っていた。二つの影は向き合って、互いを見つめ合ったまま身動き一つしない。もう炎に包まれて逃げようもない感じだった。人であることは見て取れたが、それがずっと立てこもっていた芸術家と称する男と誘拐されたとされる吉祥院裕喜なのか、肉眼ではよく分からなかった。男女の別すら判然としない。

「おーい、逃げろぉ！」

見ている者の中から誰かが一声発したが、声を掛ける間があったのはその一声だけだった。次の瞬間、屋根が黒い二人の上に情け容赦なく崩れ被さった。一旦炎は屋根の下敷きとなったが、瞬く間に崩れ落ちた屋根全体を再び包み込み、凱歌を揚げるがごとく、夜の空に向かって立ち上がった。

「あれは、あの芸術家と吉祥院裕喜か？」

「犯人と人質ってこと？」

「人間だったのか？　少しも動かなかったぞ」

「動けなかった？　もう死んでた？」

「死んだ人間が立っているかよ」

取材陣は口々に思い付いたことを言葉にしていた。テレビのクルーが今しがた撮影したシーンをモニター画面で再生したが、屋敷全体をとらえた構図から急いでズームアップしたものの、ピントが調整される前に屋根が崩れ落ちて来て、黒い人影の正体は判然としなかった。

「何故、逃げなかったんだ？」

「向かい合っていたよな」

「人質は縛られていたのか？　そして犯人が逃げられないと覚悟を決めて？」

「殺人犯ならともかく、大人を誘拐したぐらいなら、自殺することはないだろ」

「もっと他の理由があるのかな？」

「実は許されない恋路の果てとか」

言った本人は真面目なつもりだったが、それでもひんしゅくを買って、その場を沈黙が支配した。

もはや前半分の形を失った屋敷を前に、カメラを向ける以外はただ傍観している取材陣だった。

この後石三が呼びに行った自衛消防団が到着し、消火活動が始まったのは、午前三時半、見張り番が火事に気が付いてから一時間半が過ぎていた。しかも放水車は一台しかなく、本番の消火活動は何年振りかという有り様の白根田村消防団をあざ笑うがごとく火は燃え続け、ようやく鎮火したのは、隣りの隣りの町の消防隊がようやく駆け付け、屋敷の形がまるっきりなくなった、午前七時だった。

東京湾の悲劇

「欅屋敷炎上！」（七月二十二日　金曜日　さくらテレビ　スターティングワイド）

「業火の中に二人の人影！」（七月二十二日　金曜日　さくらテレビ　スターティングワイド）

明くる七月二十二日の朝、私は自分が足を運んだカルチャープラザ戸々呂沢のインタビューが放映されるかと思って、目覚めてすぐテレビを付け、そこで初めて欅屋敷炎上のニュースを知った。

夜空に赤々と炎を巻き上げる火事の映像をバックに白い文字が踊る。次いでスタジオに戻り、メインキャスターの大倉と女性アナウンサーが立っている。

「おはようございます。スターティングワイドの時間です。さて、吉祥院グループの若き後継者、吉祥院裕喜さんが、誘拐、監禁されているのではないかという疑惑がある福島県白根田村の欅屋敷ですが、本日未明より出火し、朝方までに木造二階建ての家屋がほぼ全焼致しました。中にいた人の安否は不明ですが、取材に当たっていた報道陣が、二人の方が崩れ落ちる屋根の下敷きとなるところを目撃しております。では、早速現場を呼び出してみましょう。谷繁さん？」

「はい、こちら現場です。ご覧のように欅屋敷はほとんど焼き尽くされ、朝方ようやく鎮火しました。現在地元警察と消防による現場検証が始まったところです。この屋敷には吉祥院裕喜さんが連れてこられ監禁されているのではないかという疑いがあり、マスコミ関係者が取材を続けていたわけですが、芸術家を自称する男性が一人引きこもっていることが確認されていました。昨夜出火の報を受け我々が到着した直後に、二人の人物が燃え落ちる屋根の下敷きになるところが、目撃されました。その時の映像をご覧下さい」

屋敷の前半分が炎に包まれている。おぉと初めて見る者なら一息付いて驚いた後に、建物前面の壁が崩れ落ちた。カメラがズームアップすると、確かに炎の中に二人の人影が立っている。二人の全身がちょうど納まるぐらいまでズームが寄るのだが、急激なズーミングにピントの方が追いつかない。しかも手前の炎に画面の露光があってしまうためか、人物は黒くなってしまい、男女の別もつかない。目を凝らして見ようとしている間に続けて屋根が崩れ落ちた。この間十秒未満、画面は再びズームアウトし、屋敷全体を映すが、左半分の形がなくなっている。

「谷繁さん、出火の原因は分かっているのでしょうか？」

画面は生の現場に戻って、スタジオのキャスターが尋ねる。

「はい、正式な発表はまだ出ていません。ただ実は取材陣は夜中も交替で詰めておりまして、昨夜の当番だった記者の話では、最初に西側にあったドラム缶が爆発したと言っております」

「ば、爆発ですか？」

「したがって警察と消防では、事故と故意による出火の両面で検証を進めて行くものと思われます」

「谷繁さん、ありがとうございました。また新たな事実が判明しましたらお願いします。さて、それでは今回の事件を最初からおさらいしてみましょう」

「モーニングズバット」にチャンネルを回すと、あれほど浅黒かった宮野権太の顔が青白く見える。出演者の中でただひとり宮野権太を皮肉れるコメンテーターのおまつがこの日は出番で、からかう口調でコメントした。

「あーら、宮野さんが勧めた通りになっちゃったじゃない」

思ったままの冗談を口にしたように見えたが、おそらく頭の回転の速いおまつのことだから、先日の宮野権太の無責任な発言の罪を、視聴者に思い出させることを計算したに違いない。考えもなく発言しているとこうなるの、少しは反省しなさい。そう言いたげに見えた。しかしおまつのコメントを受ける言葉はなく、女性アナウンサーが状況の説明を繰り返すばかりで、スタジオは重苦しい空気に支配されたままだ。

石三の話によるとこの時現地では、未明から半徹夜状態の取材陣は、前日までと同じように敷地の外を取り囲んでいた。退屈だったこの二週間の長期取材の幕引きが思わぬ形で訪れた上、最後の瞬間を目の当たりにした二つの焼死体が今にも発見されるのではないかという不謹慎な期待に胸を膨らませていたが、無論誰もがそれを口に出すことはなく、沈痛な面持ちを浮かべて現場検証の推移を見守っていたそうである。

私はパジャマ姿のまま床の上にへたりこんだ。お尻を床に付け、両足を左右に広げ、手にはテレビのリモコンを持ったままだ。着替えることも朝食の支度をすることも思い付かなかった。もしもこの瞬間を横から映像に撮られたら、表情を失った白い顔の上に、テレビの光が遊んでいる、スリラー映画でよく見るようなシーンになっていただろう。

初期のシンデレラ舞踏会やロミオ＆ジュリエットに見立てた恋愛報道は芸能ネタであり、裕喜先輩誘拐は疑惑に過ぎなかったが、今朝の欅屋敷炎上によって、れっきとした事件が発生したわけである。つまりワイドショーだけでなくニュース番組も取り上げる内容だ。しかし単なる田舎の屋敷の火事とは異なることを伝えるために、「スターティングワイド」では、シンデレラ舞踏会から吉祥院裕喜誘拐疑惑、そして白根田村報道に至るポイントとなるVTRをいくつかつなげて、事件全体の経過を分かりやすく説明していた。その後再度屋根が崩れ落ちるシーンを映して、大倉キャスターは元から予定されていた次の話題に移ろうとしていた。

「では、欅屋敷炎上のニュースはこれぐらいにして、……」

そこへアシスタントディレクターが画面に姿を映るのもかまわずに飛び込んで来て、紙切れをキャスターに渡した。大倉キャスターはその紙切れを一瞥し、持ち前の高い声で叫ぶかのように話し出した。

「只今新たな情報が入りました。清原院姫子さん、今朝の欅屋敷の火事で犠牲になった可能性がある吉祥院裕喜さんとの交際が話題となっている清原院姫子さんですが、たった今、欅屋敷炎上のニュースを聞き、東京湾に飛び込んだとのことです。清原院姫子さん、東京湾に飛び込み！　驚くべきニュースです。詳しいことはまだ分かって……」

またもう一枚アシスタントディレクターが紙を渡す。何ということだ！　私は思わず立ち上がったが、ふらついて机に脛をぶつけ、再びテレビの前の床にぺたりと座り込んだ。

「清原院姫子さんは今朝お墓参りのため、高知行フェリーに乗船。報道陣も取材のため同船し、デッキ上にて欅屋敷炎上のニュースを伝えたところ、報道陣の見ている目の前で、海に飛び込んだとのことです。フェリーは停船し海上を捜索しておりますが、現在のところ発見されておりません。え？　は？　飛び込んだ時の映像があるのですか？　では、届いたばかりの映像をお送りします」

その画像は編集する時間もなかったのだろう、フェリーのデッキで姫子さんを見つけ出したところから始まっていた。昨夜のカルチャープラザ戸々呂沢では少数だったが、画面の中で彼女を取り囲む取材陣の数は一挙に膨れ上がっている。普段でもテレビを視ないと言っていたお嬢様が朝早くに旅立とうというのだから、なおのことテレビを視る暇などあるまい。欅屋敷炎上という衝撃的なニュースを初めて耳にすることになるだろう。ショッキングな会見になることは間違いない。これを逃すわけにはいかないと、ハイエナのような取材陣が集まったに違いない。

姫子さんは海を背にして、長い髪を風になびかせて立っている。今朝はブルージーンズに紺のワークシャツという、これまでにない活動的なスタイルだった。おそらく取材陣は乗船前に捕まえようとしただろうが、これまでのイメージに捕らわれて、白い系統のドレスを着たお嬢様を探していたために、見つけることができなかったのではあるまいか。

「皆様朝早くから御苦労様ですこと」

普段と変わらぬ様子で微笑んだ。まだ何も知らなかったと思える。取り囲んだ記者達もそう判断したのだろう、重苦しい声で切り出した。

「姫子さん、早速ですが、昨夜というか本日未明、欅屋敷が火事になりました」

「え？　欅屋敷？　あの吉祥院様のお屋敷ですか？」

「そうです。裕喜さんが誘拐、監禁されたと思われるあの屋敷です」

「で？　中におられた人はご無事？」

「二人の方が屋敷の中にいて、逃げ出せなかったようです」

「えぇっ！　確かなんですか？」

これをご覧下さいと言って別の記者が小型のモニターを持って来た。おそらく先程流れたものと同じ映像だろう。しばしの間、姫子さんは言葉を失ったまま、画面を食い入るように見つめている。モニターを持った記者が説明を加える。

「取材陣がこの屋敷を取り囲んだ二週間のあいだ、例の自称芸術家は屋敷には他に誰もいない、一人きりだと言って来ました。しかしこの映像には二人の人間が映っています。一人がその芸術家だとすると、もう一人は誰でしょう。それは隠さなければいけない存在だったということになります。今回の場合、吉祥院裕喜氏だという可能性が高いと思われます」

「裕喜さんがお亡くなりになったとおっしゃるの、ですか？」

姫子さんは消え入るような声で聞いた。

「屋根の下敷きになり、あの勢いの炎に囲まれたとなると、先ずは助からなかったと思います」

「あなたもそう思いになりますか？」

姫子さんは隣の記者に尋ねた。はいと記者は答える。振り返って反対側の記者に聞く。

「あなたも？」

無言でうなずく。

「あなたも？　あなたも？」

姫子さんは否定してくれる人を探すように次から次へと尋ねていったが、無言の肯定の返事を集めるだけだった。顔色が白くなっていくのが画面越しにも分かる。

「どなたも嘘だよとか大丈夫だよとか言って下さらないのね」

記者達は神妙な顔を取り繕っているだけだ。

「今の悲しい気持ちをお聞かせ願えますか」

さも同情を寄せている顔を繕って、一人の女性レポーターが聞いた。姫子さんは手摺を両手で後ろ手に持ち空を見上げた。一筋の涙が頬をつーっとつたえ落ちる。シャッター音がカシャカシャと響き、テレビカメラはズームアップした。なんと劇的なん！

「今の気持ち？　それをお尋ねになるの？　今の私に言葉を探せとおっしゃるの？　あなたがたは、言葉の剣でこの胸を切り裂いておきながら、まだこの心が見えないとでも言うの？」

姫子さんは空を見上げたまま、悲しみに震える声を絞り出した。これまでの優しいお嬢様のものとは全く違った様子に、取り囲んだ記者達は少し戸惑っている様子だ。世間知らずのお嬢様にはニュースの伝え方が直接過ぎたのではないか、優雅なように見えていたが本当はエキセントリックな面もあるのではないか、などと見ていて不安がよぎった。先程質問した女性レポーターが再び、この中で味方は私だけであるかのような声で尋ねる。

「それほど深く愛されていたのですね？」

「疑うのですか？」

反対に姫子さんの方は、この女性レポーターが一番の敵であるかのように振り向くと続けた。

「この海、青い海、深いほど青いという海。でも私の悲しみは世界中のどの海よりも深いでしょう。疑うのであれば、それを証明して見せましょう」

姫子さんは女性レポーターから順に取材陣一人一人を見据えながら挑みかかるように言った。

何だ、どうして海が出て来るんだ？　何を証明するんだ？　私もそう思ったぐらいだから、取材陣も言葉の意味を計りかねたに違いない。顔を見合わせている。その一瞬の隙だった。

清原院姫子は手摺を掴んだ右手を中心にしてクルリと手摺を飛び越えて、手摺の外側に、海に向かって立ったかと思うと、そのますっと姿を消した。手品のように姿が消えるその瞬間まで、取材陣は誰も手を出すことができない。画面を通して視る私でも、手摺を超える瞬間、海に向いた後ろ姿、それが消えた後の青い空、これらの情景をストップモーションのようにまぶたに焼き付けていくことしかできなかった。

きゃーっ！

最後に質問していた女性レポーターが叫ぶ。呪縛が解けたように他の記者達が手摺に飛び付いて下をのぞき込んでいる。

「人が落ちたぞー！」

「船を止めろ！」

「救命具だ！」

機敏な記者が二人ほど乗務員を探しに走って行き、画面から消えた。カメラマンもようやく動き出し、デッキの上やら青空やら不要な画像を挟んだが、デッキの上を走る記者達を追い掛けた。記者達は姫子さんが落ちて広がった波紋を追い掛けて行ったのだが、大きなフェリー船が即座に止まるわけもない。記者もカメラマンもすぐに最後部の手摺に捕まって、落ちたと思われる辺りの海面はどんどん後方へと遠ざかって行く。

「浮輪を投げろ！」

「いやボートだ！　ボートを降ろせ！」

そのような声が飛び交ったが、後を追って飛び込む人間はいないようだ。画像はここで終わった。

私は自分の胃が石のように固く重くなっていくのを感じた。姫子さんを海に飛び込ませたのは何か？　無神経な取材であることは明白だ。吉祥院裕喜が死んだぞ、さぁあんたはどうする？　とマイクという剣を突き付けて、手摺の向うの海に突き落としたようなものではないか？　そしてそれを悲劇だと騒ぎ立ててまた報道している。何でこんな映像をよく考えもしないで流せたのだろう。

大倉キャスターも、映像を流す前はおそらく、他局に先駆けて一番早いであろうと内心喜びを感じていただろうが、画像がスタジオに戻った時点では、飛び込みという悲劇の事実以上に沈痛な面持ちをしていた。これは抗議や非難の電話が殺到するぞ、と覚悟したのだろう。声が裏返る。

「な、何とも悲しい出来事が起ってしまいました。無事な姿で発見されることを願って止みません。また新しい情報が入りましたらお伝え致します。さて次の話題ですが……」

もうこの話題から離れたいと思ったのだろうが、また何かディレクターが合図を送って来たようだ。

「その前に白根田村に新たな動きがあったようです。谷繁さん？」

「はい、こちら白根田村です。現場検証を行っている警察官と消防士が先程から一カ所に集まっております。逃げ遅れた人が二人、崩れ落ちた屋根の下敷きになった辺りです！　今、真っ黒に焼け焦げた木材が一本どけられました！　あ、人の輪が一段と狭まります。何か発見されたのでしょうか！」

生中継しているテレビの画面もズームアップして、ちょうどピンチの時にマウンドに集まったプロ野球選手のような一団を映し出した。ところが、しばらくすると試合を再開するかのように、彼らは再び屋敷全体に散らばって行った。

「あー、どうしたのでしょう？　一度集まった捜査員達がまた離れて行きました。何も発見されなかったのでしょうか？　いやもう手の施しようがない状態なのかもしれません。と、取り敢えず引き続き様子を見守って行きたいと思います。以上現場でした」

「あー、いや、今のは何だったのでしょうね？」

突然マイクを返された大倉はどぎまぎして、自分も突然コメンテーターにふる。

「え？　えぇ、何でしょうね、まぁ何か発見されたけど思っていたものと違っていたということでしょうか？」

ふられたコメンテーターは素人のような見たまんまのコメントを返し、ちょっと気まずい間が生じた。大倉キャスターは一呼吸いれるべきだと判断したようだ。

「ではここでＣＭにまいりましょう」

私は他のチャンネルを回した。メトロ東京放送の「モーニングズバット」では、東京湾にヘリを飛ばしていた。

「こちら清原院姫子さんが身を投げた高知行フェリーの上空にやってまいりました。フェリーは現在姫子さん捜索のため停船しております。飛び込んですぐ緊急停止したそうですが、およそ三百メートルは過ぎてしまったようです。ご覧のように今日は風も少なく、海面も比較的穏やかな状況で、海面に浮き上がりさえすれば、発見することは難しくはないと思われますが、上空から見ても人影のような浮遊物は見えません。相変わらず大小たくさんの船が行き交っております。浮き上がったところをこうした船に接触してしまう恐れもありそうです。あ、ようやく海上保安庁の巡視艇が到着致しました。しばらくここに留まって捜索の状況を取材したいと思いますが、ひとまず、マイクをスタジオに戻します」

ところがスタジオの映像には宮野権太の姿が見えない。

「すいません、宮野権太さんはちょっと気分を悪くし控え室の方へ引き上げさせていただきました」

女性アナウンサーが青い顔をして報告する。

「やーねー、今度は私が宮野権太さんを追い込んだみたいだわねぇ」

おまつが冗談めかして言ったが、その顔もまた引きつっているように見えた。あの司会者の権化のような宮野権太が番組途中で引っ込むなんて、余程体調を崩したに違いない。そこでこちらもCMになってしまったので、「スターティングワイド」に戻す。いきなりレポーターの興奮した声が飛び込んで来た。

「こちら再び白根田村です。どうやら奇跡的に生存者がいた様子です！　繰り返します！　生存者がいました！　ご覧下さい。一度は走り去った救急車が戻って来ました。生存者は吉祥院裕喜さんなのか誰なのか、意識があるのかどうか、一切よく分かりませんが、先程担架が一つ運び込まれました」

後から石三に聞いた話だが、一旦集まって散開したすぐ後に、焼け跡の後方に再び人が集まって行き、何か動きがあったと緊張が走ったそうである。燃え残った柱材や梁材が三、四人がかりで人垣の中から外に運び出され、そしてしばらくの間を置いて、驚きと喜びが混ざったような歓声が上がった。

「何だ」「どうした」と報道人がざわめく中、消防隊員が車に戻り担架を持って現場に走る。

「生存者か？」

「誰か生きてたんだ！」

取材陣は正に堰を切るかのように敷地内へとなだれ込もうとしたが、先に気付いた警察官が「公務執行妨害で逮捕するぞ」と言う拡声器から響く声に簡単に侵入を諦めた。

「救急車と救命隊員は朝一番に現場へ来ていましたが、生存者がいないようなので、現場検証が始まる前に現場を離れていました。幸い、白根田村で休憩を取っていたのでしょう、すぐに戻って来ました。先程白い車体がマスコミの人垣を分けて敷地に入り、後部扉から救命隊員が焼け跡の中の人だかりへと走って行きました。我々は固唾を飲んで見守っていましたが、救命隊員のしぐさに慌てる様子がないことから、生存者はそれほど危険な状態でないと思われます。あ、今担架が持ち上げられて、救急車に収容されます。生存者は一名のようです！」

「谷繁さん、もうじき番組の時間がなくなるのですが、詳しい情報が掴めませんかね」

大倉キャスターは番組の最後に明るいニュースを持ってこられないかと期待しているようだ。

「はぁ、何とか関係者を捕まえられたらいいんですが」

画面ではサイレンを鳴らして、救急車が出て行った。それを見送った消防隊員と警察官は再び焼け跡に散開し、検証作業が再開された。そんなところへ白根田村の阿部駐在が現場検証の群れから離れ、マスコミの人垣に近い方へぶらぶらとやって来た。

「阿部さん、駐在さん。ちょっと話を聞かせて下さい」

敷地境界の石垣を挟んで向かい合うような形でインタビューが始まった。

「これから現場検証に立ち会ったこの村の駐在さんから話が聞けるようです」

谷繁レポーターは、スタジオに向かってそうコメントした後、マイクを駐在に向ける。

「おまわりさん、何が見つかったのか正確なところを教えてくれませんか」

「正確なところ?」

「生存者が一人いたんですね? さっき運ばれて行った。それから焼死体が見つかったんじゃないですか?」

「そんなことは署の偉い人にきいてくれ。ワシが言うわけにもいかんじゃろ」

「おまわりさんはこの村で一番偉いじゃないですか」

「ま、一人しかおらんからの」

「自分の村で起きたことぐらいちょこっと話したって大丈夫ですよ」

「そうはいかんじゃろ」

「ほら、全国に映りますよ」

「そうかぁ？　いや、いかんいかん」

テレビカメラは既に回っていて、この様子は生で放送されている。

「じゃあ我々の尋ねる質問に首を動かすだけでいいですから」

「あー、首を？」

「いいですか、生存者が発見されたんですね？」

あー、うんと駐在さんはうなずく。

「生存者は一人ですか？」

またうなずく。

「吉祥院裕喜さんですか？」

首を横に振った。

「あの自称芸術家ですか？」

あー、うんとうなずく。

「重体なんでしょうね？」

「あー、いや、逃げようとして階段から落ち、足をひねったとかで逃げられなかったらしいが、後はたいした怪我もない、火傷もしとらん。あ、しゃべってしもうた」

「意識もはっきりしているんですね？　どうやってあの業火をしのいだのでしょう？」

「あの屋敷には地下にワイン庫があってのう、そこに逃げ込んだらしい」

もう一度しゃべってしまったら一緒だと観念したのか、簡単に応じ始めた。

「焼死体の方はどうなんですか？」

「焼死体？　いやホトケさんは出とらんよ」

「隠さないで下さい。我々は二人の人間が屋根の下敷きになるのを見ているんですよ」

「テレビでも流れたでしょう」

テレビが真実の証拠と言わんばかりの質問をしたのは違うテレビ局のレポーターである。

「ワシは今朝テレビ視とる間なかったしの」

「でもさっき、あの辺りに人が集まっていたでしょう？」

「あぁ、あれかの？」

「何なんです？」

「知らない方がいいと思うがの」

「隠さないで教えて下さい。お願いします」

「そうか？　じゃあ教えてやるかぁ」

駐在が焦らした言い方をしている間、生中継のテレビカメラはズームアップし、カメラの向うにいるスタジオの面々も、テレビを視ている私も、おそらく全国の一般視聴者も、身を乗り出して山奥のお巡りさんの顔に注目した。

「確かに先程、真っ黒焦げになった人の形をしたものが、焼け落ちた屋根の下から発見された。数は二体じゃ。本署の鑑識班が調べたところ」

調べたところ、と同じ言葉を視ている側が繰り返せるぐらいの間をあけて、駐在はテレビカメラを見つめ直した。

「マネキンじゃ」

「マ、マネキン？」

「あー、やっこさんの芸術のモデルだったんじゃろ。マネキン人形じゃった」

取り巻く取材陣は皆一様にあっけにとられ、目を見開き口をぽかんと開けていた。二百キロ南に離れたスタジオの面々も同様だった。

「だから知らん方がええと言ったじゃろうが。はいごめんよ」

駐在はまだ動きを取れないでいる取材陣を後に、焼け跡へと戻って行った。呆れたのだろう、カメラマンがスイッチを切ってしまい、画面は真っ暗となった。慌ててスタジオの画像に切り替わり、大倉キャスターは、噛みながら文法を間違えつつ、やっとの想いで告げた。

「ス、ターティグワイドを終わりです。皆さん、よい一日を」


私は東京湾か白根田村かどちらかに飛んで行きたかったが、一方へ出掛けると他方の情報が得られなくなる恐れがあったので、自分の部屋に陣取ることにした。朝からこの時までだけでも、目まぐるしい展開、相当な情報量である。それに事実は後から調査できるとして、今日その時、マスコミがどう伝えたかも私にとっては重要だった。

とはいうものの、その後夕方までは新たな展開はなかった。懸命な捜索にかかわらず、東京湾から姫子さんは発見されなかった。インタビューの開始から飛び降りるまでの一部始終を映したVTRは、大倉キャスターの心配をよそに早速その日の昼のワイドショーを席巻した。

最初の放映の直後から取材側を非難する電話やファックス、メールがテレビ局に押し寄せたが、白根田村のマネキン会見（駐在さんの会見は話の内容からそう呼ばれるようになった）の後には、その数が五倍に膨れ上がったという。マネキンが下敷きになるのを見て裕喜先輩が死んだと告げ、その結果姫子さんは身を投げたのだから、それは当然だ。にもかかわらず、特に手摺を飛び越える直前の姫子さんの言葉が非常にドラマチックなこともあり、テレビもラジオも新聞でさえもこれをメディアに乗せる誘惑には勝てず、後々の批判を承知の上で、夕刊や夜のニュース番組でも繰り返し報道された。何と愚かな人種であろう。報道が人を死に追いやったことを報道せずにいられないのだ。それも反省からではない。報道したいという欲求からだ。しかし視聴者や読者はそこまで非常識ではあるまい。きっとこれはマスコミ側の想像以上に世間の非難を浴びる結果を招くのではないだろうか。

長い長い一日となった七月二十二日の午後五時半、白根田村から十キロほど山を降りた隣の隣の町の警察署で、現場検証を終えた警察が記者会見を開いた。その様子は早速特別番組で生中継された。石三から後日聞いたが、取材側は、新たに都会から増強された顔触れもいたものの、大半は二週間を白根田村で過ごした連中が、マネキン会見ショックを顔色に残し、急遽会見場になった柔剣道場に集まったとのことである。

会見には警察署長と担当の巡査部長、消防署副署長が席に付いた。過去にたいした事件もなく、広報担当などこれまで必要がなかった小警察署ゆえ、突然多数のマスコミを前に詳細説明を行なうこととなった巡査部長は、角刈りに四角顔のたたきあげの刑事といった感じの中年警官だ。全国の注目を集めている事件についての会見にがちがちに緊張しているかと思いきや、容疑者を絞り上げるかのように堂々としている。後日私は本人に取材して知り得たのだが、この地元に生まれ育ち、この地を愛し、その治安を守るべく警察官になったそうだ。少年の頃白根田村にもよく遊びに行き、欅屋敷も知っていた。当然裕喜先輩に同情的で、今回の火事も元はと言えばマスコミがあの屋敷を取り囲んだからであり、そしてそれが元でこの日のもう一つの悲劇である東京湾の事件が起きたと考えるに至り、目の前に集結したマスコミ関係者を最初からとっちめてやろうと身構えていたという。

「では本日白根田村の通称欅屋敷で起きました火災の原因につきまして、現在までに判明したことを発表致します」

巡査部長の固い声が響く。シャッター音とともにストロボが何度も閃光を放つ。

「屋敷の西側外部にありました灯油の入ったドラム缶が最初に爆発したと思われますが、その周囲に十数本のタバコの吸い殻が、正確に言いますと吸い殻だったと思われる可燃物の残灰が発見されました。周りの枯れ草の状況から、このタバコの不始末が火事の原因と思われます」

会場はざわついた。故意による爆発ではないのか？

「屋敷の焼け跡から救出された人間についてはこの後説明しますが、本人の弁に寄れば自らは喫煙を嗜まないとのことであり、また庭に落ちていたということから、この吸い殻は敷地の外側に居た人間が遺棄したものと思われます」

「敷地の外側に居た」というフレーズをゆっくりと大きな声で強調した巡査部長は、会場の記者達をじろりと睨み付けた。

世間一般に比べるとマスコミ業界の喫煙率は高く、この会場でもおそらく三分の二ほどの人間が該当しただろうが、皆ぎくりとしたに違いない。先日私の記事で報道されたばかりであるから強く否認もできまい。当然それ以来ポイ捨てをしないよう申し合わせているだろうが、百パーセントとは言い切れまい。むしろ道に捨てると目立つから、敷地内に投げ込んだ人間がいることも考えられる。

「そのタバコの銘柄、および吸った人間の血液型についてはぁ、」

巡査部長は眼鏡を外して手元の資料にじっと見入った。三分の二の人間は冷や汗をかいている。

「残念ながら未だ特定できておりません」

何となくほぉというため息が画面を通じて漏れたようだった。

「続いて、救出された人物について公表します」

ざわつく会場。

「救出されたのは、たかねはくせつさん、高い嶺に薄い雪と書きます。二十九歳。会社員。欅屋敷の主である吉祥院裕喜さんの大学時代の友人で、本人の了解を得て、今月十一日より欅屋敷を借用し、絵画の制作に専念していたとのことです。ちなみに会社は休暇中です」

再び普通の記者会見の様相を取り戻した。

「出火当時は絵を描いており、西側の窓の外が燃えているのを見て逃げようとしたところ、慌てて階段を踏み外し、右足首を捻挫、脱出を諦め、地下のワイン庫に逃げ込んだと説明しております。なお、白根田村に来て以来、あの屋敷に他の人間がいたことはなく、ずっと一人であったと証言しています」

「何だって？」

「ウソだ！」

会場のあちらこちらで叫びに近い声が上がる。

「えー、こちらにお集まりの報道関係の皆さんの関心の的である、吉祥院裕喜氏の行方については、こうも申しております」

会場が再び静まり返った。

「時折メールにて連絡を取り合っていた。昨夜来たメールによれば、現在タイのエレファン島におり、近々帰国の予定である、そう言っております」

「タ、タイ？」

「ずっと日本にいなかったのか！」

「ゆ、誘拐ではないのか？」

「な、何をしてたんだ、俺達は？」

思わず立ち上がった記者が何人かいた。パイプ椅子の背もたれにもたれ掛かる記者もいる。初日からずっと張り込んでいた内の二人は辺りかまわず泣き出したという。今日から取材に加わった記者がまだショックも少なく、持ち直して質問した。

「タイの何島と言いました？」

「エレファン島です」

何と、我等が川上智子は間違っていなかったのだ！　また新たな取材合戦がヨーイドンとなるのであろう。

空港帰国会見

「やはりあなたが正しかったみたい」

　私はその夜、川上レポーターに祝福のメールを送った。それからおそらく、取材陣がきっとタイへ押し掛けるだろうとも。しかし彼女から返信はなかった。この日だけではない。気が付けばここ数日メールがない。台風かサイクロンとやらがやって来て、椰子の実が屋根に落ち穴があき、川波記者と同室にさせられたとメールして来たのが最後だった。どうしたのだろう。同室を避けて、パソコンが繋がらない所に避難しているのかもしれない。あるいは川波記者に襲われ掛けて、誤って殺してしまったとか。それとも考えにくいが、仲睦まじくなって取材もメールも忘れているとか。

欅屋敷が焼け、姫子さんが東京湾に飛び込み、裕喜先輩がタイのエレファン島にいることが分かった、大変な一日の最後に勝手な想像をあれこれして私は眠りに付いたが、南国の仏教国では、実はその最も考えにくい事態になっていたようだ。

　あくる七月二十三日、日本の恐るべきマスコミ取材陣は大挙してバンコクへ飛び、エレファン島からの船が発着するウッタイヤ港に押し寄せた。島からの定期便が週に一度と知り、それが今日到着すると聞いて、裕喜先輩がその船に乗っているものと確信したようだ。到着ロビー、といっても船が着く桟橋とゲートで仕切られているだけの広場というような感じだったが、そこに五十人もの日本のマスコミ関係者が陣取り、テレビカメラも数台並んで画像を送って来た。

　そんなところへ、つい二週間前は裕喜先輩を追い掛けるレースの一番先頭を走っていたはずなのに、いつの間にか日本のそんな騒動から蚊帳の外に出てしまい、今は事情を全く知らない二人が、同じ定期便でようやくタイ本土に戻って来たのである。

後日川上智子はその時の様子をこう話してくれた。

「あれは、あと十五分で港に到着するという英語のアナウンスが流れた頃かしら。デッキの上で、川波記者の左腕を抱きかかえるように寄り添っていたのね。そうそ、『おい、あんまりべたべたすんなよ。暑いじゃないか』とかあの親父は私に言ったけど、自分より十五歳は若く、元アイドルの私に慕われて悪い気はしないはずよ、まんざらでもない顔をしてたわ。私も『いいじゃない。日本に帰ればできないことよ』とか、甘えた声で返してね。本当にどうしてあんなことになってしまったのか、海面を眺めながら考えていたわ。あんな親父は全く趣味ではなかったのに。関心を抱く対象の全く外の世界から突然飛び込んで来たって感じ？　望遠鏡では見えない太陽系の外から突然隕石が降って来たみたいな。次に考えたのはね、日本に帰ったらどうするとかね。この男には妻も子供もいるに違いないし。それを捨ててまで私をとるかしら。私もそれを望むかしら。そうでなければ人目を避けて忍び逢うのか、それともきっぱり別れようか。

もちろん島へ行った本来の目的のことも考えてたわよ。エレファン島のホテルは二件あって、宿泊している日本人は全部調べ上げたけど、結局吉祥院裕喜は見つからなかった。どこへ行ったのかしら、島へ行ったというのは確かなはずなのに。ホテル以外の場所もいろいろ捜し回ったけど日本人はいなかったし、日本の会社や個人が所有している別荘もなかったし。島の住人に知合いでもいて、その家に寝泊まりしていたかしら。なんて考えていた時よ、私の傍らを通り過ぎようとした若者に気付いたの。

『あら、ベンテじゃないの』と私が声を掛けると、彼は振り返りにっこりとして、恭しく礼をしてさ。我々が泊まったホテルのボーイなのよ。母方の祖父が旧日本軍の軍人だとか言って、日本人のような顔付きで日本語も話すわけ。

『どうしたの？　ホテルをクビになったの？』

『ニホンニ行キマース』

『日本へ？　何しに？』

『川上サン見テイテ、日本ノ女性素敵ダト思イマシタ。好キニナリマシタ。ニホンへ行ッテデキレバ、オ嫁サンヲ見ツケタイト思イマース』

『何馬鹿なこと言ってんのよ』

簡単に見つかるはずがないじゃないと言い掛けたけど、こいつお世辞を言っているのかぁ？　とも思って。まともに相手をしそうになった自分が恥ずかしくなったわ。普段なら軽く受け流せたはずなのに、素敵だとか何年振りかで言われて一瞬真に受けちゃったりしちゃってさ。物の感じ方まで変わってしまったのかと考えるとさらに恥ずかしくなったわよ。少し顔も赤らめたかもしれないな。だから照れ隠しに突き放すように言ってやったの。

『あんた、お金あんの？　日本はお金が掛かるわよ』てさ。そしたらこうよ。

『大丈夫、ボク、ホテルノボーイ、仮ノ姿。本当ハトッテモ大金持チ、心配ナーイ。ハッハッハッ』

そう大笑いすると片手を上げて行ってしまったの。本当にホテルのボーイの時とは態度が全く違ったわ。私は半分呆れて後ろ姿を見送ったわ」

船上でのベンテとの再会からしばらくして、船は港に到着した。二人はデッキの上と同じように寄り添って桟橋を歩いた。川波記者もこの時、自分の右腕に抱き付いている川上智子のことを考えていたという。後日私の取材に対し、結構本音を話してくれた。

「いやな、あいつに言ったら駄目だぞ、記事にするなよ。俺はな、あの時、日本に帰ったらどうしようって考えていたんだ。この女は続けたいと言うだろうか。あの島でのことはあの島でだけとあっさり言うだろうか。それはそれでもよかったんだが、今の様子からするとそう割り切った感じでもないなぁ、なんてな。別れたくないと騒がれたらどうしようか。さりとて女房子供と別れてまで、この女との生活を始めようという気にはさらさらなかったしな。修羅場はごめんだ。何となく誰にも気付かれないまま、たまに会っているうちに、いつの間にかフェードアウトしていくような、そんな関係にもっていけたら。なんて甘いことを考えていたんだよな。不倫？　秘密の関係？　芸能人のそんな関係を追っ掛け回して来た俺達がさ、そんな関係を持つなんて、皮肉だよな。ぼんやりとそんなことを考えながら、桟橋から到着ロビーに通じる出口を通ろうとしたもんだから、まるっきり気付かずに捕まっちまったんだ」

自分らの世界に浸っていた二人に対してロビーに居た同業者達は、船から裕喜先輩が降りて来ないかと手ぐすねを引いて待ち構えていたわけである。二人がロビーの三十メートル手前まで来た時点で、川波記者と川上レポーターの存在は驚きを伴って認識されたが、すぐに立て直して、二人が最後の十メートルを歩く間までには十分な迎撃態勢を取っていた。二人が立ち止まって出入口を塞ぐことのないよう、一旦ロビーの中へ数歩引き込んでおいて、カメラのストロボ砲火を浴びせた。予期せぬ二人は手を繋いだままのアツアツの体勢で、呆然と立ちすくんだ。続いて取材陣は二人を取り囲み、船客の流れから引き離すと壁際へと押しやった。川上智子は川波記者の腕にからめた手をほどくのも忘れて、身体を寄せ合ったまま移動した。そしてそんな二人に向けて、輪の外側から触手のように、十本余りのマイクが突き出された。こうした捕獲の瞬間を、カメラスタッフを派遣したテレビ局は高価な衛星通信回線を使用して、生中継で日本に送ったのである。それを私は自分のマンションの一室で視入っている。ライブだというなら、川上智子の携帯に電話してやりたくなった。繋がらないだろうけど。

「川波さん川上さん、思いもしない所でお会いしました」

いつもは二人とインタビューの主導権を争っているテレビジャパンの片岡レポーターが薄笑いを浮かべて切り出した。

「な、何言ってんだよ、いつも取材現場では一緒だろうが」

川波記者は何故こんな異国の小さな港町に日本のマスコミの波が押し寄せているのかまだ理解できない様子で答えた。

「我々は取材で来ている訳ですけどね、お二人は?」

「しゅ、取材だ、もちろん」

島に渡った時はそうだったろう。

「会社の違うお二人が仲良く何の共同取材ですか?」

途中で言葉のトーンが変わったのに私は気付いた。この質問をした瞬間初めて片岡レポーターは、二人が吉祥院裕喜を追い掛けてここにいるという可能性に気が付いたのではないだろうか。思い至らなかった迂闊さと先を越されたのではという焦燥感が身体の中で吹き上がり、語尾を跳ね上げさせたに違いない。

「それは言えねえな」

川波記者はとぼける。片岡レポーターは自分の希望を込めて鎌をかけてみる。

「見つからなかったのですね、吉祥院ひ・ろ・き」

「ノ、ノーコメント」

呟き込むように川波記者は吐き出す。知ってやがるのか、こいつらは。そういう顔付きだ。

「では質問を変えましょう。聞く所によるとこの船は一週間に一便しかないそうですね。お二人はエレファン島で何をされていたのですか、一週間の間？」

「だ、だからぁ、取材に決まっているじゃないか」

「それにしては手などを取り合って、ヒジョーにお仲がよろしく見えましたが？」

「ば、ば、」

馬鹿なことを言うなと言おうとしたのだろうが、川波記者は口がよく回らなかった。顔も真っ赤になっている。するとそれまで川波記者の背後に隠れていた川上レポーターが一歩前に出て、溺れ掛けている川波記者に替わった。

「取材ですよ。吉祥院さんが行ったと聞きまして追い掛けて来ましたの。でもホテルでは見つけられないから、行きそうな所を二人で手分けして探しました。その傍ら、せっかくですから島の自然とか文化とか料理とか、たくさん見て来ましたわ」

さすがは元アイドルだっただけに、スキャンダル取材を受けた経験があったのだろう。心構えができている。

「でも日本人は二人だけでしょう。一週間も居ればそりゃ少しは親しくなりますわよ。でもそれだけですわ」

あれ、本当は二週間だったはずだが。ごまかしたな、川上さん。

すると川上智子は、この日本人の人垣を興味深げに遠巻きにしているタイ人の人垣の中に声を掛け、次に手招きをして、さらには近寄って手を取って、一人の若者を取材陣の中に強引に連れて来た。

「彼は私達が泊まったホテルのボーイなんです。そうよね、ベンテ」

「ハイ、ベンテ、オ世話シマシタ」

いきなり引き込まれたのは、白い半袖のシャツと黒いパンツに身を包み、黒縁の眼鏡を掛けた青年だった。暑い南の国だし仏教国だから、タイの男性は皆髪の毛を短くしているような印象があるが、その彼は顔半分を隠すような長い髪をしていた。

「ベンテ、この人達にはっきり説明して。この人と私、ずっと違う部屋だったわよね。ヒーアンドアイ、ユーズ、ディファレントルーム？」

川上智子は大きな身振りで川波記者と自分を指さし、部屋を表そうと両手で空中に長方形を横に二つ描いた。きっとそうしながら取材陣からは陰になる左目で、ベンテに向かってしきりにウインクを送っただろう。

「ユーアンドヒー？　オーイエス、アザールーム、アトファースト」

「そうそうファーストルーム。いい部屋だったわ」

「最初は違う部屋」と言ったベンテの言葉を川上智子はうまくごまかした。

「これでお分かりでしょう、川波さんとのラブロマンスなんてあり得ませんわ。尊敬し合える仕事仲間であって、そしてライバルよ。それより吉祥院さんのこと。実はね……」

そう言って話題を巧みにそらして聞き手を引き込んだと思ったら、

「おっとこれより先は、話したくても話せない。ウチと大江戸スポさんの特種よぉ。日本に帰ってから、帰ってから。ベンテ、ありがとう。日本には一緒の飛行機で行きましょう。よければ東京を案内してあげる」

「オー、アリガトゴザイマス。デモベンテ、ダイジョーブネ……」

「いいの、いいの、一緒にいらっしゃい。何だったらお似合いの女の娘も紹介してあげるわよー。さぁ、行きましょ。では皆さん、ごめん遊ばせ」

そう言いながら、川波記者のことは放ったらかしで、タイの若者を強引に引っ張って人込みをかき分け立ち去ってしまった。後に残された川波記者は片岡レポーターと目が合うと、

「ま、そういうことだ。会見終わり、ご苦労さん」そう言って川上智子とベンテの後を追い掛けようとした。

「待った、まだまだ」と記者達が輪をすぼめようとすると、
「あ、あれが吉祥院だぞ。こっちにやって来る」と叫んで注意をそらした隙に、見事その場を逃げ出したのである。当然フェイントだ。

その日川上智子はそのままベンテを同じホテルに宿泊させ、次の日の同じ便で日本に行くことを同意させた。一人で日本に行ってマスコミに捕まり、島でのことを勝手にしゃべられては困ると思ったそうである。

次の日、七月二十四日の朝、清原院姫子の捜索も裕喜先輩の行方も新たな展開がなかった日本では、タイの離島から戻った二人の話題がスポーツ紙の裏一面やワイドショーの二、三番手ニュースに取り上げられた。

「突撃レポートで評判の江戸町テレビレポーター、元アイドルの川上智子さんと大江戸スポーツ社のベテラン記者である川波誠二さんが、タイの隠れたリゾート地と言われるエレファン島に渡り、一週間をともに過ごして、昨日仲良く戻って来ました。二人が島へ渡ったのは、今その行方が全国的な関心事となっている、吉祥院裕喜氏を追い掛けてのことだそうですが、そちらの成果は得られなかったらしいものの、南国の保養地で一週間を伴にされた二人には、特別な感情が生まれたとしても、自然の成り行きかも知れません。では昨日タイの港にエレファン島からの船が到着した時の二人の様子と、その後のインタビューをご覧下さい」

新聞の紙面やテレビの画面には仲睦まじく身体を寄せ合った二人の姿とともに、早くもエドエド

カップルなる名前が付けられていた。当然二人の帰国の予定は調べあげられ、成田に百人を超える取材陣が待ち受ける結果となった。一般の視聴者以上に同業者が関心を寄せている様子だった。

その日三人は午前十時の便でバンコクを立つ。吉祥院裕喜の有力な情報を得られないまま、タイに渡ったマスコミの半数が同じ便で帰国した。川波記者の大江戸スポーツも川上智子の江戸町テレビも成田に到着したらすぐに空港の一室で、会見に応じるよう二人に求めていた。そこで二人はベンテを同席させ、自分らに有利な証言をしてもらうことにした。飛行機の中で川上レポーターは、ベンテと隣同士の席を取り、成田で待ち受ける会見に対して、みっちり仕込んでおこうとしたそうであるが、

「ダイジョーブ、川上サント川波記者サン、別ノ部屋イタネ、ソウ言イマース、心配ナーイ」

「そうは言ってもあなた、日本のマスコミの追求は厳しいんだから、甘く見ないでよ……」

「川上サンモマスコミノ人、川波サンモマスコミノ人、同ジ仲間ノ人、チガーウ？　何故、ソンナニコワガルノ？　ワカラナーイ」

「そんなこと言ったって、あなた」

実は同じマスコミの人間だからこそ、彼らの追求は厳しくなるだろし、そうなることを川上レポーター自身痛いほど分かる。自分が逆の立場だったら、今頃腕まくりをしているかもしれない。

「モー、ボクネムイネ。オヤスミナサーイ」

ベンテはしかし、うるさがるようにそう言うと、毛布を顔の上まで掛けて眠ってしまったという。

成田空港の到着ロビーに程近い一室に百五十人近い報道関係者がひしめき合っていた。私もタイ行きからの経緯を知っているだけに、その結末を見届けようと出掛け、その部屋の一番後ろでテレビカメラの陰に立っていた。待つこと四十分、川波記者と川上レポーターが前方右手の扉から入って来て、正面中央の席に落ち着かない様子で座った。ある程度売れている芸能人が海外で電撃挙式して帰国した時ぐらいの人数は集まっているが、マネージャーやプロダクション事務所を持たない二人だったから、こんな会見をやりたくないにもかかわらず、自分達で仕切って始めなければならない。

「では、お手柔らかにお願いします」

川波記者が照れ笑いを浮かべながら開会を宣言した。する側もされる側もいつもの仲間だったから、まるで芸能会見の合同練習みたいに見える。

「ははは、ご冗談を。遠慮なくいかせてもらいますよ。私達の後ろには、国民の皆さんの目と耳が待っているんですからね」

取材側の代表となるさくらテレビの古田記者が銀縁眼鏡の奥の目を細めて応じた。その言葉は、川上レポーターの常套句だ。言われた本人はくやしいのか、古田記者をきっと睨み付けた。

「では最初にお二人でエレファン島に渡ることになった経緯についてお話し下さい」

「最初にお断り致しますがー、今回の私と彼女の行動は取材行為でありー、その取材結果を発表していない内から、ですね、えー、このような会見を開いて説明するのはー、一週間の我々の努力をー、みすみす捨てるようなものであってー、はなはだ不本意であると……」

川波記者がなれない立場に緊張してか、語尾をやたら引っ張って話し出した。古田記者が早口で遮る。

「あ、いいです、だったら取材対象である吉祥院裕喜さんのことは置いといて、お二人のことに話を絞りましょう」

「人の話を最後まで聞けよ、こら」

墓穴を掘って慌てた川波記者は思わず怒鳴った。だが以前に川波記者自身が話を遮って質問をしてしまい、取材相手から同じ言葉を浴びせられたことを見たことがある。会場の誰もがおまえさんがよく言うよと声を出さずに突っ込んでいるような顔付きだ。古田記者はわざと言わせて見たかったのか、にやりと笑っている。

「だからぁ、本来取材行為であるから話したくない、話したくないけどお茶の間の関心事でもあるのでお話ししましょう、ただ不本意なことであることをご理解いただきたい、こう言いたかったのです」

「はいはい、分かりました。では経緯についてお願いします」

俺の言いたいことを軽くあしらいやがって。そんな目をして川波記者は古田記者の顔を見つめ返した。それでも、自分が逆の立場なら同じことかと気付いたのか、こほんと咳払いをして話し出した。

「戸々呂沢のスポーツセンターでの取材で私が書いた記事を読んででしょう、吉祥院裕喜さん本人から抗議の電話がありました。そこで記事を訂正したいのであれば、インタビューを受けてみられたらどうかと勧め、取材の約束をしました。そのアポが当日その時間になってキャンセルされ、こりゃおかしい何かあったのか、というのが今回の誘拐報道のそもそもの発端なのです。それは皆さんご承知かと思いますが、実はね、その時吉祥院さんはタイのバンコクに発たれたという情報を得たんで、早速追い掛けた訳ですよ」

「早速ですか？」

「そう、翌日一番の便ね」

「どこからの情報ですか？」

「情報提供者の不利益になるため話せませんね」

「分かりました。続けて下さい」

「バンコクへ行って、吉祥院グループの支社などを当たったら、エレファン島へ渡ったということでした。そこのホテルの調査とか言っていましたね。そこで更に我々も島へ追い掛けたという次第です」

「それもその次の日ぐらい」

「あぁ、そう」

「お二人だけで」

うんと一瞬言葉に詰まったが苦笑いしながら川波記者は続ける。お互いやることは熟知している。もう調べは付いているのじゃないのかと言いたげだ。

「バンコクまでは他にもカメラマンとかスタッフがいたわけです。それが島に渡る前の晩、向こうで食べたタイ料理に当たっちまいましてね。仕方なく元気な二人が行ったって次第、な？」

会見が始まって初めて川上レポーターの方を見て言葉を投げ掛けた。川上智子は頷くだけだった。

「お二人だけが？　幸運でしたね」

「あんな島に閉じ込められ、やっと帰ってくればこんな場所でつるし上げられ、幸運だったと言えるかね」

「不幸だった？　ということは島へ渡ったものの、成果は挙げられなかった、吉祥院裕喜さんを見つけることはできなかった、そういうことですか？」

「誘導尋問だね」

「どうなんでしょう？」

初めて川上レポーターがマイクに顔を近づけた。

「おっしゃる通り、島で吉祥院裕喜さんを見つけることはできませんでしたわ」

驚きとも安堵ともとれるざわめきが会場を支配した。

「島中の、といっても二軒しかありませんが、ホテルのフロントに照会してもそのような客はいないということでした。偽名を使っていることも考え、ホテルの客を直接当たったりもしました。他に島民以外の人間がいそうなところから始めて、果ては島民の村さえ捜し回りましたが、なかなか見つかりません」

「こう言っては何だけどさ、俺達は騙されたのではないかと思う。あの島へ行ったというのは出まかせでさ、吉祥院氏の跡を追えなくするための方便だったんじゃないかと勘ぐりたくなるよ」

川波記者が続ける。テレビを通じて吉祥院グループに文句を言っているようなものだ。

「そう言いたくなるほど徹底的に捜された、そう言いたいのでしょう？」

フォローするような古田記者の問い掛けに川波記者は頬を緩めてうなずいた。

「でも昼間は取材で忙しかったと思いますが、それが終了した夜はどうなのでしょう？　かなり時間を持て余したのではないでしょうか？」

「海以外は何もない島でしてね。そりゃ夜は時間をつぶすのに苦労しました」と川波記者。

「本を読んだり、一人で物を考えたりするには持って来いでしたわ」と川上レポーター。

「私はビールを飲んでひたすら寝とったね。三年分は眠ったんじゃないかな」

川波記者は自分のジョークに一人で笑った。いくつか乾いた笑いが続いた。

「ではお二人はそれぞれの部屋に引っ込んで別々に過ごされていたと」

「当たり前でしょう」

川上智子の顔が失礼ねと言っている。

「港に着いた時はだいぶ親しげにされていたようですが」

「一週間同じホテルで同じ仕事をしていた訳ですから、これまでよりは親しくもなりますわ。でもそれだけですぐ何かあったかのようにおとりになるのは、早計というものですわ」

いつもは自分が先頭に立って騒ぎ立てているじゃないかと、私も会場にいる誰もが思った。

「しかし腕を組んでおられたじゃないですか？」

別の記者が具体的に突っ込んだ。

「私が船に酔いましたので腕を貸していただいたのです」

「顔色良さそうでしたよ」

また別の記者が野次のように発言し、その周りで笑いが起きた。

「すいません、先程一週間とおっしゃいましたが、」古田記者が質問を再開する。

「吉祥院さんの取材キャンセルから翌日タイに飛び、さらにその翌日島へ渡ったとすれば、二週間は島におられたのではないですか？」

「そ、そう？　そうかしら」

川上智子は慌てる。

「な、何だか曜日の間隔もない島だからよぉ、間違えたかもしれないな」

川波記者がごまかす。

「時間の感覚がなくなるぐらい幸福な時を過ごされたということでしょうか？　でも、一週間に一便しか船がないそうですが、一週間目に何故帰って来られなかったのでしょう？」

「そ、そう、思い出したわ、台風よ。サイクロンっていうのでしたっけ？　すごい嵐がやって来て欠航になっちゃったのよ」

本当は彼女が忘れているはずはないだろう。おそらくあの嵐の夜が、そもそも今回の嵐の源のはずだ。

「確かに私どもの調べでも、一週間前の船便は天候不順のため欠航となっています。やはり、島には二週間おられたということですね。同じホテルに。二、週、間」

古田記者は一言ずつ念を押すようにゆっくりと繰り返した。

「何だよ。そんなに長く一緒にいたら何かなくちゃおかしいって顔だな。いかんぜ、それぐらいのことで男女の仲を決め付けちゃ」

川波記者が返す。誰もが、どの口が言っている、と無言で突っ込む。川上女史は遂に切り札を切ることにしたようだ。

「お疑いね。いいでしょう。ベンテ、カモン」

記者席の最前列左側へ向かって手招きをする。それまで記者に紛れて目立たなかったが、ひとりの男性が立ち上がって、会見席の川上智子の隣りに座った。肌の色は浅黒く、今日もウェーブのかかった髪が黒縁の眼鏡ごと顔の半分を隠している。

「この青年はベンテさんと申しまして、エレファン島のホテルで働いていたボーイさんです。たまたま同じ船で本土に渡り、そして日本に来る用事があるというので、島での私達の様子を証言してもらおうと、お願いして同席してもらいました」

「ベンテ、ト、イイマース」

座ったまま正面を向いてお辞儀をする。

「彼は日系三世とのことで日本語もお上手です。ベンテ、ホテルでは川波さんと私は離れた部屋だったわよね」

「ハイ、川波サン、東ノ端。川上サン、西ノ端。トテモトオイ。行クノニ、バイシクル必要ネ」

「私と川波さん、ホテルではどうしてた？」

「ア～、二人一緒、アマリ見タコトナーイ。ロビーデ一緒、時々。デモ難シイ顔シテタ、ノート広ゲテ」

「お聞きの通りです。私達は取材の打ち合わせ以外は別行動でした。何か彼に質問のある方はどうぞご質問下さい」

「ベンテさん、ロビーで打ち合わせをしている他は川波さんと川上さんが一緒にいるところは見たことがないとおっしゃる訳ですね」

「ハイ、ワタシハアリマセン」

「でも夜ホテルの人に気付かれずに、どちらかがもう一方の部屋を訪ねることはできますよね」

「モチロンデキマス。デモ、川上サン、イツモルームサービスデシタ。朝ト夜、ベンテオ食事ハコブ、ソコニ川波サンイナイ。川波サン、タバコ吸ウ、川上サンノ部屋、吸イ殻ナーイ」

　彼の話を聞きながら、川上智子がそっとうつむいたのを私は見逃さなかった。後日彼女が赤裸々に話してくれたが、ベンテがまともな回答をしてくれたことにひとまずほっとしながらも、あの部屋の情景が思い浮かんで来て、うっすら頬が赤らんでしまうのを気付かれまいとしたらしい。というのも、ホテルにおける二人の実状は、外国映画のワンシーンのように、一緒にシーツにくるまったままルームサービスを頼み、それをベンテが運んできたことも何度となくあったそうだ。テーブルの上にはタバコで溢れ返った灰皿や、ビールやウィスキーの空き瓶がころがり、すがすがしさとは程遠い朝の情景だったという。

　川波記者が締めに入る。

「これでご納得行きましたかね。我々二人は仕事で島に渡り、取材をしていました。私等や皆さんが日頃追っ掛けているような男女の関係には、残念ながらなっていません。さぁさ、納得が行ったら、お開きにしましょうや。私は早く寿司が食いてぇ」

多少の笑いが起きて、空騒ぎに終わったかと場内の空気は染まり掛けていたが、振り上げた拳が降ろせないような困った顔をしていた古田記者のところへ、同じ会社だろう、若い記者が駆け込んできて耳打ちした。二人はベンテの方を見ている。古田記者がわざわざ手を挙げて質問を再開した。

「お二人はエレファン島のサワットホテルにご滞在でしたよね。そのホテルに当社スタッフが問い合わせたところ、ベンテという名の日系人をボーイとして雇った記録はないということでした。ベンテさん、本当にホテルで働いていたのですか？」

「馬鹿な、何かの間違いよ」

川上智子は思わず叫んだ。証言の中味は作り話だが、彼が彼女の面倒を見ていてくれたことは疑いようのない事実のはずだった。そこを攻撃されるとは思ってみなかったのだろう。

「あるいは本日の証言をするために、お二人に雇われたのではないですか？」

「ベンテ、何かおっしゃい」

ところがさっきまで陽気なタイ人の顔をしていた青年は、表情を失い、遠くを見つめて動きを止めていた。会場全員の疑いの視線が注がれている。

「ベンテったら、何故黙ってるのよ！」

川上智子が促す。すると青年は糸が切れた操り人形のように頭を落としてうなだれると、くっくっと低い声で笑い始めた。次第にあはははと高笑いに変わって行く。

「ははは、川上さん、駄目だよ、ばれちゃった」

その発音は先程までの外国人が話す日本語ではなくて、普通の日本人のものだった。会場にいる記者達はその変化に気が付いたが、横にいる川上智子は動転していて分からなかったようだ。

「ばれちゃったって何言ってるの？　まだ何もばれていな……」

そこまで口走って語るに落ち掛けたことに気付き口をつぐんだが遅かった。

「川上さん、まだばれてということはやはり、何か隠している訳ですね」

古田記者が銀縁の眼鏡の奥で目を光らせて切り込む。

「な、何も隠してないわよ」

「このベンテさん、日本人のようだし、何か我々を騙そうとしているんじゃないのですか？」

川上レポーターと川波記者は押し黙っている。すると二人を代弁するかのようにベンテが話し出した。

「そうですね。騙すことは良くない。正直に話しましょうよ」

「ベンテ、黙ってて！　皆さん、彼は何も知らない、タイの日系人です。彼は慣れない席でおかしくなっちゃったんだわ。彼の言うことを真に受けては駄目です！」

「何おっしゃっているんです。彼を証人としてこの席に連れてきたのはあなたですよ」

明白なことを指摘されて、川上智子はますます逆上してしまった。

「駄目よ、聞いちゃ駄目！　ベンテ、傍で見ていただけのあなたが、いい加減なことを言わないで！」

ベンテは別に何も言おうとしていないのにといった表情で、口をすぼめてみせた。

「川上さん、落ち着いて下さい」と古田記者。

「いいわ、そんなに知りたきゃ、あたしから言う。素人のあなたなんかにこのスクープを取られてたまるもんですか！」

「おい、馬鹿、何言ってんだ、落ち着けよ！」

川波記者が叫ぶ。それにはかまわず川上智子はすくっと立ち上がった。

「公表します！　私こと川上智子と大江戸スポーツの川波記者は、台風による浸水で私の部屋が使えなくなり、同じ部屋に泊まっておりました。それだけです！」

おぉと会場内にどよめきが走り、ストロボの閃光がいくつも瞬いた。電話をかけに部屋の外へ飛び出して行った記者も何人かいた。

「ということは男女の関係になられたということですね」

古田記者はできるだけ遠回しに言おうとしたようだが、言い終わってみると露骨な質問になっていることに苦笑した。

「ご想像にお任せ致します」

川上智子はむしろすっきりとした、晴れやかな顔をして、腰を降ろした。川波記者は苦虫を噛み潰したような顔を反対方向に背けた。女房に何と言い訳すればいい？　先ず頭に浮かんだのは家庭問題だったと後日言っていた。自分の秘密までスクープにしやがって。だから女は信用できねぇ。

「川波さん、今の川上さんの発言を受けて一言お願いします」

「ノーコメント」

「認めないのですか?」

男らしくないぞ、と野次が飛んだ。くそっと毒づいた。

「一緒の部屋に泊まったことは認めてやるよ。他に部屋がなかったからな。そこから先はノーコメントだ。プライバシーだ」

いつも芸能人のプライバシーを食い散らかしている芸能記者の口からそんな言葉が飛び出したのを聞いて、ベンテが一言つぶやいた。

「人になくても俺にはあるぞプライバシー」

会場はどっと笑いの渦に包まれた、会見席の二人を除いて。その内の一人が掴み掛からんばかりに噛み付く。

「な、何言っているんだ。そもそもおまえが余計なことをばらそうとするから、こんなことになったんだぞ! どうしてくれる!」

「ははは、勘違いしないで下さいよ。僕は何もお二人のご関係をばらすつもりなんて全くなかったんですよ」

「だって、さっきばれちゃったとか言っていたじゃない!」

今度は川上智子も言い詰め寄る。ヒステリックな声だ。

「ばれそうになったのは僕の正体の方ですよ、二人の関係じゃない。落ち着いて下さいよ」

川上レポーターはそう言われるとそうだったかと気付いたのか、口を開けたまま手を泳がせて言葉を探している。川波記者は怒りが納まらない。

「おまえの正体だ？　ホテルのボーイじゃなかったら何だと言うんだよ。名乗るほどの正体があるのかよ」

楽しそうに笑ったままベンテは答える。

「じゃぁ僕の正体についてお話しましょうか。その前に皆さん、この二人への追求はもうよろしいんですか？」

「そうだ、結局ご関係を認めたんですね？」

「何日ご一緒におられたのですか？」

「川波さんはご結婚されていますが今後お二人はどのように……」

会場のあちこちから質問が乱れ飛ぶ。

「ノーコメントったらノーコメントだ。それよりこいつの正体だ。もったいぶりやがって、何様だっていうんだ！」

「そうですね、そちらをはっきりした方がいいかもしれません」

それまで黙っていた古田記者が冷静な声で会場を仕切った。古田記者はもう気付いているのだろう。私も日本人のイントネーションに変わった時から気付いていた。ベンテはうなずいて話し出す。

「確かに私はあのホテルのボーイではありません。雇われていたわけでもありません。勝手にホテルのボーイの真似をしていただけです。だからホテル側も否定したのでしょう。日系タイ人のふりをしていましたが、日本生まれの日本育ちです。ベンテというのは今回自分で名付けた名前で、弁天様のベンテです」

「弁天様の？」

「はい、弁天もしくは弁財天は、元はインドの神様。同じくインドから来た美人の神様を知っていますか？」

「き、吉祥天？」

「そうです。実は僕は弁天と吉祥天は一緒だと誤解していたのですがね。吉祥天が私の本名の一部なんです。そう、私が吉祥院裕喜です」

そう言いながら、鬘と眼鏡を外した。うわーっとその日最大のどよめきが会場に満ちた。日焼けした裕喜先輩の顔が真っ白に見えるほどカメラのストロボが光り続けた。その傍らで川波記者と川上レポーターはまるで埴輪のように、仲良く目と口を丸く開けていた。

「吉祥院裕喜さん、改めて質問をさせていただきます」

引き続き古田記者が進行役を努めた。川波と川上のエドエドカップルは、自分達の迂闊さや騙されていたことに、もっと怒り狂ってもよさそうに思えたが、もはや気力を使い果たしたボクサーのように、会場の隅の席に移されても、肩を落として頭を垂れたままだった。今や舞台は、二週間ぶりに姿を現わした裕喜先輩の会見場に様替わりしていた。

「この二週間、ずっとタイの離れ小島におられたわけですね」

「はい」

「それはどういう目的でしたか？」

「はぁ、まぁ修行というか丁稚奉公というか勉強というか」

「ホテルのボーイのですか？」

「まぁ、顧客サービスの原点とでも言っておきますかね。日本を出る時父は、ホテル経営から企業運営を学んで来いというようなことを言っていましたが、そのホテル経営を先ず理解するには、ボーイをしてみるのが一番いいのかなと向こう行ってから気が付きましてね、途中からお願いした次第です」

「名前や容姿を偽っていたのはどうしてでしょう？」

この時は川波川上両記者もぴくりと顔を上げた。

「いやぁ、そりゃそうでしょうよ。特別待遇のボーイだったら、修行の意味はないわけで。特に僕を追っているお二人に名乗り出たら、質問攻めに会って仕事にならない。まぁ、現地人に化けられるかなという悪戯ごころもないことはなかったですがね。正直してやったりと思ってます。でもタイの日系三世のふりをしたことと、お二人の関係は全く関連ないですよ」

そう言って裕喜先輩はかすかにほほ笑んだ。仲間というほどの親近感は持っていないだろうが、同業者をかついだと言う裕喜先輩に対して、古田記者も多少の反感も覚えたのだろう、最も重要な質問をストレートにぶつけた。

「さて、あの清原院姫子さんの件ですが」

「え、またそれ？　今回のタイ行きと彼女は何ら関係ないよ。当然この二週間連絡も取ってないし」

「やはり一昨日の事件は御存じない？」

「ん？　事件？　何かあったの？」

「先ず一昨日未明、福島県白根田村の櫸屋敷、小さいころお住まいだったそうですね、その屋敷が火事によって、消失しました」

「え？　中にいた人間は？　友達に貸していたんだが」

「地下のワインクーラーに入って無事でした」

「あぁ、それは良かった。でもあの家が燃えちまったのか」

裕喜先輩は悲しそうな顔をした。

「でもそれと姫子さんがどう絡むの？」

「火事の模様は朝のワイドショーで全国に流れました。それを姫子さんはご覧になって……」

「ちょっと待って、なんであの家の火事ぐらいがワイドショーで取り上げられたの？」

裕喜先輩が遮った。部下の報告を受ける重役の感じがしないでもない。

「裕喜さんの行方を我々は探しました。そしてあの櫸屋敷に監禁されているのではないかという見方が有力になったので、あそこに取材班が派遣されていたわけです」

「はぁーん、御苦労様。それで？　火事の模様を見た姫子さんは？」

「あなたが火事の犠牲になったと思い、悲しさのあまり、海に飛び込みました」

「ねぇ、ねぇ、ドラマにしてもそれはちょっと筋書きが乱暴じゃない？　担ぐのはやめてよ。なんでテレビを見て海に飛び込むのさ」

冗談を言われているかのように本気にしていない。

「フェリーで四国に行く途中のことでした。これをご覧下さい」

古田記者の横にいた若い記者が会見席に近寄って、ＤＶＤプレーヤーを置いた。一昨日のテレビでさんざん流れた飛び込みシーンが再生される。目をそらさず瞬きもせず裕喜先輩は見入った。

「それで？　彼女は発見されていないのか？」

裕喜先輩の声から快活さが消えた。

「はい。残念ながら今日までのところは」

「皆さんの誰かが僕らのことをロミオとジュリエットと言っていたらしいねぇ、どうやらその通りになり掛けているじゃないか」

部屋の中の空気がぴりりと振動するような声だ。

「僕が死んだと思い彼女は身を投げた。それを知って僕が自殺をすれば悲劇として完璧だ。皆さんはそれをお望みだ！」

振りあげられた右手の人差し指が会場にいる記者達を順繰りに指差した。

「まさか、そんなことはありません！」

古田記者が答える。

「ならば､何をして欲しい？　このような場で人の悲劇を突き付けておいて､何を言って欲しい？」

「その、今のお気持ちなどを……」

「そら来た！　いつも同じだ！　事件が起きる、人が傷つく、人が死ぬ、悲劇が起きる、決まって君らは被害者や遺族にマイクを突き付ける。悲しい人達の気持ちがそんなに必要か？　聞かないでも分かっているだろうが。想像力ってものがないのか？　それとも思いやりってものがないのか？」

「それはですね、より事件を立体的にあらゆる角度から報道することによってですね、事件の悲惨さや問題性をより浮き彫りにしたい……」

「それは君達の理屈だね。いいか、今回それが姫子さんを殺しているんだぞ！　分かっているのか！　君らがマイクを突き付けて彼女を海に突き落としたんだ。僕が死にました、どんなお気持ちですか？　そんなことを聞かなかったら、彼女は今も生きているかもしれない、それが分かっているのか！」

会場の誰も答えられない。

「分かってないよな、分かってないからまた僕に向かって同じ質問をしているもんな。姫子さんが死にました、どんな気持ちですか？　何も反省していない。七年前と同じだ、全く反省していない。君らが騒ぎ立てなければ僕の母は、死を選びはしなかったかもしれない。君らが追い掛け回さなければ思い詰めることもなかったんだ！」

私がこの仕事を始めるきっかけとなった事件だ。それなのに私はこちら側にいる。マスコミ側にいて裕喜先輩に批難されている。本当は裕喜先輩と同じ側に立って、マスコミを糾弾するつもりでいたのに、何もできていない。声を集めただけで何もできていない。そのうちに姫子さんの悲劇が繰り返されてしまった。胸が痛む。

「もうやめろ！　やめちまえ！　警察でもないのに事件の真ん中を嗅ぎ回るな！　外からおとなしく眺めていたらどうなんだ！　そしてすべて終わってから確かな事実だけを報道しろ！」

こんな剣幕の裕喜先輩を見たことがなかった。

「姫子さんを殺したのは君達だ。そして君達は僕にも嘆き悲しんで死んで欲しいのだろうが、そうはいかない。僕はロミオじゃない。発行部数や視聴率のために死んでたまるか！」

そう叫ぶと裕喜先輩は自分の前にあったマイクの束を片手でなぎ払った。マイクは会見席の横の床に落ちるとともに、ごっという大きな音を部屋中に響かせた。記者やレポーター達が気圧されて何も言えない間に、裕喜先輩は大きな足取りで部屋を横切り、大きな音を立ててドアを開け出て行った。瞬間静寂が部屋を制したが、それも束の間、吉祥院さん！　と叫びながら跡を追い掛ける記者達が、一斉に立ち上がって前の扉に押し寄せた。しかしもう辺りに裕喜先輩の姿はなく、捕まえることはできなかった。


私は叱られた子供のようにうなだれてマンションに戻り、成田騒動を伝えるワイドショーなどの録画をチェックしたが、この会見の模様は生中継されてはいなかった。各テレビ局は申し合わせたように、前半の川波川上両記者の嘘がばれるまで、裕喜先輩が正体を明かしたところまでしか放映しなかった。そしてキャスターが、この後裕喜氏は姫子さんの悲劇を伝えたところ、激しく悼みました、といった程度のコメントをするに留まった。スポーツ新聞も「裕喜氏出現！」などの見出しが踊ったが、内容的にはテレビと同様だった。やはりマスコミは自分らに都合の悪いことは流そうとしないのか。その日から翌日の午前中にかけて、裕喜先輩のマスコミ非難のコメントは闇に葬り去られたかに見えた。

ところが次の日の午後になって、インターネットのマスコミ問題を取り扱っている個人サイトから、後半の会見の映像が配信された。メールで送られて来たものだという。そのサイトの管理者もマスコミに対し、「自らへの非難を押し隠すのか！」との痛烈なコメントを載せた。アクセスは一部のマニアから一般ユーザーへと広がり、同様な趣旨の抗議が多数テレビ局や新聞社に押し寄せ、電話回線はパンク寸前だった。

それでも大半の報道機関は沈黙を押し通し嵐の過ぎ去るのを待とうとしていたようだが、東京のローカルテレビであるテレビキャピタルが夕方のニュース番組で、インターネットの映像をそのまま流し、他のマスコミ各社が裕喜先輩の糾弾を黙殺しようとしていること自体を取り上げた。テレビキャピタルはまだ取材部門が数人しかおらず、戸々呂沢にも白根田村にも人を派遣する余裕がなく、結果としてシンデレラ舞踏会から始まった一連の騒動において何の報道も行って来なかった。それゆえ無関係な立場で悪びれず、マスコミ批判をやってのけたのであろう。

次の日には一般紙の朝刊にも取り上げられ、さらに多くの人が裕喜先輩の発言内容とそれを報道しなかったマスコミの姿勢を知ることとなった。テレビ局や新聞社に苦情の電話やファックス、メールが土石流のように押し寄せ、ＣＭや広告のキャンセルを行う企業が出始めた。常にマスコミに多大な神経を払わされている国会議員や政府関係者は、日頃の鬱憤を晴らす恰好のチャンスだとばかりにすぐさまこの問題を取り上げ、報道機関を監視する機関の設置や取材行動を規制する法律の立案が真剣に討議され始めた。それに対し報道の自由が損なわれると訴える文化人もいたが、さすがに今回ばかりは世間の同情を得られなかった。

スポーツ紙や週刊誌の売上も激減した。過激な見出しにつられて読んでみると大したことはないというこれまでの編集の仕方に対して、自粛して見出しを抑え気味にした週刊誌も、かえって過激にしたスポーツ紙もあったが、どちらも売上を取り戻すことはできなかった。

テレビでは、ニュースに対するコメントを求める街頭インタビューにおいても応じる人が少なくなり、おいしい店や街のスポットを紹介する情報系番組の取材でさえ断られることが多くなって、スタジオから外に出る画面が撮れなくなった。情報系番組の視聴率は急降下し、それに引きずられるように、ドラマやバラエティ番組の視聴率も下がった。国民はテレビのスイッチを入れなくなったのだ。

そんな中で宮野権太はテレビ業界からさびしく姿を消した。自分の発言が欅屋敷の火事を引き起こしたような形になったことの責任を取ったわけではない。あの日崩した体調が回復せず、それまでの無理が祟ったのだろう、長期入院が必要になったのである。「モーニングズバット」も「お気楽情報缶」も、それぞれ別のキャスターが引き継ぎ、何事もなかったように番組は進行している。

「白根田村、マスコミ各社に費用請求」（七月三十日テレビキャピタル　ニュースナイト）
「吉祥院裕喜さんが誘拐、監禁されているとして、取材陣が二週間余り滞在した福島県の白根田村ですが、このほど滞在したマスコミ各社に対して、宿泊施設として解放した白根田ホールの使用料、飲食費用や給仕費用などの請求を行なっていることが分かりました。請求はマスコミ各社に個別に行われており、その総額は現在集計中ではありますが、概算で一億円を超えるものと思われます。

さらにこの請求費用の中には消失した欅屋敷の損害費用や白根田ホールの催し物のキャンセル費用も含まれているとされます。この件につきまして同村の本木村長のコメントをお聞き下さい」

「消防によれば、あの火事の原因は取材陣のたばこの不始末でしょ。なんで請求させてもらいました。おまけにの、発見者が白根田センターに通報したまではよかったがの、受けた人はぁ、消防団に連絡してくれんかったらしいんだな。みんなして現場に来ることばかし夢中になっての。まぁ素人に毛ぇ生えたぐらいの消防団だでの、どれだけ火ぃ消せたか分からねぇども、もうちっとは焼け残るもんもあったんでねぇか？　それとなぁ、欅屋敷は村の重要文化財の候補になっておっての、近く村に寄贈される運びになっていただ。焼けた家屋は元に戻らんけども、幸い欅の木は残ったので公園にでもしたいだね。万が一、清原院姫子さんがお気の毒にも戻らぬようなことがあったら、供養碑でも建立することを検討してもいいだ。また、白根田村に取材陣が来られて三日目の七月十六日土曜日の夜にはの、もともと若手演歌歌手の氷山やすしさんのミニコンサートが予定されていたんじゃが、中止にしたんじゃ。一度招き入れたお客さんに出て行けとも言えんでの。まさか三日も四日も泊まることにはなるとは思わんかった。チケットはすべて完売していたので、その払い戻し費用を加算させていただいとる。何卒ご理解いただきたいの」

「白根田村に滞在した報道機関は、テレビ局、新聞社、雑誌社など三十社余りと見られ、請求は滞在者の延べ人数に比例して行われたようですが、単純平均すると一社当たり三百万円強となります。この請求に対し各社は、食費や賄い費用など実費については支払う用意があるが、それ以外の費用については想定外であると、支払いを拒否する姿勢を示しています」

「マスコミ各社の支払い拒否に非難集中」（八月一日テレビキャピタル　ニュースナイト）

「先日この時間で、白根田村からの費用請求にマスコミ各社が難色を示しているとお伝えしましたが、それに対し、この二日間マスコミ各社には一般市民からの抗議や非難の電話やファックス、メールなどが数多く寄せられている模様です。街の声をお聞き下さい」

「いやー、毎日いいもの食べさせてもらったんでしょ？　自らレポートしていたじゃない。そりゃ当然払わなきゃいけないわよ。それにあの屋敷の火事？　取材陣が詰め掛けなきゃ起きなかったんでしょ。それとそうそう、氷山やすしのコンサート。それがつぶれちゃったんなら高くつくわよね。もう一度やらないかしら、あたしも行きたいわ。ともかくみんな払うのが当然よ」

「マスコミは今回間違った報道ばかりをしていたでしょ、勝手に誘拐だと騒いであんな田舎に押し掛けて。火事だ、焼け死んだと言って、あのお嬢さんを自殺に追い込んで。その辺の責任はどう考えているのかね。お嬢さんの遺族がいれば損害賠償か慰謝料を請求されるでしょうよ。それに比べたらあの村の請求なんてしれてますよ。お嬢さんの供養碑を建てるとか言ってるじゃない、あの村長。むしろ進んで寄附するべきだよ。支払いを渋るなんて言語道断、反省の色無し！」

ゼネコン疑惑とか銀行の不良債権問題とか保険料不払いとか賞味期限偽証とか、これまで、ある業界が批判にさらされると、マスコミが毎朝毎晩似たような問題を掘り出して来ては報道し、しばらく熱を帯びたような状態が続くものだった。しかし今回は自らが批判の矢面に立たされているので、テレビも新聞も鳴りをひそめている。マスコミが静かだと大きな問題になっていないかのようだが、だからといって嵐がもう過ぎ去ったというわけではない。むしろ容易に動かない黒い雲が重くのしかかっているかのようだ。一般市民はおおむねただ呆れている。マスコミと冷たく距離を置き始めている。

夏真っ盛りだった。昼の猛暑と熱帯夜が連日続き、人々の活気を蒸発させてしまいそうだった。テレビも新聞も週刊紙も報道の自粛を続けていたから、しかも特定の事件に関してではなく、全般的な自粛だったから、世間は静まり返っている感じだった。サルスベリだけがいつもの夏と同じように赤い花を咲き誇らせていた。

そんな中、この騒動の途中から抱いた疑念を整理し始めた私を突き動かす電話が来た。カルチェラタンの詩織さんからだ。白根田村へ行く前に電話をもらったきり、羽沢麗児のことは忘れていたが、その羽沢が見つかったという。

「それがね、病院に入院していたのよ。退院が間近になったら本人がお金を持ち合わせてないことが分かったんで、病院が私に連絡して来たわけ」

「入院？　怪我でもしたんですか？」

「いや怪我じゃないんだけどね」何だか言葉を濁して、そのままおかしなことを聞いてきた。

「それで今日電話したのはね、病院に私のこと教えたのが誰だか分かんないわけ。本人かと思っていたら、どうも違うのよ。見舞いに行ったら、何でここが分かったって驚いてるの、喜んでもよさそうなのに、失礼しちゃうわ」

「はぁ」

「入院を知らなかったとすると、あなたでもないのね。誰か他に私と羽沢の関係教えていない？　羽沢を病院に入れた人間が私と店の電話を書き残したらしいのだけど」

「えぇ？　それって知る人ぞ知る仲だったのとちゃいますのん、舞踏会にも一緒に来てはったやないですか」

「まさか、そんなステディなものじゃないわよ。彼にとって私はワンオブゼム、私にとっても贔屓客の一人」

　あ、そう。

「だから、私と羽沢をペアリングする人は限られて来るのよ。あなたはその一人なわけ。どう、誰かに教えていない？」

「いいえ、全く」

「まぁ、たいしたことじゃないんだけどね、ちょっと気になるから電話してみたの。悪かったわね、邪魔して。またお店の方にでも来て頂戴、じゃぁね」

　その瞬間、私は一人だけ教えていたことに気が付いた。もちろんそれが正解とは限らない。だが、目まぐるしく回転し始めた頭が、奇跡的にもう一つの質問を発することを口に命じた。

「待って詩織さん！　その羽沢さんが入院した病院って何処？」

「え？　病院？　それがね、遠いのよ、郡山なの、福島県の」

福島県。白根田村のある福島県。

郡山とまでは口が滑ったが、その後は警戒したようで、詩織さんは、ごめんね、忘れちゃったわと言って、病院の名前を教えてくれなかった。仕方がないので、インターネットで検索する。郡山にある医療機関は約四百。私の想定したシナリオに沿って、条件を絞り込む。入院できる施設だから病床のない個人医院は除外。後は診療科目を決め打ちしたら、三十件ほどになった。たぶん救急で運ばれたとは考えにくいので救急病院ではなく、地域医療の紹介状がないと入りにくい総合病院も除外できるのではないか。そうなると、入院施設のある診療所であろうと当たりを付けた。まだマスコミに知られていないことから、羽沢麗児だと気付かれていないとすれば、スタッフが少ない方がその可能性も高いし、患者一人の入院費用の心配がより切実だろう。入院病床の少ない順に並べて、上から虱潰しだ。

実は以前にも同じような病院探しを一度したことがあったのだが、個人情報保護の関係で、電話では入院患者のことをなかなか教えてくれない。私は郡山まで出掛けて行くことにした。

リストの一番上にあるのは、駅から東へ十五分ぐらいの住宅地にある診療所だった。最初から当たりを引くほど強運の持ち主ではない。リストの二番手は駅の反対側だったので、近所にある候補を三件訪ね回った。それから二番手とその周辺で六件回り、三番手がある市内の南側の方へ移動しようとしたところ、道に迷って偶然、ある診療所の前に出た。リストの七番目の候補だった。後藤家記者会見の席順で七七番を引き当てた羽沢麗児の顔を思い出し、ここかもしれないという予感が背中を駆け昇る。

一階が診療室、二階が病床となっていて、待合ホール左手の階段を上がる。そこにナースステーションがあったが、忙しいのか人手不足か出払っていて誰もいない。通り過ぎて直接病室入り口の名札を見て回ることにした。柱に貼ってある二階の平面図を見ると、廊下の奥に個室が四つある。羽沢のイメージと想像している病名から考えると、個室から当たるのが順当というものだ。廊下の突き当たりは非常階段になっていて、扉の窓から光が差し込んでいたが、それを希望の光のように感じて、地方都市の見知らぬ病院の暗い廊下を私はわき目も振らず廊下の一番奥へと真っすぐ突き進んだ。左側一号室、白井権左衛門。右側七号室……

あった。荒木昭一という羽沢麗児の本名が。

その後の日々、他の仕事はそっちのけで、その疑念の裏付けとなる情報の収集に奔走した。マスコミが自粛ムードなのが皮肉にも幸いして、この作業に集中できた。電話をかけまくり、至る所に足を運び、そして家に帰って知り得た情報をつなぎ合わせて整理しては、導き出された推論に基づき、また次の日取材に出掛けるという日々が何日か続いた。白根田村へも行き欅屋敷の焼け跡を見た。事件の渦中にいた人間に何とか連絡を付けて取材をした。私の考えが間違っていることを望まずにはいられない自分がいたが、その一方でおそらく私だけが気付きつつある真実が日に日に形作られていくことに、興奮している自分もいた。いつもの妄想ではなく、論理的に筋が通っているか何度もチェックし、とうとうこれで間違いないと確信を得てから、二日間家に籠って思い悩んだ。真夏だというのにクーラーも掛けずに汗だくとなって考え続けた。そして遂に行動に出ることにした。

真夏の日の集まり

私が大佐田晴先輩に電話をかけてみたのは、裕喜先輩の会見から半月ほどたった土曜日、まだまだ夏が衰えない暑い日だ。白根田村騒動以来ずっと繋がらなかった電話がようやく繋がった。

「先輩、何処行ってましたん？　もう肝心な時にちっともおらへんのやから」

「すまん、すまん。ちょっと突貫現場の応援に駆り出されてな、仙台に行っていた。携帯を家に忘れてしまってな」

「ま、過ぎたことはいいです。それより今すぐ出られません？　ちょっと重要な取材にこれから行くのですけど、是非付き合って欲しいんです」

「今から？　おまえいくら俺が暇そうに見えてもだなぁ」

「いいじゃないですか、裕喜先輩に関係することなんですねん。車で迎えに行きますよって、マンションの前でいいですか？　じゃあ三十分ほどで行きますから」

強引に約束させて電話を切った。先輩がいないと話が始まらないのだが、たぶんもう戻っている頃だろうと思った。綱渡りと言えば非常に危ない綱渡りだ。

五分ほど前にマンションの前に行ってみたら、先輩は手持ち無沙汰な様子で立っていた。

「えろうすいません先輩、無理やり付き合うてもろて。さぁ乗って下さい、道々訳は話しますよって」

私はハル先輩の背中を押して、いつものパッソの助手席に押し込んだ。

「はいはい、こうなったら何処までも行きましょう。でも誰を取材するんだ？」

「それは着いてからのお楽しみ。さぁさ、行きましょう」

私は運転席に乗り、車を発進させた。車の流れに乗ると半分顔を向けて私は切り出した。

「もう足の方はええんですか？」

ハル先輩は一瞬顔色が変わったが、すぐにまた笑顔を浮かべた。

「やはり気が付いたか。でもテレビや新聞には違う名前が出たんだろう？」

「高嶺薄雪。草の字を足したら、タカネウスユキソウ。先輩の好きな高山植物ですやん。でも警察に嘘言うたんですか？」

「雅号だ。一応芸術家ということになっていたからな。救出された時名前を聞かれてそう言ってやった。後は気絶したんだ、しばらく。次の日の事情聴取ではちゃんと本名を言ったよ。でももう世間の関心は東京湾へ移っていたし、シロとなった容疑者の名前が違っていたことなんて、ニュースにならなかったと思ったけどな」

「長島先輩の友人で山にちなんだ名前の人やから、もしやって思うたんです」

「そうか。で？　これを確かめるためにわざわざ呼び出したのかい？」

「まさか。私を見くびらんといて下さい。ほんのご挨拶がわりです」

「ほう？」

「これから行くのはある会場です。そこにはご存じのメンバーに集もうてもろってます」

「メンバー？　何のことだ？」声が硬くなる。

「もう着きますよって。今に分かりますよ」

幹線道路から私鉄の駅に通じる道路に入り、駅からほど近いビジネスホテルの入り口前の平面駐車場に停めた。吉祥院グループが展開するビジネスホテルだ。

すると私らを認めて向かい側の車の陰から若い男が出て来た。石三である。私が二人を紹介する。

「これ、弟の石三です。スポーツ新聞の駆出し記者やってます。こちらが大佐田先輩」

「これはないやろう、おねえ。あ、いつも姉がお世話になっています」

「大佐田です」

「これには今お集まりの中のある人を尾行してこの場所を突き止めてもらいました。集まった？」

「あぁ、九人かな」

「ちょっと待て。何だ？ デカみたいに尾行をしたのか？ ということは相手に取材の約束を取っていないんだな。アトもそんな手口を使うのか？ 全く君らマスコミったら……」

怒り出すハル先輩を私は人差し指を口の前に立てて制した。

「おっしゃる通りお集まりの方々には私が行くことを伝えていません。まさかこのホテルに誰が集まっているのか分からへんと言うのではないでしょうね。騙すようなことをして誘い出したのは謝ります。それから先輩の名を語って、集合の号令を掛けさせてもらいました。先輩のと似たアドレスを作って西さんにメールを打ったんです。知ってますよね、裕喜先輩の秘書の西さん。そうしたらこうして皆さんが集もうたわけです」

「そんなことまでして何を取材したいんだ」

私は小さく首を横に振った。

「これからするのは取材とちゃいます。ある事実を確認するのが目的だと言えば取材とも言えるんですが、それで知り得た事実を報道するとは限りません。ただどうしても確かめたいんです」

ハル先輩は口を閉じて私のことを見つめた。私ら姉弟が何をどこまで知っているのか探るような目付きだ。実は石三には何も話していない。

「じゃあ行きましょう」

私ら三人はハル先輩を真中にはさんでホテルの入り口を入った。エスカレータを二階に上がるとそのフロアは貸会議室になっていて、一つの扉の前に「こまくさの会」と書いた紙が貼ってあった。

「ここですね」

ハル先輩は覚悟を決めたように扉を開けた。ハル先輩を先頭に三人が入る。会議なら二十人ぐらいは入るほどの長方形の部屋で、今は中央にテーブルが寄せられ、白いクロスの上にはオードブルが置かれ、その周りをビールやジュースのビンや小皿が取り囲んでいるが、まだ料理に手は付けられていないし、栓も抜かれていない。ハル先輩が来るのを待っていたのだろう。先客者達は数人ずつ三つほどのグループに別れて談笑していた。

「遅いじゃないか大佐田君。言い出しっぺが遅れては……」

声を掛けて来たのは戸々呂沢の後藤氏だった。その大きな声は私が後ろにいるのを認めて途中で途切れ、そのことに部屋にいる全員が入り口の方に振り返り、ハル先輩の後ろにいた私ら姉弟に気が付いた。部屋の中には男五人女四人の九人が居て、後藤氏と同様言葉を失っていた。

「皆さん、ご無沙汰しています。折原跡美です」

ラストメンバーと乱入者二人は部屋の中へと進んだ。部屋の中の面々は説明を求めるかのように横にいるハル先輩に視線を向けた。

「気付かれちゃったということだよ、裕喜」

ハル先輩は部屋の一番奥にいた吉祥院裕喜先輩に声を掛けた。

「そうか、やっぱりな。久しぶりだね、アト。いや舞踏会には来てくれていたんだっけね」

「お久しぶりです長島先輩。いや吉祥院先輩」

「何か気が付いたか、やっぱり」

「そりゃ気付かへん方がどうかしてます。今回の事件で登場するのが、皆私が取材した人ばかりなんですから。偶然というにはでき過ぎてます」

「皆さん、今日の集まりは俺が言い出したんじゃない。彼女が俺の名を騙って、西さんにメールを打ったんだ」

ハル先輩が言い訳するようにメンバーに告げて、一人の女性に手を向けた。

「そうなの。アドレスのドメインが違っていたからおかしいなとは思ったんだけどね。あたしのアドレス知っている人少ないからね、つい信用して集合掛けちゃった。まんまと利用されちゃったわけだ」

右手二番目にいる若い女性が苦々しげに言う。私は苦笑して言い返す。

「あたしもこちらにいるメンバーでメールアドレス知っているのは先輩とあなただけやったの、西さん。でも言うたら、先に利用されたのは私の方やないかしら」

「まぁまぁ、それで僕らを集めて何をしようと言うんだい」

裕喜先輩がなだめるように尋ねる。

「さっきもハル先輩には言うたんですけどね、ただ確認したいだけなんです。今回の騒動の裏が、私が気付いた通りの筋書きなのか否か」

「確認してスクープにするわけだ」

「公表するかどうかはまだ決めていません。何が何でも売りたいわけではないんです。確かめたいという気持ちだけなんです」

「へぇ、今時めずらしいマスコミ関係者ね。それともジャーナリストとしては失格かしら」

また西祥子がつっかかって来る。取材後もメールのやり取りをしていたぐらいは親しかっただけに、返って気持ちが納まらないらしい。

「まぁ、立ち話も何だから腰掛けるとしよう」

ハル先輩が言って、皆はぐるりと席に付いた。

「さぁ、何を確かめたいんだ」

一度腰掛けた私はこほんと咳払いをしてまた立ち上がった。

「先ずは今回の騒動の始まりは例の舞踏会でした。その開催目的はいろいろ取り沙汰されましたが、今にして思えば吉祥院裕喜先輩と清原院姫子さん、このシンデレラカップルを誕生させて、マスコミに食いつかせるのが本当の目的だったとちゃいますか？」

「餌撒きだと言うの？　あれだけ派手な催しが？　吉祥院グループ挙げてやったんだよ」

裕喜先輩が反論する。

「グループ挙げてやと思います。というより実顕氏がバッグにいたということやないですか。お父上もお母様の件以来、マスコミを憎いと思い続けていたんやと想像します。だって不自然でしょう、いくら吉祥院グループが日本有数のコンチェルンやとしても、取締役就任の発表ぐらいであんな大掛かりな舞台装置は。有名人を招待しまくったのかておかしいし」

メンバーの一人である四角い顔の中年男性が額の汗をハンカチで吹きながら口を挟む。

「でもマスコミはシャットアウトにしたんだよ。おかしいでしょ、マスコミへの餌撒きだとしたら」

「それこそマスコミの関心を引くのが目的やった証拠ですよ。隠せば隠そうとするほど関心を寄せるのは当然やないですか。テレビに流れていたら一日もてはやされた後は忘れ去られるだけでしたよ。シークレットだからこそマスコミの取材熱はかき立てられた。それを成功させはった情報コントロールはたいしたものやと思います、江川さん」

褒められて頬が緩むのを隠すかのように元海三保険広報部の江川部長は額のハンカチを口の周りに持っていった。

「そして同時にマスコミへの復讐の第一弾やったわけでしょう、あの取材拒否会見は。マスコミにおいしいものをちらつかせて、ぴしゃっと撥ね付ける。すこぶるつきの快感やったんじゃないですか、江川さん？」

江川部長は当時のことを思い出してか、声にこそ出さなかったが首を縦に振りながら楽しそうに笑っていた。

「そしてシンデレラの登場です。一夜にしてスターダムに上がる女性の話をシンデレラストーリーとか言いますが、それよりももっと物語そのままやないですか。舞踏会。時間を忘れるほどのダンス。誰や分からないまま消えてしもうた美女。靴こそ残さなかったけれど、手掛かりが得られてみれば召し使いやった。あ、失礼しました、お手伝いさんやったですね、清水さん」

ふふと清水夫人は上品に笑っただけだった。

「復讐劇の第二弾。シンデレラを餌にマスコミの取材陣を呼び寄せて、全国中継で謝罪させる。お見事でした。私なんかは清水さんの被害の様子を取材していましたから、現場で見ていて内心拍手喝采していましたよ。そうだ、これのこと覚えておられます?」

私はそれまでしゃべるのに夢中で、存在を忘れていた石三を自分の方に招き寄せた。

「紹介が遅れました。これ、弟の石三です。スポーツ新聞の駆出し記者やってます。清水さんのお宅に記者達が張り付いて何日か目の朝、挨拶の件で奥様に叱られた若造のうちの一人です。ほれ」

「折原石三です。その節は失礼致しました。またありがたいご教授ありがとうございました」

礼儀正しく来られては、いくらにっくきマスコミの手先でも邪険に扱えない。清水夫人も他のメンバーもばらばらに一礼した。

「こいつなんぞはまだ悪く染まり切っていないもんで、深く反省した方です。私の助言にしたがって、取材陣を謝罪の方向にリードしていったんも彼です」

ああそう、と清水夫人は鷹揚に笑った。

「姫子さんが一か月お手伝いをされていたというのも、実際におられたんやろうけど、作り事ですよね。スパイが事前に行うという工作って奴ですか」

「スパイとは人聞きの悪い。何故そうお思いになるの？」

「私が取材させていただいた印象やったら、奥様はお手伝いさんなんかに家事を任せず、自分で何でもやってしもう方やと感じたからです。それにある日突然マスコミがやって来たはずやのに、三、四日籠城できるぐらいの蓄えがあった。ご主人やお姑さんも一向に外に出て来ない。あの間温泉旅行に行かれていたようですね。草津温泉のホテル・ザ・吉祥」

ホテル・ザ・吉祥は吉祥院グループの傘下にある観光ホテルチェーンである。

「よく調べているね」と裕喜先輩。

「もちろん決定的な証拠にはならしまへん。偶然が重なっただけやと言い切ればそれまでです。犯罪やとしたら証拠不十分にて立件不可でしょう。でも私の推論を補強するには十分です」

「オーケー。続けて」

「第三幕は戸々呂沢ですね。やはり姫子さんをおとりにしてマスコミ各社を引き付けた。しかもよりヒートアップさせるためにシンデレラからロミオとジュリエットにくら替えさせちゃいましたね。まぁ誰だか分かってしまうとシンデレラストーリーは幕ですから、次なる筋立てが必要やったんでしょうけど。冷静に考えればやり過ぎに思えるんですが、マスコミは話題性が高まるなら疑問にも思わない。喜んで世紀の悲恋に仕立てて行きました」

私は一旦言葉を切った。メンバーの誰も異を唱えず、まるで自分の子供の頃の思い出が語られているかのように聞いている。

「ここで後藤さんが出て来た時にですね、あれとは思ったんです。私の取材した人が二人も出て来よった。でもまだ偶然ってあるものやねぇぐらいにしか思わへんかった。あぁ、そうです。舞踏会に関する会見場には行かなかったから、取材拒否を言い渡した鬼の広報担当が江川さんやって知らなかったんです」

腕組をして聞いていた後藤さんの太い眉毛が先を促すかのようにのそりと上がった。

「後藤さんもマスコミ一同を集めてご自分の裁判に有利な意見を収集されました。これもお見事でした。ただ私はまだ、後藤さんが清水さんのお手並みを拝見して、真似をしてみたぐらいに思っていました。違うのですね。すべては最初から仕組まれていたこと。お二人はさぞや溜飲を下げられたと思いますが、それだけが目的ではなかった。マスコミの問題点を提起し、信用を落とす、批判を高める、そんな全体的な目標からすると、一段目二段目のステップを踏んでいたわけですね」

おねえ、自分の言葉に酔ってねえか、と私の背後から石三がささやく。そうかもしれない。

「戸々呂沢の後は芸能系マスコミがお手の物の恋愛狂騒曲が展開していきました。約束もしていない二人がこの広い首都圏で、戸々呂沢のカルチャーセンターで出会う確率ってどれくらいあると思いはります？　偶然会ったとしたら超奇跡ですよ。アルプスの稜線を歩いていてニホンカモシカの上に雷鳥が飛び乗ったところにでくわすより奇跡です。でもその辺はマスコミは疑わへん。いや実は舞踏会以来連絡を取り合うていたに違いない、そう疑う向きはありましたよ。でも、この大恋愛自体が大芝居やとは誰も思わへんかった」

ニホンカモシカと雷鳥の例えはこれも大学時代のサークルでの言い回しだった。言ったそばからしもたと思ったが、やはり裕喜先輩とハル先輩が軽くほほ笑んだ以外、それがいかに起こり得ないことを表現したものであるか、理解した人はいなかったようだ。それでもかまわずに話を続ける。

「さて、この頃、皆さんの計画には、予定外の邪魔者が乱入して来たのでしょう？」

「誰やねん、おねえ？」また話が飛ぶんかと言いたげに弟が聞く。

「羽沢麗児です」

やや驚いた表情が両先輩の顔をかすめたが、それは乱入者が誰かではなく、それも知っているのかという表情だったように見えた。

「そもそも彼は先ず舞踏会に現れました。その時同行した女性に聞きましたが、羽沢本人に招待状が来たそうですね。一応彼も有名人の端くれですから、マスコミは疑問としませんでしたが、あの舞踏会への招待基準とされた、日本を代表するグループ企業の若きリーダーがお付き合い願いたい人物としては、不適格なのではないでしょうか、江川さん？」

「え？　あ、うん、僕も招待客をすべて把握していたわけではないので……」

汗を押さえるハンカチが四角い顔をまた一周する。

「招待ということなら予定外ではないだろ」

裕喜先輩が言葉尻を捉える。

「えぇそうです。最初の段階はそうでした。何故招待されたかは後で私の考えを話しましょう。予定外になったのは、後藤家記者会見からです」

いやなことを思い出させやがってという顔で後藤さんはそっぽを向いた。

「あの時羽沢は会見の最後に姫子さんに駆け寄りました。あれは彼にレポーターの真似事をやらせた番組のプロデューサーからの指示だったそうです。あのまま終わっては、羽沢麗児が出掛けて行った意味がないだろうと」

「け、他のマスコミはそれでもシンデレラ探しに真剣だったのに、おちゃらけで参加していたと言うのかい」

後藤老人が吐き捨てるように言う。

「えぇ、ともかく後藤家の会見で姫子さんを直に見た羽沢はあることに気が付いたのではないか。それで姫子さんが戸々呂沢のカルチャーセンターの料理教室に通っていると知って、その辺りをうろつき始めたのではないか。この辺りからが予定外の事態です、皆さんにとっての」

返事はない。

「羽沢がうろついているということを私はこの弟から聞き、それをハル先輩に伝えました。ケーキバイキングの取材の日です。あの日は木曜日でお料理教室があったはずですが、姫子さんは現れませんでした。羽沢に捕まるのを避けたんやと思います。そして次の週のお料理教室の日までに、羽沢麗児を排除した」

「排除？　穏やかじゃないね、羽沢をどうしたと言うんだい？」また裕喜先輩が言葉尻を捉えた。

「排除じゃないですかね、拘束ですか？　姫子さんが役割を果たすまで邪魔をしないよう」

「拘束も穏やかじゃない、犯罪になっちゃうよ」

「実際は合法的な拘束ですか？　強制入院させはったんですよね、郡山の病院に。病名は麻薬中毒」

えええっと石三が叫んだ。

「羽沢はもう常習的に大麻をやっていたそうですね、以前もそんなことがあって、芸能界から追放され掛けたのに、結局その世界から抜け出せなかった。弱い男です。それでも先ほどの気が付いたことが気になって、戸々呂沢をうろついた。そしてそちらの上原さんに捕まり、姫子さんに会わせてやると言われて、付いて行ったそうですね。ところがどこかの家に連れて行かれ、部屋で待たされているうちに禁断症状が出て来た」

「その話を、この上原君に捕まったという話をどこから聞いたんだ、アト？」

裕喜先輩が尋ねる。

「羽沢本人から」

「会ったのか、羽沢に」

声にならないどよめきがそこにいる何人かの人に生じた。

「羽沢がそう話したのか？」今度はハル先輩が聞く。

「はい、マスコミには公表しないという条件付きで」

「大麻をやったことをばらすぞとでも脅かしたんでしょ」また西祥子がつっかかる。

「脅すとは、そちらこそ穏やかやないですね。でも皆さんも同じようにして、羽沢と取引をしたのでしょう？　『大麻をやったことをばらされたくなかったら、姫子さんのことは忘れろ』とでも。それとも信用できへんから、いきなり入院させはったんですか？」

「まぁ、まともな話ができるような状態ではなかった」上原がぽつりと言う。それは私の話を自ら肯定するものだったが、上原をとがめる者はいなかった。

「さて世間では行方不明報道から心中そして誘拐疑惑が巻き起こりました。誘拐犯人として上原さんの名前が上がりましたが、私は上原さんに取材を断られて会うてへんかったので、迂闊にも思い出せませんでした。あなたは北海道宇流岳の取材禁止区域に侵入した取材者を連れ戻そうとした際に火山弾が顔に当たり、左目の視力を失われた。私が取材しようとした頃は、その時の額の傷を、髪を延ばして隠そうとされていると聞きましたが……」

「あれは鬘だっだんだよ。俺の面にこの傷じゃ、周りにいる子供が泣き出すんでな」

ぼそりと屈強な体つきの若者が言う。

「そうでしたか。そこまでして隠されていた傷をさらけ出して、あなたは姫子さんの後ろに立った。姫子さんの映像の後ろには、いつもあなたの傷のある顔が映ってはりました。それこそ背後霊のように。ご自身は決して目立とうとはしなかったけれど、返って印象的やったです。それはパーキングエリアの目撃談に信憑性を持たせるのに効果的でした。そして誘拐事件の犯人と見られるにも。でも本当に誘拐犯人やったなら……」

「本当の犯人だったら顔を隠すよな」

「そうです。そのことに気付いたマスコミはありませんでした。気付いても言わへんかったのかもしれません。マスコミにとって要は、真実よりも興味を引く事実があればいいんです。姫子さんのボディガードが男を逃げ出さないように抱きかかえて歩いていた、それで十分です」

一同から声はなかった。

「その上原さんに抱えられていた男とは誰やったのか。裕喜先輩はタイに行ってました。ハル先輩は身体付きが違います。裕喜先輩が日本にいなかったと判明した後、この問題を改めて検証しようとしたマスコミはありません」

私は弟を振り返って言った。決まり悪そうに石三が答える。

「確かに記事にした僕でさえ、あれは単なる人違いやったんやと片付けてたわ」

「あれは実は羽沢を郡山まで連れて行く途中のことやったんでしょう？　羽沢と裕喜先輩は背格好が同じぐらいですからね」

「そ、そうだったのか」その情報を丸一日追い掛けた弟がつぶやく。

「それにしても、よく麻薬患者を黙って受け入れましたね、あの病院も。前から知ってはったんですか」

「あぁ、だから郡山までいかなきゃならなかった」上原がまたぽつりと言う。それに突然石三が反応した。

「その声、聞いたことがある！あんただな？　黒磯パーキングの件、ウチに電話して来たのは！」

言われた上原は少し目を見開いたが、何も答えない。

「自分がしたことを自分で言うて来たんか！」

石三が立ち上がって、上原の方へ行こうとしたので、肩を抑えて制した。

「あんた、格闘技はからっきしやろ、やめときって」

弟が座り直したので、私は再開することにした。

「羽沢はまる二週間、ベッドに縛り付けられ、ようやく禁断症状が抜けたそうです。薬物スキャンダルは、一度目は魔が射したで許されても、二度目となると致命的です。おそらく羽沢は自分可愛さに、今後も皆さんのことを喋るつもりはないでしょう。そもそもあまり覚えてもないようですがね。羽沢の話はまた後にして、話を元に戻しましょう」

私は一息ついた。しゃべり続けるのもかなり疲れる。

「舞台は白根田村へ。ここは私も取材していませんでした。単に長島先輩が少年時代を過ごされた場所やったのかと最初は思いましたが、村には村の、マスコミを許せない理由があったようですね。例の黒岩代議士が作りはったとかいう道路に関する報道ですか」

私は部屋の中で最年長と思われる白髪の老人を見た。この人も初対面だが、最近マスコミに費用請求したニュースに顔を出していたからそんな気がしない。白根田村の本木村長である。

「お嬢さんのおっしゃる通りだ。二年前わしらの村にテレビの取材班がやって来た。黒岩先生が県議会に働き掛けて作ってくれた県道を取材したいと言う。わしらは喜んで案内しただ。先生が働き掛けてくれたおかげで隣村からの一本しかない県道にはトンネルができただ。白根田川には堤防ができただ。潅漑用水路も整備できただ。立派な村民ホールもできただ」

取材班が十日間寝泊まりしたあの施設である。

「わしらは黒岩先生に足向けて寝られねえほど感謝しとる。だから一生懸命取材に来た人達を案内しただ。先生のしてくれたことを紹介したくてな。レポーターもさかんに感心した顔して、打ち解けた雰囲気になっただ。こちらの言いたいことが伝わったと思っただ。それで『本当に立派な公共事業ですね』って言うから、『あぁ、こんな山奥の小さな村にはもったいねぇだ』と冗談で答えたら、そこだけが村長の発言として放映されただよ」

　そうしゃべる村長の口の端には白い泡が溜まり始めていた。

「いや、もう一つあっただね。『白根田川の堤防が役に立ったことがあるか』って聞くから、『できてからこっち大水は来てねえだ』って答えたら、それもそこだけ使いおった。そん時はできて半年も経ってねえ、台風も一遍も来てねえ、そう説明したところはカットだ」

　村長は両手をハサミの形にしてテープを切るしぐさを見せた。

「放映されたら早速黒岩先生の秘書からお叱りの電話をもらっただよ。んだがそんなことはどうでもええ。わしらの村の取材がもとで大恩ある先生に迷惑がかかったことが申し訳なくてくやしくて。わしらの思いは先生への感謝で一杯なのに、それを伝えずしてまるっきり反対の気持ちを抱いているかのようにテレビに流しおった。自分らの都合のええところばっか、つまみぐいしてのぉ。何が真実を伝える報道じゃ。こんなこたぁ、心を持った人間のしわざじゃねえ。あれは怪物じゃ。マスコミって名の怪物じゃ。だからわしら村を挙げて怪物退治に加わったんじゃ」

「あの過剰な歓待ぶりも復讐劇といったわけですか？」

「酒を飲ませて首を切る。やまたのおろちと一緒じゃ」

「村ぐるみで？」

「小さな村だでの、心は簡単に一つになるんじゃよ」

「そして欅屋敷を占拠する、自称芸術家の謎の男に食料品を届けて一躍アイドルになったんがあなたやったね、桑田春香さん」

やっと自分の出番が回って来たかと言わんばかりに、部屋の中で最年少の女子高生が親指を立てて見せる。確かにスーパー白根田の看板娘だが、東京の若い娘のファッションに身を包み、田舎臭いところは微塵もない。

「白根田村の報道陣はまるっきり村の子だと信じていたでしょう？」

「そうね、東京へ出て来たら僕が渋谷や原宿を案内してあげよう、なんて言い寄って来るおじさんがいっぱいいたわ。うざいうざい」

同業者の連中の顔を思い浮かべながら、声を掛けなくてよかったと石三は思ったことだろう。

「最初のね、清水さんちに姫子さんがお手伝いしていたっていう情報をラジオにちくったのも私なのよ」

「ああ、そうやったんや。皆さん、私は白根田村で彼女に声を掛けて、彼女もまた私が取材した一人であることが分かりました。私はそこでようやく気付き始めました。騒動に登場して来る皆さんのことを疑い始めました。私が取材した皆さんが何かを企んでいる。弟に聞いて、江川さんのことも知りました。上原さんの名前もノートに見つけました。私の知っとる人達の間で私の知らない何かがある。私が皆さんを知ったんはマスコミによる被害の取材を通してです。マスコミ取材の被害者という共通点はあるとしても、それぞれ被害を被った事件、江川さんの危ない会社報道、清水さんのラムダ取材、後藤さんのダイオキシン報道、上原さんの立入禁止区域侵入取材事件、これらに繋がりがあったとは思えません。皆さんに何かがあるとしたら、私の取材がきっかけで生まれたものと考えた方が自然です。でも私は自分のライフワークを発表していません。誰にも見せたり相談したりもしていません。この弟でも断片的にしか知りません。なのに何故皆さんはお互いを知り得たか」

ここで私は一同を見渡した視線をハル先輩に停めた。

「それが分からんかったので、しばらくは偶然なのかもしれへんなとも思いました。あるいは、マスコミ被害に遭われた人達を支援するNPO団体か何かがあって、そういった別の繋がりかとも思いました。でも、炎上した欅屋敷から助かった芸術家が高嶺薄雪だという名前だと聞き、それがハル先輩ではないかと思った時、一つだけ可能性があったことに気付いてしまったのです」

そう言って傍らにある鞄からノートを一冊取り出した。取材時にいつも持ち歩いているものである。

「私の取材ノートです。ある時一日だけ私の手元を離れました。取材場所に忘れて行ってしもうたのです。これには皆さんを取材した時のメモが書きなぐってあります。詳細は私にしか分からへんと思いますが、皆さんがどのようなマスコミ被害に遭われたか大体読み取ることができます。そして連絡先も書いてあります。これを見ればマスコミに許し難い感情を抱いている人達を招集することができるはずです。そして、このノートを見ることができたのは、つまりノートを置き忘れた現場で取材しようとしていたのは、ハル先輩、あなたです」

推理小説なら探偵役が、誰が犯人かを宣告するような極め付けの台詞だが、私の声には快活晴朗な響きなど微塵もない。できればそれを認めたくなかったし、先輩に否定して欲しかった。しかし石三を除くその部屋にいる人達は、今告げた事実に改めて驚かなかった。

「私が最初に先輩を訪ねた湯島のスナック、あそこに忘れたノートを見たんですね」

私はハル先輩を軽く睨み付けた。

「あぁ、申し訳ない」

ハル先輩はあっさり認めて、続ける。

「そのノートは神の啓示だったよ。あの時俺は裕喜からマスコミへの復讐劇を持ち掛けられていたんだが、メンバーがいなかった。あのノートのおかげでここにいるメンバーを集めることができた。いうなれば君がマスコミバスターズの生みの親だ」

「マスコミバスターズ？」

「我々はこの集まりにそう名を付けた。そしてその幕引も君がしてくれるというわけだ」

私はひとつため息をついた。

「話を白根田村に戻しましょう。そんな中で特定の記者だけを狙った復讐をやってのけたわけね、西さん？」

私が取材した時は野暮ったさの残る地方都市の事務員だった女性は、裕喜先輩の秘書と言われるにふさわしい、あか抜けた都会的な女性に変身していたが、開き直った表情で顔を上げた。

「あなたがご乱行パーティーに記者を誘い出した貴子さんでしょう？　落合記者があなたを犯人扱いした記者だから？　彼は栄華源社を首になり、奥さんや子供にも出て行かれたらしいわ」

「私は誘いを掛けただけ。助平な顔してやって来て、自分で好きなだけ酒飲んで酔い潰れたの、自業自得だわ。それが写真週刊誌に撮られるなんて運が悪かったのね」

誰が写真週刊誌に情報を流したのか、私はそれを聞かないことにした。それから、何故石井カメラマンが呼ばれたのか、ひとつの考えがあったが、それも尋ねないことにした。その間を無言の非難と受け取ったのか、西祥子はさらにまた言い放つ。

「新聞社を首？　奥さんや子供も出て行った？　それがどうしたと言うの？　私だって仕事を失ったわ。婚約も駄目になった。あいつの無責任な記事のせいでね」

「私は皆さんの報道被害について取材して来ました。皆さんの苦しみの内容は存じているつもりです。ただ他の方がマスコミ全体を敵としていたのに対して、西さんの場合は特定個人に矛先が向いていた、その違いを指摘しただけです。さてさて、そして欅屋敷が火事になりました」

もう西祥子と言い争うことを避けたかったので私は話題を転じた。

「あれはまさかちゃうのでしょう？」

私はハル先輩を見た。あれは計画と違う、つまりは放火じゃないということを確認したかったのだ。しかしハル先輩は言葉を探しているのか、何も言わない。何も言わずに私を見返している。

「違うよ、まさか。こいつは逃げ遅れてもう少しで死にそうな目にあったんだぜ」

裕喜先輩が替わりに答えた。

「でも逃げるつもりやったのが、足を怪我して予定が狂ったんかもしれません。そのようにも受け取れます」

「おいおい、あそこはさ、僕が育った屋敷だぜ。思い出つまった家を燃やしちまうような計画に、おいそれと同意できないよ」

「まぁいいです。一連の騒動の中ですべてが意図された計画なのであれば、最も犯罪性の高いのが火事の一件ですが、証拠はありませんし、私は刑事でもありません。屋敷の持ち主が良いって言うなら」

「僕は良いなんて言ってないぞ。燃えちゃったものは仕方ないけど」

「でもあの火事の原因を取材陣のタバコのポイ捨てに持って行って、マスコミ取材による悲劇の第一弾にしようと目論んだんじゃないですか？」

「そう考える根拠は？」裕喜先輩が尋ねる。

「続く第二の悲劇が翌日に起きています。すなわち姫子さんの飛び込み自殺。そしてその原因は前日の火事にあるわけですが、実にタイミングがええんです」

「火事も飛び込みも、不幸な偶然が重なったとは考えないのかい？」今度はハル先輩が尋ねる。

「えぇ、姫子さんが誤った報道で死んでしまう。これが一連の騒動の最大の悲劇であり、皆さんの計画のクライマックスです。しかし死人が出てしまうような復讐劇やったら裕喜先輩やハル先輩が実行に移すとは思えません。せやけど本当に死ぬ必要はないんです。死んだことにすればええんです。そう、死んだことにすることが重要なわけです、しかも全国の視聴者が見ている前で」

「でも火事のことを知った姫子さんが悲しみのあまり飛び込んでしまう。タイミングが良過ぎると言うが、そうなってもおかしくない流れだろう？」

「実は生きているけど死んだと思わせることができる、そういう死に方がそういくつもあるものではありません。死体を確認しなくても死体が出て来いへんかったら死んでしまったと普通は考えられる場所、それが海やったんです。火事の次の日の朝に、その海の上に、つまりフェリーに乗っている、これをタイミングが良過ぎると言っているんです」

「でも、それも君の推測だ。証拠がない」

「では姫子さんが生きて帰っとうのに、何故それを公表されへんのですか！」

ええっと驚きの声を挙げたのは私の背後にいる石三だけだった。他の面々は顔をこわばらせて私を見つめている。一瞬の沈黙の後、裕喜先輩が口を開く。

「姫子さんは死んでしまったんだ」重たい声はジュリエットを失ったロミオの声に、聞こえなくもない。

「そう、姫子さんは死んだんかもしれません。いや、もともと清原院姫子なる女性はおらへんかったんです。あなた達が作り上げたシンデレラでありジュリエットやったんでしょう？　ストーリー展開から言えば悲劇のジュリエットは死なへんとあきません。でもそういう理由だけでなく、演じた姫子が死なないと役者は本当の自分に戻れません。そういうことでもあったんですやんねぇ、姫子さん。いや松井青葉さん」

私は最後となる女性に向かって話し掛けた。ずっとうつむき加減でいたその女性がゆっくりと顔を上げ、掛けていたサングラスをとる。髪はショートカットで赤いタートルネックに濃紺のスーツパンツ、姫子とは正反対のスポーティーな装いだ。確かに劇団星の国の若手女優松井青葉だったが、それでも私が取材した、自分のアパートにいた時の様子とも違って見える。

「あ、あの人が姫子さん？」

先程から驚いてばかりの石三が再び頓狂な声を挙げる。

「やはり、ばれちゃったのね。韓国まで行ってプチ整形までしたのに」

「いやしばらく気付かへんかったですよ。登場人物が私の取材した人達やと気付いてからも、姫子さんみたいな御姫様を取材した覚えはあらへんかったから。でも考えてみれば本当のお姫様である必要はないんですよね、お姫様を演じればいい。さすが女優です」

ありがとと松井青葉が微笑む。

「先ほど羽沢麗児の話をしましたが、皆さんは彼を病院に預けたものの、緊急連絡先に困った。自分らの名前を書くわけにもいかんし、さりとてデタラメを書いたら、病院側が誰とも連絡を取ることができず、警察沙汰になるかもしれない。そこで羽沢の近しい人間として、詩織という赤坂のスナックのママを選んだんとちゃいますか。ところが彼女に言わせると、羽沢と彼女の関係はごく一部の人間しか知らんそうです。羽沢には他にもガールフレンドがたくさんいるそうだし、彼女にとっても贔屓の客の一人に過ぎない。それをステディな関係やとしたんはどうやら私の早合点でした。詩織さんは、病院の書類に彼女の名前を書いた人物は、私か私から情報を得たに違いないと思って電話して来ました。彼女には誰にも教えてないと答えましたが、羽沢と詩織さんのことを、実は私、ある人にだけ教えていました。そのある人とは彼ら二人に関わりのあった松井青葉さんです」

「それが事件解決の発端か」

「そうです。それとご乱行パーティーの写真を撮った石井カメラマン。スキャンダルになりそうな情報があれば、飛び付いて来るカメラマンがいることも伝えていました」

西祥子に目をやると、よそを向いていた。

「話を羽沢に戻します。羽沢は何で入院することになったのか？　しかも郡山の病院に。最初私は白根田村と同じ福島県だから、きっと一連の騒動に羽沢も関係していると思いました。白根田村に監禁されたが、病状が重くなって、同じ県内の病院に入院したんやと睨んだわけです。でも先程の話では郡山の病院というのは、たまたまやったんですね？」

「昔福島の部隊にいた時に、隊の中にヤクをやってる奴がいて入院させたことがあった」上原が答える。

「自衛隊の方で？　そうですか。郡山と白根田村の関係ははずれでしたが、それでも羽沢が騒動に関係しているというところは間違ってなかったわけですね。ではどう関係して来るのか？　羽沢が姫子さん、もしくは上原さんを追い掛けているという事実がありました。羽沢と詩織さんの関係を青葉さんにだけ教えていた事実がありました。この二つの事実から当然松井青葉さんもこの騒動に加わっていると見ました。そこから姫子イコール青葉という方程式は簡単に導き出せます。羽沢もそのことに気が付いて姫子さんを追い掛け回したんやないか。皆さんもその事実がばれるのを恐れて、羽沢を監禁したんやないか。説明のつくストーリーです」

「ちょっと待て。それなら羽沢を舞踏会に招待した理由はどうなる？　姫子の正体がばれるのを恐れるのなら、招待するのは矛盾するだろう？」

裕喜先輩が口を挟む。

「テストでしょう。青葉さんに会ったことのある羽沢に気付かれやせいへんかどうかの。同じ理由ですよね、ハル先輩が私を誘ってくれたんも」

違うと言って欲しかったが、ハル先輩は何も言ってはくれない。

「羽沢が姫子さんを追い掛けた理由。それが知りたくて郡山の病院を捜し回り、幸運にも半日ほどで羽沢を見つけ出しました」

「その羽沢の彼女が教えてくれたんじゃないのか?」

「彼女は忘れたとかとぼけて、教えてくれませんでした。何故病院を隠すのか? 入院の理由が人に知られたくない、恥ずかしいことなんやと思いました。普通の病気や怪我したんやったら、あの売名主義者が黙っているはずがありません。性病かと思いましたが、普通入院はせえへんでしょう。大麻所持の前歴、後藤家会見でのハイな振るまい。麻薬中毒かなと睨んで、内科、精神科のある診療所をリストアップして行ったんです」

やや自慢げに説明したら、両先輩がなるほどと頷いてくれた。

「羽沢は清原院姫子が松井青葉だと確信を持っていたかというと、そうではありません。今でも誰だか分かっていないそうです。何しろ広く浅くたくさんの女性と出会っていたようですからね、絞り込めんかったとちゃいますか。でも絶対前に会っている気がする、するとドイツで育ったという話と矛盾する。それが気になって、うろつき出したそうです。もう一つの理由は、その気掛かりが薬による幻想ではなく、正常な思考による結果なんだと証明したかったみたいですよ」

「アトは途中で気付かなかったのか？　いつ気が付いたんだ？」

「あれと思ったのは、最後の最後、船上から飛び込む前のシーンですかね。あの台詞、あれは劇的過ぎますよ。あんな言い回しをどこかで聞いたなと思い出したんです。私が取材した時にもひとつ演じてくれましたよね」

「そうだったかしら」

「それと服装。それまでの白いイメージと違って活動的な青の上下。あれは動きやすく、海に入ると見えにくい、そのために必要だったんちゃいます？　それにしても、あの東京湾へ飛び込んでどうやって生還したんですか？」

「あら、それは種明かしをしないの？」

「おおかた元自衛隊員さんが活躍したんやと想像しますが」

「活躍なんてもんじゃないわ、上原さんは命の恩人よ。飛び込んだまではよかったけど、水面に激突したショックで気を失ってね、本当に死ぬところだったわ」

「船の下の海面にいたんですか、上原さん？」

上原はふんと顔をそむけた。肯定とも否定ともつかない。

「ウェットスーツにボンベを二つ持ってね」

江川部長が替わりにしゃべった。どこか楽しげだ。

「僕はモータボートを運転して、フェリーが来るのを待ってたんだ。彼が沈み掛けている姫子さんを助け出し、二人を僕が回収した」

「かなり危ない橋を渡られはったのですね」

「あなたの言うように姫子は死んだことにしなくてはならなかった、それは大変なことだったわけ」

松井青葉が言う。回想シーンの台詞のようだ。

「最後は裕喜先輩。まるっきりあさっての方角から帰って来て、誘拐騒動は空騒ぎやったと日本中に思い知らす。さらには、姫子さんを死に追いやったのはマスコミやと糾弾する。特に言いたかったのは後者の方ですね、お母様の時にもっと言いたかったこと」

裕喜先輩は何も言わずに両手を広げて肩をすくめてみせた。

「あのエドエドカップルは計画のうちやったんですか？　それとも副産物？」

「もちろん計画さ。遊び心も半分あったけど。芸能人の色恋沙汰を追い掛けている連中に同じ思いを味わってもらおうとしたんだ」

「大江戸スポーツの川波記者との取材アポの確認を間違えたふりして江戸町テレビの川上レポーターに電話したの。社名も名前もよく似てるから不自然じゃないでしょ」西祥子が言う。

「残念ながら、吉祥院裕喜現れるのビッグニュースに影が薄くなっちゃったけどね」ハル先輩が言い添えた。私は締めくくりに入る。喉がカラカラだ。水が飲みたい。

「以上が今回の騒動の舞台裏について私が想像したすべてです。清水さん、後藤さんのアピールで火種を生んだマスコミ非難は、外しっぱなしの誘拐報道とそれがもたらした二大悲劇、欅屋敷の炎上と姫子さんの飛び込みで決定的なものになりました。今やマスコミのイメージは地に落ちたと言って良いでしょう。これが皆さんの目指したものですね？」

「まぁ、そんなところだ」

ハル先輩が認める。

「そ、それは、何すか？　気晴らしっすか？　そんな気晴らしのために、我々をかついだっていうんですか？」

それまで驚いてばかりいた石三が突然叫び始めた。前もって私の想像したことは話してなかったので、初めて筋書きを知ったのだ。驚きが静まってみると、次第に自分らが被った仕打ちに腹が立って来たのだろう。

「それが何のためになったんですか？　何が生まれたんですか？　何にもなっていない、破壊でしかないじゃないですか？」

「そのまま言葉をお返しするよ、石三君」

裕喜先輩が答える。

「君達マスコミのしていることは何だ？　何か価値あるものを生み出すのか？　つまらない好奇心を束の間満たすだけじゃないのか？　それだけのために、我々は肉親をなくし、職を失い、幸せな生活を失っているんだよ。破壊というなら、マスコミこそ破壊を続けるモンスターだ」

「でも、でも……」

「破壊に対する報復が破壊。殺られたら殺り返す。戦争には戦争。繰り返される悲劇。そう言いたいんやろう、石三」

私の言葉に石三は取り敢えずうなずく。裕喜先輩が肩をすくめて言う。

「むなしいと言うのかい？　悲しいとでも言うのかい？　そんな優しい寂寥感なんか、僕達にはないね。怒りがそんなものを吹き飛ばしちまう。僕らはまだマスコミに対する怒りが納まり切ったわけじゃない。依然としてスポーツ紙は駅の売店で売られているし、テレビを付ければワイドショーも流れている。これらの息の根を止められるもんなら止めてみたいほどだ」

「こ、こんなんことまでしといて、まだ足りへんと言うんか？　ええわ、ぶちまけたる、ウチの新聞で。姫子は死んでなかった、みんな嘘やったって」

勝算もなく食ってかかる石三を私はやめときと制した。

今度はハル先輩が右手を振って私に振り向いた。

「そうだ、真相を発表できるのは、突き止めたアトだけだ。さぁ、君はどうする？　今日ここで知った事実を。どこにどうやって発表する？」

「まるで私が公表するのを期待しているような言い方ですね」

「うん、君の取材も推測も見事だ。本を書くなりテレビに出まくるなりすればいいと思う。君はそれだけの働きをしたと思う」

「ありがとうございます。でもそれは、私なら皆さんに迷惑を掛けるような内容を発表しないだろうと期待しての発言やないでしょうね」

「それは無理だろ、迷惑掛けないように発表するのは。匿名にしたとしても、裕喜や清水さん、後藤さん、白根田村の皆さんとか、既に正体が分かり切っている人がいる。今回の騒動がマスコミを狙った謀略だと分かれば、マスコミは一斉に反撃に出て、所在の分かっているメンバーに襲いかかろうとするだろう」

「それなのに何故公表しろなんて言うのですか？　犯人としての自己顕示欲？」

「ははは、確かにしてやったりと声高らかに自慢したいね。お前ら騙されてやんのと馬鹿にしてやりたいね。ただね、このまま世間が何も知らないままだと、俺達の自己満足に終わってしまう気がするのさ。そして人の噂も今どきは七・五日だ。いつの間にかマスコミは息を吹き返し、元通りになっちまう気がする。それより考えてごらん、ここであれはすべて計画されたものだということが明らかになる。センセーショナルだ。誰がそんなことをしたのか？　何故そんなことをしたのか？　それがまた取り沙汰されるだろう。いいじゃないか、我々の主張を堂々と訴えるチャンスだ」

裕喜先輩が後を拾う。

「確かに僕らは謀を張り巡らしたけどね、全部マスコミが自ら乗って来たわけだ。彼らの取材姿勢にそもそも問題があるんだから。例えが悪いかもしれないけど、こうだ。痴漢事件が発生しました。よく調べたら被害者はナイスバディで、誘うようにその身体の線が浮き出る服を着ていました。それでも結局悪いのは、手を出した痴漢野郎だろう？」

「真相が公になる、また取材被害の問題がクローズアップになる。皆さんが矢面に立ちはると同時に、もう一度刺し違えてやろうというわけですか。で、先輩？　吉祥院グループの野望もその延長線にあるわけですね？」

「吉祥院グループの野望？　何のことだ？」

裕喜先輩が怪訝な顔で問う。

「吉祥院グループのメディア進出」

裕喜先輩を始めメンバーの誰もが、初めて困惑した顔をした。

「私の友達に証券会社に勤めている娘がいて、興味ある話をしてくれました。今、マスコミ関係各社、新聞もテレビ局も軒並み株価が下落しています。そもそもその辺の話を彼女に聞こうとしたんですけどね、ある信託会社がいくつかのメディアの株を買い漁っていると言うじゃないですか。テレビ局、新聞社、出版社。信託会社の名はアフロデューテ、吉祥院グループの会社ですよね」

「！」

誰もが虚を突かれたような顔をした。

「吉祥院さん、どういうことかいの？」後藤さんの太い声。

「知らない、本当に知らないんです。でも、あの親父ならやりかねない」

いつも冷静な裕喜先輩が狼狽している。本当に知らないようだ。吉祥院家の一員、取締役の一員であるのに、重大な計画を知らされていなかったことにショックを受けているようだ。

「まぁ、吉祥院家がいくつかのメディアの株主として、理性ある報道をするよう変えて行ってくれれば、それはそれでいいじゃないか」

ハル先輩がとりなすように言ったが、自分でも確信を持てないような口振りだ。メンバーの間に初めて違和感が漂い出ていた。

「気まずくさせちゃいましたか、失礼しました。私が確認したかったことは、すべて終わりました。それなのでこの辺でおいとましたいと思います。後は皆さんでお楽しみ下さい」

さぁ石三いくよと弟をうながして私は会場を後にしようとした。

「アト、待てよ。公表はするのか、しないのか？」

ハル先輩が引き留める。私は立ち止まってしばらくうつむく。この何日か考え続けたことに結論を出す時が来た。振り向いて顔を上げ、ハル先輩の目を正面から見た。

「公表しないと思います。何故ならこれ以上先輩達の都合のいいように動かされたくありません。先輩が私を舞踏会に誘ってくれ、そしてその後も何度か会うてくれたのも、私がいつ真相に気付くか、そして計画を邪魔する行動に出はせえへんか、監視するためやったのでしょう？」

「そんなことはない、違うよ、それだけじゃない」

ハル先輩は即座に否定した。しかし、それだけじゃないということは、それがあったということだ。監視という目的が。そしてそれ以外の目的とは？　私はこの二、三日考え続けていたことを口にした。

「舞台が戸々呂沢に移った初日、焼肉屋さんに誘ってくれたのは、後藤家の会見に自分が居合わせたかったためですやろ？　清水さんの会見は全国生中継だったからそれこそどこに居ても見ることができた。けれど後藤家の場合は一般の関係ない人がいたら不自然です。そこで後藤さんと示し合わせて、男手を連れて来るように私に頼んだ。頼まれたその日に現れて、仕事は無いに等しく好きなだけ休めると言う。そらお願いしますよね」

後藤さんがマスコミに何か仕掛けるところを見せて、先輩が多少は鬱憤を晴らせるのではないかと思って誘ったのに、それは計画されていたことだったのだ。

「ケーキバイキングの取材というのも、エドエドカップルの取材がキャンセルされる場に私を立ち会わせ、二人が次にどういう行動に出るかを、私を通して確認するためですやろ？　あの時ケーキほおばりながら嬉しそうな顔をしてはったのは、二人がタイまで追い掛けて行くと聞いたから？それとも私に裕喜先輩がタイに行ったらしいという話を吹き込んで、白根田村騒動を冷静な目で見させるため？　そんな目論みやったとちゃいます？」

「考え過ぎだよ、アト」

私の剣幕の前にハル先輩はそう言うのがやっとだった。先輩の顔を穴の空くほどじっと見つめ、そして私は言った。

「さよなら、先輩」

私は部屋を出た。石三が付いて来るかを確かめもせずエスカレータを駆け降りた。

拳銃よりももっと大きな弾で胸にぽっかり穴を空けられた気分だ。風が吹き抜けるほど大きな穴で、そこにあったはずの心臓はどこかへ行ってしまったのだろう。見事に空けられたので、身体の方はまだ痛みに気付いていないに違いない。などとぼんやり馬鹿なことを考えた。でもこれは何日か前から分かっていたはずだ。何日か前から空いていた穴だ。

それとは別にお腹の方に、新たに黒い固まりができたような感じがした。そいつは私の身体を内側から引き寄せ、えぐりとるような痛みを呼び起こす。

私が調べ上げ導き出した推論はどれも正しかった。ジャーナリストとしてそれはこの上ない喜びに違いないはずだった。しかしたった今、確認した事実を私は公表しないと決めてしまった。私が調べ上げた事実。日の目を見ない事実。私の中で葬り去られていく事実。まるで生まれて来るのを許されず堕ろされてしまう胎児のようだ。それが黒い固まりの正体だ。

その固まりを私は憐れみもし、同時に憎しみもした。何故なら胸の穴を空けた、もう一つの事実も含んでいるからだ。先輩が私を特別に思ってはいなかったという事実を。できることならこの黒い固まりを身体の中から取り出して、風船のように破裂させてしまいたい。私の中から消し去ってしまいたい。

「何でもペラペラ喋る女と違うんやし」

諦めとともにそんな台詞を吐き出して、私はホテルの外に出た。外は夏の日差しが燦々と降り注いでいた。

淳本　遊（あつもと　あそび）

一九五八年東京都生まれ。東京大学工学部建築学科卒業。一級建築士。二〇二三年、総合建設会社を定年退職した後、物語と同時期から書き始めていた文章を再整理、出版に漕ぎ着けた。

本書を完成するに当たり、パレードブックス社の深田祐子様をはじめ関係された方々には、数々のご助言を賜るなど、出版初心者を手厚くサポートいただきました。ここに、厚く御礼申し上げます。

マスコミバスターズ
－モンスター・マスコミ討伐戦記－

2024年4月6日　第1刷発行

著　者　淳本《あつもと》 遊《あそび》

発行者　太田宏司郎
発行所　株式会社パレード
大阪本社　〒530-0021　大阪府大阪市北区浮田1-1-8
TEL 06-6485-0766　FAX 06-6485-0767
東京支社　〒151-0051　東京都渋谷区千駄ヶ谷2-10-7
TEL 03-5413-3285　FAX 03-5413-3286
https://books.parade.co.jp
発売元　株式会社星雲社（共同出版社・流通責任出版社）
〒112-0005　東京都文京区水道1-3-30
TEL 03-3868-3275　FAX 03-3868-6588
装　幀　河野あきみ（PARADE Inc.）
印刷所　創栄図書印刷株式会社

ISBN 978-4-434-33431-3　C0093